Yoshin Franz Ritter

Meriels Reise
Die Auserwählte

Das Buch der
Liebe und des Muts

Roman
Band 1 des Weltenhüter-Epos

Dieses Buch ist im Sommer 2016 unter dem Titel „Die Auserwählte" bei Kindle als e-Book erschienen.

Lektorat: Margit Lendawitsch

Cover Artwork:
Suze LaRousse
www.artfox.cc

Unter Verwendung von:

Caspar David Friedrich,
Frau vor der untergehenden Sonne, um 1818
Museum Folkwang, Essen
https://www.museum-folkwang.de/

Vogelsilhouetten: designed by Freepik
http://de.freepik.com/

Herstellung und Verlag: BoD – Books on Demand, Norderstedt

Alle Rechte vorbehalten
© 2017 Yoshin Franz Ritter,
Neunkirchen, Niederösterreich

www.yofr.work

ISBN 9783743113430

Dieses Buch ist
in Erinnerung und Dankbarkeit
Felicitas D. Goodman
für ihr Wirken und Sein
gewidmet

Ich danke den lieben Freunden, die mitgewirkt haben, damit dieser Text entstehen konnte. Allen voran natürlich meiner Lebensmenschin Margit, die alle Phasen begleitete, die mir Mut machte und mich nicht von Kritik verschonte. Vor allem die Figur der Meriel bekam durch sie Ecken und Kanten.

Suze danke ich für ihre Geduld und ihre Bereitschaft, ihr künstlerisches Talent für das Cover bereitzustellen. Es war eine Freude, ihr langsames Herantasten an die Gestaltung zu beobachten, und das Endprodukt fand meine höchste Zustimmung. Ich hoffe, es geht Dir genauso, liebe Leserin, lieber Leser.

Elisabeth Zimmermann gab dem Projekt Unterstützung aus anderen Wirklichkeiten. Sie räumte meine inneren Blockaden zu Seite und machte möglich, mich ohne Bedenkerlis und Ängstlichkeiten der Umsetzung zu widmen.

Mario C. Ackerl danke ich für seinen Enthusiasmus und seine inspirierenden Kommentare, mit denen er auf den Text reagierte. Das ist Treibstoff für die Seele eines Autors.

Desi Mauch sage ich von ganzem Herzen Danke dafür, dass sie nach „Buddhas Geburt" nun auch mein zweites Buch korrekturgelesen und sich dafür ein ganzes Wochenende (in der Therme!) Zeit genommen hat.

Meinem Sohn Johannes verdanke ich, in die Welt des Schwertkampfes eingeführt worden zu sein und über die Geschichte dieser schrecklichen Waffe einiges erfahren zu haben.

Es gibt mehr Ding' im Himmel und auf Erden,
als Eure Schulweisheit sich träumt, Horatio.

William Shakespeare,
Hamlet

Inhalt

Inhalt 6

Genesis 9

Der Anruf 12

Der Wanderer 13

Meriel Mühlecker 16

Die Anderwelt 20

Die erste Begegnung 24

Melmoths Verwunderung 26

Meriels Mut 27

Abrüsten 28

Melmoths Bedenken 31

Meriels Sehnsucht 32

Das Herz 33

Liebe 35

Gold 37

Fürsorge 39

Die Welt des großen Geistes 41

Die ersten Jahre 43

Daheim 45

Der Mahlstrom des Ichs 48

Im Wald der Götter. 50

Kaffee und Kuchen 54

Die Wahl 57

Handelsreise 60

Worte 62

Das Medaillon 66

Anderwelten	70
Unsterblichkeit	73
Die Mauern der Verzweiflung	76
Die Macht der Bruderschaft	82
Zuneigung	84
Der Baum der ewigen Wünsche	86
Die dunklen Jahre	91
Der Zettel	93
Meriels Verwandlung	96
Warroom	97
Täuschungen	101
Fortschritt	106
Vorleben	108
Der Mann des Schwertes	111
Ausflug in die Anderwelten	115
Begegnung	120
Im Tal der Vampire	126
Wanderungen	130
Michails Tod	132
Die Vorladung	140
Melmoths Manifest	143
Der Aufbruch	145
Meriels Verschwinden	149
Haft	151
Der Angriff	153
Der Garten der Erinnerung	155
Mordversuch	161

Wanderurlaub	165
Der Bergfriedhof	167
Neti-Neti	170
Erdgeister	173
Dunkler Strom	176
Die Befreiung	179
Rückkehr	183
Neubeginn	185
Prof. Dr. Felicitas D. Goodman	188
Darstellung einer rituellen Trance-Haltung	189
Cover Design: Suze LaRousse	190
Der Autor: Yoshin Franz Ritter	191
Weitere Bücher des Autors:	192
Das Neue Welt Institut	196

Genesis

Das Herz, von dem dieses Buch erzählt, ist ein Kind des großen Geistes. Es schlug lange vor allem anderen. Es pulsierte im unsichtbaren Raum. Sein Schlagen war unhörbar wie das Tappen einer Katze im Dunkeln. Der Rhythmus seines Ausdehnens und Zusammenziehens wogte von der Sphäre des Ungeborenseins bis hinaus in die Felder der Nichtheit. Und das Herz war lange sich selbst genug und glücklich.

Doch dann empfand das Herz eine Sehnsucht. Es fühlte seine eigene Unspürbarkeit. Und es begriff diese Unspürbarkeit als Mangel. Wohin immer es sich wendete, da war nur Dasein in Leere und im unsichtbaren Raum. Die Sehnsucht wuchs, dehnte sich aus und wurde größer und größer. Dann kam der Schmerz der Unerfülltheit dazu und das Herz zog sich zusammen, aber weil es nicht war, war dieses Zusammenziehen ein Leid ohne Ort und ohne Zeit. Und das Herz gebar die Trauer über diese Unerfülltheit und die Qual, die damit verbunden war. Aber es hatte nichts und niemand, um über die Qual und die Trauer zu klagen, es hatte nichts und niemand, um zu weinen. Es erhob einen großen Gesang, in dem es seine Qual, aber auch seine Freude ausdrückte. Doch noch war da niemand, der dem Gesang lauschen konnte.

Das Lied aber zeugte eine Träne im Herzen und sie tropfte in den unsichtbaren Raum. Ein Etwas war geboren. Und die Träne milderte den Schmerz und milderte die Trauer und milderte die Qual. Und im Spiegel des einen Tropfens wurde der unsichtbare Raum sichtbar, aber das Herz hatte nichts und niemanden, um dieses Wunder wahrzunehmen. Es weinte immerfort und neue Tränen flossen in den Raum und bildeten einen großen See, in dem das Herz badete. Da spürte es plötzlich sich selbst, spürte sein Schlagen, vernahm den Ton als Schwingung und empfand den Rhythmus, der sich im See der Tränen fortpflanzte und am Ufer brach. Vom Ufer aus flossen die Wellen zurück in den See. Und das Wasser dehnte sich aus und gebar aus sich selbst neue Wasser. Und das Ufer dehnte sich aus und gebar aus sich selbst Land und Berge und Täler. Gestein brach hervor und fruchtbarer Boden. Und der brachte Pflanzen und Tiere hervor. Und eines der Tiere erhob sich und setzte sich über alle anderen Tiere und sprach. Doch die Tiere verstanden es nicht und zogen weiter. Das Wesen, das auf zwei Beinen stand, fand ein zweites Wesen, das auf zwei Beinen stand und sie vereinigten sich und brachten neue zweibeinige Wesen hervor, die über die Lande liefen und durch die Wasser schwammen und sich die Erde, die sie nun so nannten, eroberten.

Dann mussten sie nicht mehr kämpfen, um zu überleben, denn die Tiere hatten Angst vor ihnen und versteckten sich. Und in guten Jahren, wenn Gräser und Bäume genügend Früchte und Körner abwarfen, konnten die Wesen in Stille sitzen und erfanden das Denken und das Fühlen. Und sie dachten über ihr Dasein nach und sie spürten in ihre Existenz hinein. Und einige, die besonderes Talent darin hatten, wahrzunehmen, hörten den Takt des Herzens in allem, was war. Sie wurden noch stiller und verlangsamten ihren Atem, damit sie den Rhythmus deutlicher vernehmen konnten. Und so fand das Herz zu ihnen und spielte mit ihnen. Es verlangsamte auch sein Schlagen, so dass die Wesen ihren Atem noch mehr verlangsamen mussten. Es schlug plötzlich wild und unkontrolliert, so dass die Wesen erschraken und davon liefen. Bis sie merkten, dass das Herz mit ihnen spielte, mit ihnen sprach und dann lachten sie und spielten mit

Und das Herz merkte wieder seine Sehnsucht und merkte, dass es immer noch unsichtbar war und weder Grenze noch Raum hatte. Es sehnte sich, wie diese Wesen einen Körper zu haben und Hände und Augen und einen Mund, der sprechen und lachen konnte. Und die Sehnsucht verdichtete sich wieder und schlug eine Bahn zu den Wesen. Die dunklen Ströme waren geboren und verbanden das Herz mit den Menschen. Nun verspürten die Menschen auch Sehnsucht nach dem Herzen und nach der Vereinigung mit ihm. Doch sie verstanden noch nicht und wandten sich wieder ihren Beschäftigungen zu.
Nur ein Wesen blieb still und lauschte in sich hinein, was der dunkle Strom in seinem Herzen erzählte. Es vergaß sich selbst und öffnete seine inneren Tore. Das große Herz floss in seinen Körper hinein und war plötzlich geboren. Verwundert nahm es nun die Hände des Wesens wahr, verwundert sah es die Welt, in dem die Wesen lebten, verwundert sah es das erste Mal den See der Tränen, den es selbst geweint hatte. Es begriff das Sein. Und es war wieder glücklich.
Das Wesen, in dem es wohnte, nahm überrascht das zweite Herz wahr. Es war nicht wirklich ein zweites Herz, denn es wohnte in seinem Herzen und füllte es ganz aus. Das Wesen spürte den gleichen Rhythmus im eigenen Herzschlag, es spürte die selben Gefühle, es spürte aber auch, dass ein Größeres, Ungeborenes in ihm wohnte. Doch dieses Wissen machte es glücklich, weil es sich mit dem Anfang der Welt verbunden fühlte und auch viel weiter darüber hinaus. So saß es still und lauschte dem Gesang des Herzes, der nun sein eigener war. Dies war die Geburt des einen Herzens.

Und der Ursprung unserer Geschichte seiner Wiederkehr.

Der Anruf

Das Handy schrillt. Drei Uhr morgens sehe ich an den leuchtenden Ziffern meines Weckers. Eine ungewöhnliche Zeit für einen Anruf denke ich und drücke auf die grüne Taste. Das Zimmer wird schlagartig kalt. Eine Kälte, die ich kenne und die mir Furcht einflößt. Frau Mühlecker? fragt die schnarrende Stimme im Hörer. Ich nicke und der Anrufer nimmt es entgegen, als ob er mich sehen könnte. Obwohl ich nichts sage, spricht er weiter. Er weiß, dass ich zuhöre. Sie sind ab sofort Auskunftsperson der Polizei im Fall Michail Chodor. Sie haben sich zu unserer Verfügung zu halten. Kommen Sie heute um neun Uhr ins Präsidium, Zimmer eins-null-null-neun. Wieder nicke ich, was der Anrufer offensichtlich zur Kenntnis nimmt. Ja, und noch etwas. Sie dürfen die Stadt bis auf weiteres nicht verlassen. Es tutet im Telefon. Aufgelegt.
Alles im Zimmer wirkt vereist, als ob ein Schneesturm durchgezogen wäre. Ich fröstle am ganzen Körper. Angst, pure Angst. Die Kälte und meine Furcht erzeugen ein Zittern, das meinen ganzen Körper durchbebt. Mein Mund steht offen, ich atme in kurzen Zügen, meine Zunge fühlt sich trocken an, meine Augen sind angsterstarrt. Langsam lege ich das Telefon, das verloren noch immer von meiner Hand gehalten wird, auf den Nachttisch zurück. Michail. Ich weiß. Sie haben ihn tot auf meine Bank gelegt. Ich sehe ihn noch mit dem Messer in der Brust. Das war allerdings nicht auf meiner Bank. Sondern ganz woanders.
Die Stadt nicht verlassen, höre ich als Nachhall. Es dröhnt wie eine hart angeschlagene, riesige Glocke. Nur langsam wird das Dröhnen leiser. Gilt das auch für meine Reisen mit Melmoth? Ich kenne die Antwort. Sie heißt ja. Es ist, als ob die Türe meines Lebens zuschlägt und der Hebel von außen hochgezogen wird.
Ich liege in meinem Bett. Die Nacht kriecht wieder ins Zimmer. Noch drei Stunden bis zum Aufstehen, denke ich, als ich erneut die Ziffern am Wecker betrachte. An Weiterschlafen ist nicht zu denken. Also stehe ich auf und dusche mich. Meine Nacktheit beunruhigt mich. Können sie mich sehen, in meinem Badezimmer? Ich trockne mich ab und werfe einen Bademantel über. Nichts ist mehr, wie es war. Aber das ist schon seit einiger Zeit so. Ich habe mich bereits ein wenig an mein anderes Leben gewöhnt. Und jetzt kommt eine Macht von außen direkt auf mich zu. Eine Macht,

gegen die ich schon längere Zeit ankämpfe. Doch jetzt weiß sie, wer ich bin.

Es klopft an meiner Türe.

Der Wanderer

Mein Name ist Melmoth, ich bin ein Wanderer. Wanderer werde ich deshalb genannt, weil ich seit mehr als zweitausend Jahren zwischen den Welten umherschweife. Das ist einerseits mein Auftrag und andererseits mein Zustand, in den ich geraten bin. Aber vielleicht sollte ich Dir alles der Reihe nach erzählen.
Melmoth ist eine Verballhornung meines römischen Namens Melomotus. Der wiederum ist eine Verballhornung meines ursprünglich pelagischen Namens, den ich aber vergessen habe. Ich habe die Sprache meiner Kindheit vergessen, die Sprache, die damals Menschen auf der Insel Euböa sprachen. Euböa, die sanfte Insel, die waldige Insel. Es war schön auf Euböa, wenn man durch die lichten Wälder wanderte, hinter den Baumreihen das Meer rauschen hörte und abends am Strand ein Zicklein auf Büscheln von Thymian briet, im Kreis von Freunden den süßen Wein trank, lachte, tanzte. Man trug damals grobe Kittel aus Schweinehaut und die feinen Athener Leute machten sich lustig über die Menschen auf Euböa und nannten uns derb. Das war vor über zweitausend Jahren. Als ich ein Jüngling war kamen Werber der römischen Legion nach Euböa. Sie gaben uns Wein, viel Wein, machten uns betrunken und nahmen uns am nächsten Tag mit, als Soldaten der glorreichen Armee Roms. Keiner von uns konnte damals schreiben, aber sie zeigten uns ein Papyrus, auf das wir angeblich ein Kreuz gemacht hatten und das uns verpflichtete, zwanzig Jahre in der Armee des römischen Imperiums zu dienen. Wenn wir diesen Papyrus nicht erfüllten, dann würden wir getötet, sagten sie.
Alles in allem war der Dienst in der Armee nicht schlecht, obwohl ich Handlungen setzte, die ich nie machen wollte. Aber ein Soldat tut eben einiges, vor dem er selbst Abscheu empfindet. Ich kam viel herum, in Gallien, Italien, Nordafrika. Mit der Zeit stieg ich auf, wurde Custos Armorum, der Waffenwart und später Optio. Am Ende führte ich sogar eine Hundertschaft, weil nach einer fürchterlichen Schlacht sogar die Offiziere fehlten. Ein Primus

Pilus, der Führer höchsten Centurie, ernannte mich zum Centurio, obwohl ich keine Ausbildung dazu besaß. Ich hatte mir aber selbst Lesen und Schreiben beigebracht, während wir in Feldlagern saßen und auf die nächste Schlacht warteten. Die anderen soffen und prügelten herum, ich aber saß abseits und malte Zeichen auf Schiefertafeln, die ich gestohlen oder geplündert hatte. Nach einiger Zeit konnte ich sogar schon die Armeetexte lesen und verstehen und mancher Offizier zeigte mir Papyri mit alten Befehlen und erläuterte mir ihren Sinn. Wir hatte nicht viel zu tun, denn die Menschen fürchteten sich vor der römischen Armee und wagten meist keinen Aufstand. Wenn wir in einer Garnisonsstadt stationiert waren, war es leichter, da konnte man als Soldat auch als Schmied oder Bauer oder Zimmermann arbeiten. Aber die Wochen und Monate in einem Feldlager am Ufer eines Flusses oder am Fuße eines Gebirges waren langweilig und geisttötend. Die meisten von uns verblödeten dabei und sehnten sich nach einem Kampf, damit sie endlich wieder etwas tun konnten. Das tat ich nie. Nicht dass ich Kämpfen ausgewichen wäre, aber ich liebte sie auch nicht und sang die Lieder, die abends am Feuer gesungen wurden und die über Mannesmut und Soldatentugend erzählten, kaum mit.

Auf Euböa wäre ich ein Bauer geworden und hätte wie meine Vorfahren Schweine gezüchtet, eine Frau genommen und Kinder gemacht. Ich sah meinem Vater oft zu, wenn er das Fleisch der geschlachteten Tiere räucherte, um es später nach Chaldis zu bringen, dem nächsten größeren Markt, um es dort zu verkaufen. Mit dem bisschen Geld bracht er uns durch oder er vertrank es schon am Heimweg, um seinen Kummer zu vergessen. Ein elendes Leben. Wenn die Schweinepest ausbrach und die Biester reihenweise verendeten, hatten wir für lange Zeit nichts zu essen, bis Vater wieder ein paar gesunde Ferkel erstehen konnte und wir sie großzogen. Die Schweinezucht war nicht schwer auf Euböa, denn die Wälder trugen genug. Wir Kinder mussten die Tiere nur hineintreiben, dann suchten sie sich schon selber das Futter. Dadurch hatte man viel Zeit, das stimmt, und man konnte auch hinaus auf das Meer schauen, wo manchmal Segelschiffe vorbeifuhren. Das war sehr schön, aber auch hier fehlte mir die Anregung. Ich wollte immer schon mehr und war ein umherirrender Suchender, den die Menschen verlachten, weil so jemand durch sein Denken und Handeln immer ein wenig außerhalb der Gemeinschaft bleibt. Wie hätte ich denn ahnen können, dass meine Wanderschaft zweitausend Jahre lang dauern würde? Ich spürte immer eine Sehnsucht in mir, wie einen dunklen Sog, der mich aus dem herauszog, was ich gerade machte und mich schüttelte und umtrieb, mir aber nicht den Weg zeigte, den ich zu gehen hatte. So war es kein großer Verlust, bei den Römern zu landen, aber auch dort sagte mir etwas, dass ich noch nicht angekommen war. Ich wollte meine zwanzig Jahre abdienen, am Leben bleiben, dann die Bonifikation der entlassenen Legionäre kassieren und mir auf Euböa ein schönes Stück Land kaufen, auf dem andere für mich arbeiten. So dachte ich mir das damals. Es kam aber ganz anders.

In meinem letzten Dienstjahr war meine Centurie etwa zwanzig römische Meilen östlich von Alexandria stationiert, in einer kleinen Siedlung, die heute sicher schon lange verschwunden ist. Überall, wo die römische Armee lagerte, bildeten sich bald kleine Siedlungen rund um das Lager. Denn die Legion brachte Arbeit und Schutz. Die Menschen bauten zuerst primitive Hütten und später feste Häuser, und wenn so ein Lager verlegt wurde, dann zog ein riesiger Tross hinterher, mit Wirten, Bauern, Handwerkern, Huren und allem, was eine Armee zu ihrem Bestand braucht. Die Armee schützte auch diesen Tross, weil sie eng verflochten war mit den Menschen und ihren Diensten. Griffen Räuber oder Diebe einen der Wagen an, so jagten sie die Soldaten, töteten sie und hängten ihre Leichen als Abschreckung am Straßenrand auf. Allerdings kam das gestohlene Gut nicht immer zum Besitzer zurück, aber das war vielleicht gar nicht so wichtig. Wichtig war, dass die Armee die Macht war, die den Frieden brachte. Einen blutigen Frieden, aber doch Frieden.

Ich erinnere mich, dass ich in diesem Jahr selbst eine Patrouille leitete, die eine Räuberbande verfolgte. Die Räuber verschwanden in dieser Gegend nach ihren Plünderungen regelmäßig in der Wüste und waren dort kaum aufzufinden. Auch wir waren bei dieser Jagd erfolglos unterwegs. Das Einzige, was wir entdeckten, war ein blinder Einsiedler, der im Schutz eines großen Felsblocks lebte. Seine Wasserschale war leer und ich goss ihm aus meiner Flasche etwas nach. Dann legte ich ihm noch etwas Fladenbrot dazu und er dankte mit einem fast unsichtbaren Nicken. Wir zogen weiter, doch der Mann ging mir nicht mehr aus dem Sinn. An einem freien Tag besuchte ich ihn wieder und blieb bis in die Nachtkühle in seiner Nähe. Er saß den ganzen Tag aufgerichtet am Boden und machte keine Bewegung, obwohl die Sonne auf ihn herunterbrannte. Ich ahmte ihn nach, saß aber dabei im Schatten des Felsens. Eine stille Kraft meldete sich in mir und durchfloss meinen ganzen Körper. Mein Rücken richtete sich auf und mein Atem wurde leicht und fast nicht spürbar. Es fühlte sich wunderbar an und mein Herz war unendlich froh an diesem Tag. Für mich war es wie ein Heimkommen in eine Welt, die ich gut kannte, aber nun erst wieder gefunden hatte.

Am Abend streckte sich der Einsiedler ein wenig und grüßte mich auf Griechisch. Er legte seine Hand auf meinen Kopf, schloss seine Augen und sagte dann nach einer Weile, dass eine große Aufgabe auf mich wartet. Ich werde sie aber erst nach vielen Jahren schaffen. Nach diesen Worten versank er wieder in seine Entrücktheit und rührte sich nicht mehr. Ich ließ ihm meine Wasserflasche und einen größeren Vorrat an Fladenbrot zurück und wanderte durch die mondhelle Nacht zurück in unser Lager. Die Mitteilung vergaß ich bald wieder, weil ich annahm, dass sie das übliche Gebrabbel sogenannter Heiliger war.

Doch schon bald musste ich erfahren, dass er wusste, wovon er sprach.

Meriel Mühlecker

Mein Name ist Meriel Mühlecker. Das Außergewöhnliche an meinem Leben ist, so denke ich, dass es absolut nichts Außergewöhnliches zu berichten gibt. Ein furchtsamer Vater und eine stille, überangepasste Mutter haben mich groß gezogen. Ich hatte vor allem eines in meiner Kindheit: Angst. Die Schule und später die Ausbildung in kaufmännischem Handeln absolvierte ich als mittelmäßige Schülerin, ohne hervorstechende Leistungen, außer vielleicht in der Kunst, unsichtbar zu sein. Als später meine Mitschülerinnen das zehnjährige Reifeprüfungsfest feierten, haben sie vergessen mich einzuladen. Niemand erinnerte sich an mich. Ich erfuhr zufällig davon, weil in unserer Lokalzeitung ein kleiner Bericht über das ausgelassene Fest gebracht wurde.

In meiner Jugend zog es mich nicht zu den Burschen. Aber es zog mich auch nicht in die Mädchenrunden. Ich war irgendwo dazwischen, verloren gegangen wie ein Papiertaschentuch, das aus der Packung heraus gerutscht ist. Nicht benützt und doch nicht brauchbar.

Meinen Mann lernte ich kennen, als unsere beiden Autos zusammenstießen. Keine große Sache, aber wir tauschten Telefonnummern aus. Er rief mich an und lud mich als Wiedergutmachung (er hatte meinen Vorrang übersehen) in ein Restaurant ein. Und weil wir beide das Leben verlorener Papiertaschentücher lebten, kamen wir einander „näher", ohne uns je nahe zu sein. Wir gingen in die Oper und zu Konzerten, später unternahmen wir Wanderungen, sogar mit Übernachtungen verbunden. Eines Nachts, als wir nur ein Doppelzimmer in einem Landgasthof bekamen, passierte `es´. Es war ein komisches Gefühl, ein wenig zog es in meinem Unterbauch, ein wenig tat es weh und er stöhnte schließlich ein bisschen. Das war es. Wir verlobten uns und heirateten ein paar Monate später. Die Hochzeit war sehr still, sein Bruder und eine entfernte Kusine von mir waren Trauzeugen. Seine Eltern wirkten wie Kopien meiner Eltern. Es kamen Suppe, Braten, Dessert und dann ein Kassettenrecorder mit Musik, aufgenommen von einer Wunschsendung im Radio. Der Sprecher gratulierte uns zu unserer Hochzeit. Der Vater von Thomas (so hieß mein Mann) hatte ein klitzekleines Glitzern in seinen Augen über seinen kreativen Einfall, die Meldung ins Wunschkonzert zu geben und die Sendung aufzunehmen. Es war wahrscheinlich der einzige kreative Einfall in seinem Leben. Wir mussten zu seiner Lieblingsmusik tanzen, was mein Mann und ich linkisch absolvierten.

Danach zogen wir zusammen in die Wohnung, die Thomas schon seit seinen ersten Berufstagen angespart hatte und die gerade kurz vor unserer Hochzeit (wir hatten den Termin darauf abgestimmt) beziehbar wurde. Monatlich zahlten wir nun eine erträgliche Summe an die Bank und gingen morgens gemeinsam aus dem Haus. Ich verkaufte mein Auto und legte den erzielten Kaufpreis auf ein Sparbuch. Als Reserve. Am Abend wartete er oder ich an der Straßenbahn-Haltestelle, damit wir wieder gemeinsam nach Hause fahren konnten. Nicht, dass ich sagen könnte, dass wir ein glückliches Paar waren, aber es sprach auch nichts gegen die

Verbindung. Thomas half im Haushalt mit, weil seine Mutter ihm dazu geraten hatte, um mich glücklich zu machen. Was ihm damit aber nicht gelang. Ich wusste gar nicht, was Glück ist und es fehlte mir auch nicht. Nach dem Abendessen schaltete Thomas den Fernseher ein und wählte die Sendung, die wir miteinander ansehen sollten. Er hatte immer schon das Fernsehprogramm der ganzen Woche bei seinem Erscheinen studiert und die anzusehenden Sendungen mit farbigen Markern gekennzeichnet. So gab es keinerlei Überraschung. Unsere Tage und Wochen flossen dahin wie das Wasser in einem Kanal, der zwar vom Austrocknen bedroht ist, sich aber niemand viel daraus macht. Samstag putzten wir die gesamte Wohnung, erledigten den Wocheneinkauf, gingen nachmittags ein wenig in die Stadt bummeln und abends vielleicht sogar ins Kino. Sonntags fuhren wir mit unserem nunmehr gemeinsamen Auto hinaus zu meinen Eltern oder besuchten die seinen.

Allein benutzte Thomas das Auto nur, um zum Einkauf in den Baumarkt zu fahren. Oder wenn er beruflich einen Termin in einer anderen Stadt hatte. Dabei konnte er aber die tragische Angewohnheit, den Vorrang anderer Autofahrer zu missachten, nicht ablegen. Immer wieder wies unser Auto Spuren dieser Anpassungsstörung auf. Ein paar Jahre nach unserer Hochzeit war es allerdings ein schnellfahrendes Lastauto, das er übersah und das seinem Hang zur Vorrang-Missachtung ein Ende bereitete.

Das Begräbnis war schlicht und einfach, es gab nicht viel zu sagen. Seine Eltern und seinen Bruder habe ich danach nie wieder gesehen. Von der Lebensversicherung, die Thomas natürlich abgeschlossen hatte, zahlte ich die Wohnung aus und ging weiterhin zur Arbeit. Allerdings musste ich jetzt abends nicht mehr auf ihn warten und konnte gleich mit der nächsten Straßenbahn nach Hause fahren. Möbel und andere Einrichtungsgegenstände ließ ich unverändert, da ich keine Idee hatte, was ich stattdessen wollen würde. Ich schlief im großen Bett, verschenkte seine Kleidung und setzte mich abends zum Fernseher, um irgendeine Sendung ohne großes Interesse anzuschauen. Ich hatte auch kein Interesse daran, statt Thomas einen anderen Mann in das große Bett einzuladen, weil mir Sex sowieso nie Spaß gemacht hatte und ich sonst nicht wusste, was ein Mann in meinem Leben sollte. Deswegen hatten wir wohl meine fruchtbaren Tage versäumt und kein Kind bekommen, denn Thomas reagierte immer furchtbar rücksichtsvoll auf meine Signale und zog sich sofort zurück, wenn ich den Anschein von Unwilligkeit erweckte. Was oft der Fall war.

In meiner Arbeit (ich bin Buchhalterin in einem großen Modehaus für Damen) gelte ich als zuverlässig. Ich bin nie krank und meine Zahlen stimmen immer. Ich mag keine Veränderungen und neue Computerprogramme sind mir ein Gräuel. Doch ich schaffte in der Vergangenheit auch diese Hürden und tue, was man mir anschafft.

Die schlimmsten Zeiten sind für mich die Urlaubstage und Weihnachten. Die Urlaube verbringe ich in der Regel damit, im nahen Stadtpark rund um den See zu spazieren und die Wasservögel zu füttern. Dazwischen ruhe ich mich auf einer Bank unter einer Ulme aus und beobachte die Menschen. Das tue ich bei schönem Wetter auch an Sams- und Sonntagen und so sind Urlaubstage für mich nur aneinandergereihte Wochenenden.

Zu Weihnachten gibt es zwei Katastrophen, von denen allerdings die eine, das familiäre Weihnachtsfest, aufhörte, als meine Eltern gemeinsam Selbstmord mittels Schlafmittel begingen, von denen sie immer volle Laden daheim hatten. Da ich meine Eltern aus Kostengründen nur einmal in der Woche anrief und nur einmal im Monat besuchte, kam ein Nachbar erst einige Tage später durch das sich anhäufende Reklamematerial auf die Idee, das etwas passiert sein könnte. Auch dieses Begräbnis war sehr still, vor allem, weil ich der einzige Trauergast war. Der Pfarrer sagte nicht viel, nur ein paar Worte, die ich ihm vorher auf einen Zettel geschrieben hatte, und die Leichenträger waren enttäuscht, weil keine kondolierenden Gäste da waren, von denen sie Trinkgeld bekamen. Meine entfernte Kusine hatte ich gleich gar nicht eingeladen und von anderen Verwandten hatte ich keine Adressen.

Die Katastrophe, die mir erhalten blieb, ist die betriebliche Weihnachtsfeier, auf der betrunkene Kollegen Jagd auf die Busen der Lehrmädchen und hübschen Verkäuferinnen machen. Die Chefin hält eine gequälte Ansprache, von der sie sichtlich selber den Eindruck hat, dass ihre Worte peinlich sind. Sie verdrückt sich in der Regel sehr rasch nach der Rede unter dem Vorwand einer Migräne. Jeder Mitarbeiter erhält einen Gutschein für das eigene Haus, allerdings wird von den damit gekauften Kleidungsstücken nicht der sonst übliche Mitarbeiterrabatt abgezogen. Meine Qual ist, dass ich mir einbilde, nun auch tatsächlich einkaufen zu müssen und ich absolut nicht weiß, was ich mir kaufen soll. Ich könnte den Gutschein natürlich verfallen lassen, aber ich weiß, dass meine Kolleginnen in der Buchhaltung jeden eingehenden Gutschein registrieren und die dazu gehörende Rechnung begutachten und kommentieren. Damit sie sich nicht über mich echauffieren, kaufe ich unauffällige Kleidungsstücke wie Mäntel, Jacken oder Röcke, zeige sie ein wenig im Büro vor und schenke entweder das alte Kleidungsstück oder das neue alsbald dem Roten Kreuz, denn ich mag keine übervollen Kleiderkästen.

Seit drei Jahren mache ich Yoga. Ich weiß nicht genau warum, aber ich ging einmal in eine Buchhandlung mit vielen antiquarischen Büchern, Räucherwaren und asiatischen Figuren, die ein Inder namens Kamal führt. Herr Kamal ist ein untersetzter kleiner Mann mit buschigen Augenbrauen und einem kurz geschnittenen grauen Bart. Wir kamen über ein dickes, angestaubtes Buch ein wenig ins Gespräch. Den Titel und Inhalt des Werkes habe ich heute schon wieder vergessen, da ich es auf seine Empfehlung hin nicht kaufte. Stattdessen hat er mich längere Zeit still angesehen, meine Hände eingehend geprüft und dann gemeint, ich sollte Yoga machen. Er böte einen Kurs an in der Volkshochschule an. Anfänglich hielt ich seine Begutachtung für einen Verkaufstrick, aber mit der Zeit merkte ich, dass Yoga mich wirklich entspannter und ruhiger werden lässt. Also mache ich jeden Morgen meine Yoga-Übungen, die ich im Kurs gelernt habe und sitze anschließend noch ein paar Minuten in Meditation. Das ist das einzige, was wirklich neu in meinem Leben ist. Nicht wirklich ein Aufbruch, aber etwas, was mir gut tut. Kurze Zeit war ich auch in einer Zen-Gruppe. Aber das war mir dann doch zu anstrengend. Also ließ ich es wieder.

So sah mein Leben aus bis zu jenem Tag, an dem ich mich verliebte.

Die Anderwelt

Melmoth schnippt mit seinen Fingern und ich falle durch einen Kanal aus Licht. Etwas hart lande ich in einem dunklen Raum. Erschrocken stehe ich auf. Wo sind wir hier? frage ich Melmoth, der glitzernden Staub von seiner Jacke abputzt. In Deiner Anderwelt, antwortet er knapp. Hast Du mir etwas in den Tee getan? frage ich ängstlich. Nein, lacht Melmoth, Du warst schon mehr als bereit, hierher zu kommen. Ich atme durch und blicke mich um. Ist das ein Trip? denke ich. Oder eine Attraktion am Rummelplatz und ich habe nur verpasst, wie wir hereingekommen sind? Melmoth hat mit den Fingern geschnippt. An das kann ich mich erinnern. Aber dann? Dann war ein Fliegen, das mehr ein Fallen war, und danach die Landung auf dem harten Boden, und jetzt bin ich hier. Langsam fasse ich mich ein wenig. Die Anwesenheit von Melmoth beruhigt mich. Ich putze meine Brille und kann eine sternenumsäumte Weite erkennen. Sie flößt mir allerdings keine Angst ein. Ganz im Gegenteil, ich empfinde sie beinahe behaglich. Sie vermittelt mir Geborgenheit, eine Geborgenheit, die ich schon lange nicht mehr gespürt habe. Als Kind vielleicht, aber als Erwachsene niemals.

Der Raum um mich herum wirkt sehr groß und hoch, unendlich groß und hoch sogar, zumindest in meinem Gefühl. Weder Horizont noch Umrahmung sind für mich zu erkennen. Dort wo ein Himmelsrand sein sollte, verdichtet sich einfach die Finsternis in tiefe Schwärze. Über mir wölbt sich der wundervollste Sternenhimmel, den ich je gesehen habe. Fasziniert beobachte ich das Flimmern der Himmelsobjekte, die einerseits klar und kraftvoll ihren Platz ausfüllen. Aber andererseits zittert ihr Licht ein wenig, was ihrer Existenz etwas Ungewisses gibt. Der dunkle Boden unter uns wirkt samtig weich und ist doch fest, wie ich vorhin bei meiner Landung ein wenig schmerzhaft feststellen musste. Glitzernde Steine säumen einen Weg, auf dem Melmoth langsam und ziellos umherstreift.

Was ist meine Anderwelt? frage ich verwundert. Es ist Deine Schöpfung, Meriel. Meine Schöpfung? Dieses Wort steht diametral zu meinem Selbstbild. Wann habe ich je etwas erschaffen? Ich habe von mir den Eindruck, der fantasieloseste Mensch der Welt zu sein. Melmoth lässt sich nicht beirren. Immer wenn Du Gedanken, Träume, Wünsche oder Ängste hegst, erzeugst Du hier in Deiner Anderwelt eine Manifestation davon. Hier gestaltet sich direkt im Großen Geist, was Dich bewegt, was Du aber in der anderen Welt nicht hervorbringst.

Ich bin fasziniert. Das ist mein Werk, so großartig, so prächtig? Ganz anders als mein gewöhnliches Leben. Wie habe ich das bewirkt, Melmoth? frage ich. Mit Deinen inneren Kräften, sagt er.

Das hier ist der Palast Deiner Sehnsucht. Aber ich weiß gar nicht, dass ich Sehnsucht habe, widerspreche ich. Musst Du auch nicht, sagt er leichthin über die Schulter, sie lebt hier, auch wenn Du sie nicht spürst. Ganz langsam kriecht in mir so etwas wie Verstehen hoch. Aber nicht das Verstehen eines erwachsenen Menschen, sondern ein: Ah! So ist das! Wie ein kleines Kind beginne ich mich an meiner Schöpfung zu freuen. Das ist mein Werk! Mein Werk! Unwillkürlich hopse ich herum und versuche zu begreifen, mit meinen Händen zu greifen. Ich hebe einen der glitzernden Steine hoch und betrachte ihn fasziniert. Wie wunderbar er ist, fein strukturiert, mit Linien, die wie ziseliert wirken. Ich bin einfach glücklich, hier zu sein. Melmoth beobachte meine Lebhaftigkeit amüsiert. Gibt es noch andere Orte in meiner Anderwelt? forsche ich weiter. Ja, viele, den Garten Deiner Erinnerung, die Mauern Deiner Verzweiflung, das Land, in dem Deine Wünsche blühen, das Tal der Täuschung und noch anderes. Helle und dunkle Länder, in denen Deine Träume oder Deine Hoffnungslosigkeit wohnen. Wenn Du Dich fürchtest, traurig oder wütend bist, vergrößern sich Deine dunklen Länder. Wenn Du liebst oder Dich an etwas erfreust, wachsen Deine hellen Länder. In dieser Deiner Anderwelt bist Du die Königin, und in Deinem gewöhnlichen Leben bekommst Du von hier die Kraft, um zu sein. Und wenn Du eines Tages stirbst, wirst Du ganz hierher zurückkehren.
Die letzten Worte lassen mich ganz ruhig werden. Ich lege den Stein still an seinen Platz zurück. Bleibe ich dann für immer in meiner Anderwelt? frage ich neugierig, von diesem Satz gar nicht beunruhigt, sondern entzückt. Nein, Deine Sehnsucht wird Dich wieder ausschicken. Du wirst von hier aufbrechen, um ein neues Leben zu beginnen, wieder und wieder. Außer Du hast Deine Sehnsucht endgültig gestillt und den Ort des reinen Geistes erreicht. Nur dort kannst Du für immer wohnen. Den Ort des reinen Geistes? klingt es in mir. Melmoth schweigt. Er zieht eine langstielige weiße Pfeife aus seiner Jacke und beginnt sie umständlich mit einem Tabak aus einem kleinen weißen Stoffsäckchen zu stopfen. Dann zieht er ein Streichholz aus einer seiner Taschen in der Jacke und reißt es auf seiner Stiefelsohle an. Fasziniert sehe ich dem Ritual zu. Wie in einem alten Film, denke ich. Melmoth hält das brennende Streichholz quer über seine Pfeife. Er zieht die Luft ein. Der Tabak fängt an zu qualmen und duftet

würzig. Eine erste Rauchwolke steigt auf. Der Ort des reinen Geistes, spricht er sinnend weiter und zieht weiter an seiner Pfeife, das ist der Ort, nach dem sich Dein Geist wirklich sehnt. Weil er nur dort sich selbst, das heißt Frieden mit sich selbst, findet. Viele Menschen nennen diesen Ort Paradies, andere Himmelreich oder Jenseits. Aber sie machen sich Vorstellungen davon, wie es sein wird und deshalb bauen sie in Wirklichkeit an ihrer Anderwelt statt in die Heimstatt des reinen Geistes zu gelangen. Dieser Ort übersteigt unsere Vorstellungskraft, weil er in unserem landläufigen Sinne gar nicht existiert. Doch in uns ist das Wissen von ihm und seinen Eigenschaften angelegt, ohne dass wir sagen können, wo er ist und wie er ist. Wir sehnen uns einfach nach ihm und diese Sehnsucht ist es, die uns führt. Aber dafür müssen wir alles ablegen, was wir glauben oder uns vorstellen, wir müssen jede Wunschenergie löschen und jede Angst abstreifen. Nur wenn wir nackt und völlig ungeschützt sind, finden wir das Vertrauen in uns, einfach weiterzugehen. Das Vertrauen ist das Eingangstor. Wenn wir diesen Einlass durchschreiten, dann ist der Ort in uns und wir sind der Ort. Der Ort des reinen Geistes.

Ich rede zu viel, bricht Melmoth ab. Aber ich muss es doch wissen! beharre ich. Du weißt es doch, antwortet Melmoth gleichmütig. Was weiß ich? sage ich patzig mit einer plötzlich scharfen Stimme. Ich schaue ihn verständnislos und ein wenig ärgerlich an. Immer diese überheblichen Ansagen! Ich weiß gar nichts! Doch Melmoth lässt sich nicht aus seiner Ruhe aufstöbern: Du bist verbunden mit diesem Wissen, mehr noch, mit dieser Gewissheit. Wie bin ich verbunden? Ich betone jedes einzelne Wort, um meine Erregung zu dämpfen. Durch Deinen dunklen Strom, sagt Melmoth leise und wendet sich ab. Er geht weiter. Ich laufe um ihn herum und zwinge ihn zum Stehenbleiben. Du sprichst in Rätseln, Melmoth! Jeder Mensch, antwortet er und macht einen Seitenschritt, um weiter zu gehen, hat in sich seinen dunklen Strom, seine eigene direkte Verbindung mit dem großen Geist. Aus diesem dunklen Strom empfangen wir Wissen und Gewissheit. Und ein anderes Leben, nach dem wir einen inneren Drang haben. Zumindest einige der Menschen, Dich eingeschlossen, schränkt er mit einem Achselzucken ein. Wenn wir in diesen dunklen Strom eintauchen, dann nimmt er uns mit auf eine Reise, von dessen Ziel wir keine Ahnung haben. Aber wir wissen, dass dort alles in seine Ordnung

findet und unser Leben von dieser Gewissheit getragen wird. Und wir wissen, dass das, was wir dort finden, größer und mächtiger ist, als wir selbst je sein können.
Ich kaue an seinen Worten herum. Sie klingen fantastisch, und sie klingen auch irgendwie logisch. Zumindest in der Logik, die anscheinend hier in dieser Anderwelt herrscht. Melmoth ist unverdrossen weitergegangen. Ich laufe ihm nach, bleibe aber nach wenigen Schritten überwältigt vom Anblick der Sterne und des Nachthimmels, die mir plötzlich bewusst werden, stehen: Wunderschön. Sind diese Sterne und der Himmel auch mein Werk? Natürlich, ist die knappe Antwort. Wann habe ich das geschaffen? In Deinen klarsten Stunden, als Du ganz knapp davor warst, Deine Anderwelt zu erfahren. Ich schüttele den Kopf. Ich verstehe so vieles nicht. Melmoth, stammle ich, Du musst es mir erklären. Das werde ich, sagt er leise. Ich werde Dir helfen, es selbst zu entdecken. Aber jetzt ist Zeit, dass wir zurückkehren. Komm, lass uns gehen.

Und langsam, mit einem Schimmer von Traurigkeit im Herzen, nehme ich Abschied von meinem Himmel.

Die erste Begegnung

Plötzlich fängt mein Auto zu Stottern an. Es schüttet in Strömen, so, als ob ein bleischwerer Wassermantel vom Himmel fällt. Ich bin auf einer der Einfallstraßen unserer Stadt unterwegs und versuche nur noch den Straßenrand zu erreichen, was mir auch gelingt. Das Armaturenbrett wird dunkel. Kein Strom im Auto, also keine Heizung, kein Licht und vor allem, kein Motor. Nervös fingere ich mein Handy aus meiner Tasche, aber auch hier kein Strom, anscheinend ist der Akku leer. Also auch kein Pannendienst, keine Heimfahrt. Verärgert werfe ich das Handy in die Tasche zurück. Was mache ich jetzt? Ich bin am Rückweg vom Grab meiner Eltern in meinem Heimatdorf. Sie liegen dort gemeinsam und halten ihren Hadesschlaf. Der Pfarrer hat sie trotz ihres Doppelselbstmordes in geweihte Erde legen lassen und sogar ein gewisses, unausgesprochenes Verständnis bei ihrem Begräbnis gezeigt. Aber vielleicht habe ich mich da auch verhört. Oder vielleicht galt sein Verständnis eher meiner Gefühlsarmut.

Der Regen trommelt auf mein Autodach. Es wird kalt im Wagen und ich ärgere mich, dass wie immer mein Mantel im Kofferraum liegt. Ich schalte das Radio ein. Natürlich bleibt das Gerät stumm. Ich starre auf die nasse Straße hinaus und registriere verbittert, dass so viele Autos ohne Probleme auf ihr fahren, heim in ihre warmen und gemütlichen Wohnungen. Am Friedhof war es kühl gewesen, aber nicht kalt. Mein Mantel reichte völlig aus. Ich hatte meine mitgebrachten Blumen in die steinerne Vase vor dem Grabstein gesteckt, nachdem ich die alten herausgenommen und in Zeitungspapier gepackt hatte.

Das Grab ist schlicht und bietet keinerlei Anlass zu kritischen Bemerkungen der Dorfbewohner. Natürlich ist der Selbstmord unvergessen. Anfangs, wenn ich meinen Besuch am Grab mit einem Besuch in der Dorfschenke verband, um alte Bekannte zu treffen und nicht als abgehobene Stadtzicke zu gelten, sah ich die verschämten Blicke in den Wandspiegeln, die mich musterten und eine Frage ausdrückten, die schwer im Raum schwebte: Wie hat sie das verkraftet? Ich habe den Freitod meiner Eltern erstaunlich gut verkraftet, ohne große Trauerarbeit, eher mit einem stillen Gedenken, das nicht einmal versucht, zu verstehen. Sie waren tot. Aus. Was gibt es da schon groß zu sagen? Jeder Mensch stirbt und ich habe nie verstanden, warum ein Selbstmord ein Verbrechen sein sollte. Ich betrachte das Leben als Geschenk, das man mehr oder weniger freudvoll entgegen nimmt. Ich habe es entgegen genommen wie das Paket eines Versandhandels, in dem sich praktische Sachen befinden, die man zum Alltag braucht. Keine große Angelegenheit, eher ein Verräumen in Laden und das Wissen, dass man jetzt etwas hat, was bei der Erledigung der Pflichten hilfreich ist. Denn natürlich ist das Leben hilfreich bei der Aufgabe, zu leben. Denn ohne das Leben wäre ja niemand da, der es lebt.

Ich schüttele den Kopf. In was für absurde Gedanken mich die Situation bringt. Den Mantel aus dem Kofferraum holen. Das ist mein nächster Gedanke. Aber der Regen hat noch nicht nachgelassen. Wenn ich ihn hole, dann bin ich am ganzen Körper klitschnass. Wenn ich ihn nicht hole, dann friere ich hier ein. In meinem Augenwinkel sehe ich auf der anderen Straßenseite eine kleine Gasse von der Hauptstraße abzweigen. Wenige Schritte darin erkenne ich die Beleuchtung einer Kneipe. Dorthin muss ich, denn dort ist es wahrscheinlich warm und ich bekomme einen heißen

Tee. Also springe ich entschlossen aus dem Wagen und zwinge ein anderes Auto zu einem hektischen Ausweichmanöver, das mit einem wütenden Hupen verbunden ist. Rasch nach hinten. Kofferraumdeckel aufschnappen lassen, Mantel greifen, überziehen. Dann laufe ich über die plötzlich autofreie Straße auf die Kneipe zu. Zum Weißen Kamel steht auf der Reklameleuchte. Seltsamer Name. Aber ich stoße die Türe auf und sehe – ihn. Trotz meiner angelaufenen Brille, durch die ich kaum etwas erkennen kann.

Das wäre er, denke ich, vor Schreck erstarrt.

Melmoths Verwunderung

Eine nasse Frau mit nassen Haaren, einer beschlagenen Brille und einem durchnässten Mantel steht in der Tür des Weißen Kamels. Sie blickt mich verdutzt an und ich verstehe nicht. Doch die Münze, die ich als Medaillon auf meiner Brust trage, wird heiß. Das ist das Zeichen. Nein, denke ich, das ist ein Scherz des Herzens, doch nicht die! Sie kommt auf meinen Tisch zu und fragt, ob hier ein Platz frei wäre. Ich nicke und zeige auf den Sessel neben mir. Sie setzt sich ein wenig umständlich, fast verschämt, und ich mustere sie unaufdringlich. Eine Frau Anfang Vierzig, nicht unhübsch, aber so ziemlich das unattraktivste, was man sich vorstellen kann. Ihr Mantel passt gar nicht zu der Bluse, die im Mantelausschnitt sichtbar wird und die ebenfalls total durchnässt ist. Regnet es so stark? frage ich sie, damit wir nicht gemeinsam im Schweigen untergehen. Denn sie sinkt tatsächlich nach dem kurzen, aber energievollen Beginn unserer Unterhaltung, der Frage nach dem Platz, auf ihrem Sessel in sich zusammen. Dankbar lächelt sie mich an: Ja, furchtbar. Was machen Sie dann auf der Straße? frage ich weiter. Mein Auto geht nicht mehr, und mein Handy auch nicht. Also doch, denke ich, sie ist es. Ich schüttele den Kopf, was sie verwirrt wahrnimmt. Sowas, dass Beides zugleich nicht geht, dummer Zufall, oder? Ja! nickt sie dankbar lächelnd, dass jemand anderer das auch seltsam findet. Sie weiß also nichts. Funktioniert Ihr Handy hier herinnen? frage ich. Ich habe es im Auto gelassen, stammelt sie peinlich berührt, und mein Geld auch. Kein Problem, beruhige ich sie, wenn Sie erlauben, lade ich Sie ein. Dankeschön, sagt sie leise und schüchtern, das ist mir aber jetzt sehr unangenehm. Das muss es nicht sein, antworte ich, ich würde mich auch freuen, wenn mich jemand einlädt, falls ich einmal mein Geld im Auto gelassen habe und es in Strömen gießt. Was möchten Sie denn haben? Ein Tee wäre fein. Schwarz oder Kräuter? bohre ich weiter. Sie denkt kurz nach: Glauben Sie, die haben hier Pfefferminztee? Ich denke schon, sage ich, stehe auf und gehe zum Tresen. Albert, der Wirt, schaut mich verständnislos an: Sie? Ich ziehe die Schultern hoch: Es sieht danach aus. Er meint zweifelnd: Aber die verlierst Du doch unter der nächsten Straßenbahn, wenn's hart auf hart geht. Wieder zucke ich mit den Achseln: Die anderen habe ich ja auch verloren. Hast Du Pf..? Er lässt mich nicht ausreden, hebt die Hand: Schon fertig, und holt die Tasse unter dem Bord hervor, das den Tresen abschließt. Viel Glück, Du wirst es brauchen. Ich nehme den Tee und gehe zu meinem Tisch zurück.

Hier, bitte. Wohl bekomms.

Meriels Mut

Als ich die Schenke betrete, sehe ich wirklich nur ihn durch ein Loch in meiner angelaufenen, vernebelten Brille. Weil ich sonst nichts erkennen kann und nur spüre, dass der Gastraum gerammelt voll ist, nehme ich all meinen Mut zusammen und frage ihn, ob ich mich zu ihm setzen könne. Er weist auf den Sessel neben ihm und ich setze mich. Was für ein Mann! Ich schätze ihn in den Fünfzigern, aber ich weiß, dass ich Menschen nur schlecht in ihrem Alter bewerten kann, Männer besonders. Ein hagerer Mann mit einem schmalen, ausdrucksvollen Gesicht. Er strahlt Kraft aus und Gelassenheit. Ich bin sofort fasziniert von dieser Gestalt. Und ich bin unendlich dankbar, dass er einfach weiterredet. Denn ich drohe wie immer in solchen Situationen abzusacken und in eine Paralyse zu fallen, aus der ich dann nur mehr schwer herauskomme. Aber er spricht mit seiner angenehmen männlichen Stimme weiter, stellt mir Fragen und ich versinke in diesem brummelnden Strömen und mache mich klein, obwohl ich von der Situation beinahe hochgehoben werde. Ein Mann, ein solcher Mann, und ich sitze an seinem Tisch. Ich. Genau. Ich. Dann fällt mir wieder mein Aussehen ein, meine Haare, die strubbelig von meinem Kopf

herunterhängen, mein nasser Mantel, meine noch nassere Bluse, die an meinem Körper klebt, meine Erscheinung, mein Alter, meine Brille, meine unmodernen Schuhe, kurz, ich weiß genau, dass eine Frau wie ich niemals einen Mann wie ihn interessieren könnte.
Ich sinke also wieder zusammen und verschwinde in der schwarzen Wolke, die so etwas wie mein Häuschen auf dem Lande darstellt. Nur, dass sie ständig über mir schwebt und jederzeit betreten werden kann. Als ich mir Tee wünsche, steht er auf und holt ihn vom Tresen. Der Tee wärmt mich. Mir ist peinlich, dass ich meine Tasche im Auto gelassen habe und er für mich bezahlt. Das Gespräch schläft immer wieder ein, obwohl er sich um Konversation bemüht, und in diesen Intervallen wird der Lärm ringsum umso lauter. Schön langsam wird meine Brille wieder klar und ich sehe mich um. Eine altmodische Schenke, vollgefüllt mit schwatzenden Männern, die rauchen und Bier trinken. Oh Gott, meine Haare und meine Kleidung werden tagelang nach Rauch stinken.
Der Mann mir gegenüber betrachtet mich ungläubig. So kommt es mir jedenfalls vor. Sie waren noch nie in einem Lokal wie diesem hier? fragt er. Oh doch! sage ich, das Dorfgasthaus in meiner Heimatgemeinde schaut genauso aus. Er fragte nicht nach dem Namen meiner Heimatgemeinde. Er versinkt in einer schweigenden Betrachtung meiner Person, die mir etwas unangenehm wird. Was machen Sie, beruflich, meine ich? fragt er nach einer Weile. Ich bin Buchhalterin, antworte ich und nicke bestätigend mit dem Kopf, so als wollte ich meinen Worten noch mehr Gewicht geben.

Buchhalterin. Ja, das bin ich.

Abrüsten

In einem kleinen Lager in Ägypten erreichte mich der Befehl, mit einer Reihe von alten Soldaten nach Rom zu gehen und dort abzurüsten. Ich ging nach Alexandria und traf in einer Kaserne das Häuflein von zukünftigen Ex-Legionären. Jeden Morgen wanderte ich von der völlig überfüllten Kaserne zum Portus Magnus von Alexandria, um ein Schiff zu finden, mit dem wir Richtung Rom segeln könnten. Wochenlang zeigte sich kein Segel am Horizont, denn das Meer war von den Winterstürmen aufgewühlt und der

Himmel durchgehend grau. Das Ungeziefer plagte uns und der Hafenmeister sagte, dass es, falls Schiffe auftauchen sollten, noch Monate dauern würde, bis wir mitgenommen würden. Denn viele andere warteten schon länger als wir und Wichtigeres war zu befördern als ein paar alte Legionäre. Ich wandte mich an den Präfekten und besprach mit ihm die Lage. Er riet mir, es weiter im Norden zu versuchen, in Judäa, weil dort wegen der ständigen Aufstände mehr Schiffe kommen und gehen. Der Weg dorthin sei zwar nicht ungefährlich, aber wir wären doch zwanzig Mann und könnten uns wehren. Also holte ich mir einen Marschbefehl und zog mit meinen Legionären ab. An den Weg habe ich nicht viel Erinnerung. Im Soldatenleben gibt es viele Wege, die man marschiert, also verliert man allmählich die Erinnerung an einzelne und sie mischen sich zu einem scheinbar unendlichen Weg mit vielen Stationen und Mühen. Ich schätze, wir waren an die zwei Wochen unterwegs, durch die Wüste und teilweise entlang des Mittelmeers. Wir wollten Caesarea Maritima erreichen, um von dort mit einem Schiff nach Rom zu gelangen. Kaum in der Stadt angekommen, wurden wir sofort den Truppen zugeteilt, die Pontius Pilatus, dem berüchtigten Statthalter von Judäa, Begleitschutz bei einer Reise nach Jerusalem geben sollten. Der Prokurator residierte üblicherweise in der neugegründeten Stadt Caesarea, doch anscheinend war jetzt seine Anwesenheit in Jerusalem von Nöten. Während des Marsches bekamen wir ihn nie zu Gesicht, da er in einer verhangenen Sänfte reiste und abends augenblicklich in einem für ihn aufgeschlagenen Zelt verschwand. Die Witze über seine Kahlköpfigkeit und seine Eitelkeit machten jeden Abend unter den Soldaten an den Lagerfeuern die Runde und ständig wurden neue Geschichten über ihn weitererzählt. Pontius Pilatus ist ja heute noch weltberühmt. In Wirklichkeit war er wie alle seine Vorgänger ein korrupter, windiger Kerl, ein Produkt der römischen Bürokratie, nicht zu fassen und jedes Versprechen brechend, wenn es opportun erschien. Seine Beamten waren wie er, aalglatt und zugleich ihrer Macht bewusst, auch wenn sie noch so klein war. Denn sie konnten lesen und schreiben und sich jederzeit auf ihre Papiere ausreden.

Ich erinnere mich noch ganz genau an den Moment, als wir die Nähe von Jerusalem erreichten. Am Rande der Straße häuften sich die gekreuzten Baumstämme, an die Aufständische als Zeichen der Abschreckung genagelt oder gebunden wurden. Es waren nicht die

Kreuze, wie sie die Christen später zeigten, sondern einfach nur Balken, die in der Mitte zusammengebunden wurden. Dann wurden die Hände und Füße gespreizt auf diesem Gestell angebracht, das Ganze aufgestellt und in Löcher im Boden versenkt. Dem Verurteilten wurde anschließend meist ein Bauchstich versetzt und er starb einen unsagbar grausamen Tod. Die Toten blieben einfach hängen und verfaulten langsam an ihrem Kreuz. Vögel hackten Fleisch aus ihren Körpern, bis auch denen der Leichnam zu sehr stank. Allerdings half manchmal auch eine kleine Zuwendung an die wachhabenden Soldaten, und die Familie durfte heimlich den Körper des Toten bergen.

Den Kreuzen entlang zogen wir in die Stadt Jerusalem ein. Wir wurden wieder in eine verlauste Kaserne gesteckt, alle in einen größeren Raum, und bekamen Stroh, auf dem wir schlafen konnten. Wir wollten nichts als wieder zurück, in Caesarea ein Schiff finden und nach Rom reisen. Doch wurden wir in den nächsten Tagen der örtlichen Truppe zugeordnet und mussten mithelfen, die Ordnung aufrecht zu erhalten. Man hatte uns gleich eingeschärft, den großen Tempel, der wie eine Festung oben auf dem Berg inmitten von Jerusalem prunkte, nicht zu betreten. Das würden die Juden als Entweihung empfinden und Gewalt würde ausbrechen. Doch gleich neben dem Tempel, direkt anschließend, gab es ein Verwaltungsgebäude der Römer. Und man munkelte, dass der Hohepriester so in der Lage war, die Tribute, die er für seine immensen Geschäfte am Tempelberg zu leisten hatte, gleich an die Römer abzuliefern.

Die Stadt war erregt, weil ständig religiöse Prediger, von denen es Unzählige gab, aus allen Ecken von Judäa hier zusammen kamen, um ihre Weisheiten von sich zu geben. Die Menschen litten in dieser Zeit schwer unter der Last der römischen Besatzung und suchten Trost in der Religion. So liefen sie in Massen zu jedem neuen Prediger, um ihn zu hören. Die Priester des großen Tempels, selber höchst korrupt, bekämpften diese Leute, weil sie ihnen Geld und Aufmerksamkeit stahlen. Aber es schien, als ob eine religiöse Hysterie in der Luft von Jerusalem lag, denn alle Augenblicke sammelte sich die Menge um einen neuen Wunderrabbi, der ewiges Heil oder himmlische Freuden versprach. Viele dieser Prediger waren es auch, die mit ihren Hass-Reden die permanenten Aufstände schürten. Manchmal gelang es dem einen oder anderen

sogar, ein paar Verwirrte zu einem Überfall auf Soldaten oder einen Tempel zu bewegen. Dann wurde wieder ein Exempel statuiert und diejenigen, die man gefangen hatte, gekreuzigt. Und das Volk, das eben noch einem scheinbar Gottbeseelten zugejubelt hatte, fand nun Gefallen daran, seinem Sterben zuzusehen.
Ein, zweimal wurden wir als Hüter der Ordnung zu so einem Spektakel hinzugezogen, weil wir sonst in der Kaserne nichts zu tun hatten. Die Beamten weigerten sich vorläufig, uns einen weiteren Marschbefehl auszustellen. So saßen wir in unserem Raum, spielten und tranken Wein, den wir uns organisiert hatten oder streiften durch die Stadt, die eng, heiß und stickig war.

Während dessen verdichtete sich schon das Drama, das auf mich wartete.

Melmoths Bedenken

Auch das noch, denke ich, sie ist Buchhalterin. Wie soll ich da je meinen Auftrag erfüllen? Sie sieht unsportlich aus, und sie sieht nicht aus wie ein Mensch, der selbstreflektierend und selbstbewusst durchs Leben geht. Sie sieht aus wie eine, ja, wie eine graue Maus. Maus, Maus, Maus, Maus. Was soll ich mit ihr? Das Herz schweigt. Es hat alle Zeichen gesandt. Die Gewissheit, dass sie auserwählt wurde, die Mission zu beginnen. Die Verbindung, die sich sofort bildete, im ersten Moment des einander Sehens. In der Aura, die sie umströmte, das Gold rund um ihren Kopf und in ihrer Herzgegend. Ich kann es noch immer nicht fassen und blicke ratlos zu Albert hinüber. Er winkt mir zu kommen. Sie entschuldigen? sage ich zu ihr. Sie nickt verstehend. Es ist klar, das ist sie, raunt der Wirt. Ich weiß, aber was mache ich mit ihr? Albert winkt ab: Das wirst Du schon früh genug erfahren. Wie lange hast Du noch offen? frage ich. Er zog seine Mundwinkel skeptisch nach unten: Ihr solltet bald gehen, ich kann die Energie nicht so lange halten. Ich gehe zum Fenster und blicke hinaus. Der Regen hat aufgehört. An den Tisch zurückgekehrt, sage ich zu ihr: Es regnet nicht mehr.

Wenn Sie wollen, bringe ich Sie zum Auto.

Meriels Sehnsucht

Da haben wir es, denke ich, er will mich loswerden. Ich sehe ihn nie wieder. Mit einem leisen, traurigen Lächeln nicke ich. Ich hab schon bezahlt, wir können gehen, sagt er. Ich stehe auf. Meine Beine sind schwer und ich seufze unwillkürlich. Anscheinend ist doch noch eine Sehnsucht nach einem Mann in mir. Die habe ich vorher nie gespürt. Ich war bisher einverstanden mit meinem Alleinsein. Es kam mir absolut natürlich vor, allein zu sein. Das Ableben meines Mannes und meiner Eltern hatten kein allzu großes Loch in meinem Leben hinterlassen. Und doch war so ein Loch augenscheinlich da. Und er, er hätte perfekt gepasst, es zu füllen.

Wir treten hinaus auf die kleine Gasse. Es regnet tatsächlich nicht mehr. Ich sehe mein Auto auf der gegenüberliegenden Seite der Hauptstraße stehen und packe mich fester in meinen Mantel, was nichts hilft, weil meine Bluse und mein Rock immer noch nass sind. Ist Ihnen kalt? fragt er mitfühlend und zieht seine Jacke aus, um sie mir umzuhängen. Danke, sage ich. Das ist es, was ich wirklich vermisst habe, denke ich. Jemanden, der nach mir sieht und erkennt, was ich brauche. Manchmal ist es nur eine warme Jacke. Manchmal etwas ganz anderes.

Die Hauptstraße ist leer und verlassen, die Straßenleuchten erfüllen sie mit einem warmen gelben Licht. Ich schreite auf das Auto zu und betätige automatisch die Fernbedienung am Schlüssel. Der Wagen blinkt freudig mit seinen Außenleuchten. So als ob er auf mich gewartet hätte. Seltsam, sage ich, vorher tat er gar nichts mehr. Ja, komisch, echot er, gar nicht besonders erstaunt. Aber das ist manchmal so. Vielleicht der Regen. Ich gebe ihm seine Jacke zurück und öffne die Türe, ziehe meinen Mantel aus und werfe ihn achtlos auf den Rücksitz.

Können Sie mich ein Stück mitnehmen? fragt er in dem Moment, als ich zwar daran dachte, aber mich nie zu fragen getraut hätte. Gern, sehr gern, stößt es aus mir hervor und wir steigen ein. Die Heizung stelle ich auf groß. Dann versuche ich den Wagen zu starten, er springt an. Nicht verstehend, ratlos und um Verzeihung bittend hebe ich meine Hände. Er geht ja wieder! ist der banale Kommentar des Mannes. Übrigens, ich heiße Melmoth.

Dass er seinen Namen nennt, empfinde ich gar nicht banal, sondern äußerst aufregend.

Das Herz

Eines Morgens wurden wir rüde geweckt. Steht auf, ihr müsst ausrücken! schrie ein aufgeregter Dux, ein Befehlshaber der Grenztruppen, in unseren Schlafraum. Sofort! Wir wickelten uns aus unseren Decken, denn in der Nacht wurde es sehr kalt in Jerusalem. Schneller, schneller! schrie der Offizier und ich ließ meine Männer antreten. Volle Bewaffnung! forderte der Hauptmann und wir legten unsere Brustpanzer an, schnallten uns die Schwertgürtel um und griffen zu Helm, Schild und Speer. Mir nach! war sein letzter Befehl. Die Straßen waren voll mit aufgeregt tuschelnden Bürgern, die wir brutal zur Seite schoben. Im Laufschritt erreichten wir das Stadttor und dann ging es noch weiter hinaus zu den Hinrichtungsstätten an der Straße. Eine große Menschenmenge hatte sich um eine offene Stelle gebildet, in deren Mitte wir nicht einsehen konnten. Die Truppe drängte sich in Keilform durch die Leute, die murrend zur Seite wichen. Wir erreichten einen äußeren Kordon von Soldaten, der sich für uns öffnete und dann wieder schloss. Ein nackter Leichnam lag am Boden, ein paar Angehörige oder Freunde knieten daneben. Religiöse Würdenträger hatten sich auch eingefunden und ein Tribun stand neben ein paar Elitesoldaten mit angehobenen Speeren. Den Würdenträgern stand Angstschweiß im Gesicht, sie standen geduckt hinter den Elitesoldaten, die uns verächtlich musterten. Alles junge Kerle, großgewachsen und kräftig. Wir, eine ausgemergelte Truppe von Überlebenden am Heimweg von unserer Soldatenkarriere. Schützt die Priester! knurrte der Tribun in unsere Richtung. Verachtung auch in seiner Stimme.
Wir bildeten einen Kreis um die Würdenträger und hoben ebenfalls unsere Speere an. Einer der Priester fiel mir auf. Er zeigte als einziger keine Angst, sondern stand kerzengerade in seinem dunklen Gewand und schaute mit einem eiskalten, nicht durchschaubaren Blick rundherum in die Szene. Auch ich fiel ihm auf und er holte mich mit einer Handbewegung zu sich. Centurio, kannst Du gut mit dem Messer umgehen? Ich nickte nur, gespannt, worauf seine Rede hinaus wollte. Dieser Mann wurde gestern

wegen Aufwiegelung des Volkes hingerichtet, begann er, aber als die Verwandten ihn heute Morgen vom Kreuz nehmen wollten, war seine Brust heiß, glühend heiß. Deswegen ist jetzt das ganze Volk Jerusalems zusammen gelaufen. Wir müssen den Leichnam wegbringen. Ich nickte wieder und wies zwei meiner Männer an, den Körper hochzuheben. Sie stießen die Menschen rund um den Leichnam zur Seite und nahmen ihn auf. Meine Legionäre umringten uns, die beiden Träger, den Toten, die Priester und mich, und wir marschierten in Richtung des Stadttores. Als wir den Kordon der anderen Soldaten erreichten, prasselten kurze Befehle auf diese nieder. Ein Teil von ihnen bildeten einen Keil, der die Menge teilte und begleitete unseren Trupp auf seinem Weg. Beim Tor und in den schmalen Gassen wurde die Situation schwieriger, aber eine Gruppe Soldaten schritt uns voraus und räumte die Straßen, andere schauten auf die Fenster, die Haustüren und in Seitengassen.

Kein Stein flog, kein Messer wurde gezückt. Die Menschen schauten erstarrt auf den Leichnam, einige erkannten den Prediger wieder, der noch vor ein paar Tagen zu ihnen gesprochen hatte. Es herrschte Totenstille im wahrsten Sinne des Wortes. Wir erreichten einen kleinen Platz und brachten den Toten in einen unscheinbaren Tempel, der das obere Ende des Häuserrunds bildete. Die uns begleitenden Soldaten postierten sich vor dem Gotteshaus, auch meine Leute bis auf die beiden Leichenträger blieben auf meinen Wink hin vor dem Tor. Die beiden Leichenträger wollten den Toten am Boden ablegen, doch der Priester wies sie an, ihn auf einen steinernen Altar zu legen. Dann bat er mich, auch meine beiden Soldaten wegzuschicken. Sie verließen erleichtert das unheimliche Gebäude. Das Tor wurde von innen mit einem Balken gesichert und auf ein Kopfnicken des Priesters hin verließen alle Tempeldiener den Altarraum. Auch die anderen Würdenträger zogen sich zurück.

Nur der Priester, möglicherweise der Hohepriester, der es aber nicht der Mühe wert fand, mir seinen Namen und Rang zu nennen, blieb gemeinsam mit mir beim Leichnam zurück. Jetzt konnte ich den toten Mann das erste Mal genauer ansehen. Keine außergewöhnliche Gestalt, noch jung, ein ruhiges, beinahe entspanntes Gesicht, umrahmt von einem Bart, wie ihn jeder Mann in der Stadt trägt. Die Stichwunde im Unterbauch ließ mich daran denken, wie qualvoll der Tod von Menschen mit solchen Verletzungen ist. Ich berührte seine Brust.

Sie war brennend heiß und ich zog unwillkürlich meine Hand zurück.

Liebe

Meriel hatte sich sofort in Melmoth verliebt. Sie spürt es im ganzen Körper. Überall strömt in ihr eine neue, verwirrende Energie, die sie zu unterdrücken sucht. Noch nie hat sie die Nähe eines Mannes so aufgewühlt. Ihre Schenkel zittern und sie hat Mühe, den Wagen zu lenken. Was ist das? denkt sie und versteht erst beim zweiten Mal, dass er sie bittet, anzuhalten.
Melmoth verlässt sie am Eingang zu einer U-Bahnstation, um in den Gedärmen der Stadt zu verschwinden. Ab dem Moment, in dem er wegging, fühlt sie sich allein gelassen. Langsam und betrübt fährt sie durch die Stadt nach Hause, immer noch zitternd und erregt, und zugleich von einer ihr bisher unbekannten Traurigkeit erfasst. Als sie ihre Wohnung aufsperrt und das Licht einschaltet, springt sie die Einsamkeit ihres Lebens an. Jetzt erst sieht sie, dass an dem Tisch in der Küche, auf dem sie ihre Mahlzeiten einnimmt, ein leerer Stuhl gegenüber von ihrem steht. Das war ihr seit dem Tod ihres Mannes nicht mehr aufgefallen. Ihre Schritte hallen anders am Parkett. Im Wohnzimmer stehen immer noch die Bücher ihres Mannes im Wandverbau, ungelesen und ohne Bedeutung. Das Schlafzimmer hat sich in all den verlassenen Jahren in eine stille Gruft verwandelt. Alles leer, einsam, ohne Leben. Mit einem Schlag wird ihr das alles bewusst und sie beginnt zu weinen. Nicht um Thomas, ihren Mann. Nicht um ihre Eltern. Sie weint über ihr hohles, sinnloses Leben.
Denn natürlich glaubt sie keinen Moment daran, dass Melmoth irgendwann wieder auftauchen würde. Nicht bei einer so unattraktiven Frau wie sie eine ist. Im Badezimmer bringt sie ihr nasses Haar in Ordnung. Dann schaut sie sich prüfend an. Eine schreckliche Brille, die sich selbst viel zu sehr betont. Erste Fältchen in einem glatten Gesicht. Das Alter kommt, denkt sie. Die Zeit für Liebeleien ist vorbei, hört sie den zweiten Gedanken sagen. Sie lacht bitter auf. War sie denn je verliebt gewesen? Und dieses

warme Gefühl, dass sie überfallen hatte, als sie neben Melmoth im Wagen saß, war es nicht nur eine Schimäre, die sie in die Irre führen will und vernarrt in den Abgrund tanzen lässt? Vielleicht ist er ein Betrüger und will nur ihr Geld? Nein, so sah Melmoth nicht aus. Er behandelte sie von Anfang an ein wenig kühl und distanziert, wenn auch nicht unfreundlich. Im Auto sprachen sie nur belanglose Worte miteinander. Als das U-Bahnschild auftauchte, hatte er sie gebeten, ihn aussteigen zu lassen. Er nickte ihr zu und bedankte sich. Kein weiteres Wort, kein Austausch von Telefonnummern, kein Versprechen für eine gemeinsame Zukunft. Er war weg, und mit seinem Verschwinden wurde ihr die Leere in ihrem Leben in einem erschreckenden Ausmaß bewusst.

Hastig putzt sie sich die Zähne, stellt sich unter die Dusche und kriecht anschließend unter die kalte Decke. Das erste Mal in ihrem Leben wünscht sie sich, dass ein Mann neben ihr im Bett liegen würde. Sie tastet sogar in das Nebenbett, aber es ist leer wie immer. So fühlte es sich auch an, als ihr Mann da noch schlief, fällt ihr ein und sie weint sich lautlos in einen dunklen, gnädigen Schlaf.

Am nächsten Morgen im Büro bemerkt sie, dass sie das erste Mal in ihrem Leben Fehler in ihrer Tätigkeit macht. Zum Glück kann sie die Mankos in den Endsummen sofort entdecken, aber die Tatsache, dass sie fehlerhaft gearbeitet hat, irritiert sie gewaltig. Sie läuft auf das WC hinaus und versteckt ihr Gesicht zwischen ihren Händen. Was ist los, was ist los? hämmert es in ihrem Kopf und ihr Körper krampft sich plötzlich zusammen. Ein Schwindel packt sie, sie kann sich nicht mehr halten und sinkt zu Boden. Die Keramikfliesen schmiegen sich an ihre Wange und die Kühle tut ihr gut. Die Sauberkeit des Ortes hilft ihr, wieder zu sich zu kommen. Langsam dreht sie sich auf den Rücken. Jetzt strömt die Kühle durch ihre Bluse in ihren Rücken. Sie ist einfach nur erstaunt. Ich bin verliebt, sagt ihre eigene Stimme tonlos.

Sie liegt und atmet tief. Ich muss wieder auf die Beine kommen. Auf die Beine kommen. Der Gedanke setzt ihren Körper wieder in Bewegung und sie windet sich auf die Seite, um aufzustehen. Sie stützt sich auf ihre Hände und kommt langsam hoch. Im Aufstehen schwindelt es sie erneut. Ihr Kopf stößt gegen den Handtuchspender. Sie kann sich an dem Gerät gerade noch festhalten und wieder aufrichten. Ober ihrem Auge ist durch den Aufprall am Spender ein kleines Cut entstanden. Blut läuft die

Augenbraue entlang. Oh nein, denkt sie, die Bluse wird schmutzig. Sie reißt ein paar Papierhandtücher herunter und drückt sie gegen die Wunde. Langsam verlässt sie die Toilette. Der Abteilungsleiter geht gerade vorbei. Was ist mit Ihnen, Frau Mühlecker, ist Ihnen übel? fragt er besorgt. Meriel nickt nur. Gehen Sie zum Arzt und lassen Sie sich versorgen. Er hält eine vorübergehende Kollegin auf: Frau Semper, begleiten Sie bitte Frau Mühlecker zum Arzt.

Seine Fürsorge rührt Meriel und sie flüstert einen Dank.

Gold

Unhörbar waren einige andere Priester in den Tempelraum gekommen. Sie bildeten einen Kreis um den Opferaltar. Auch sie hatten ganz andere Augen als die Würdenträger, die draußen am Hinrichtungsplatz angstvoll um die Leiche gestanden hatten. Ihr Auftreten, ihr Blick und ihre Haltung waren klar, undurchdringlich und fest. Gehüllt in dunkle Gewänder betrachteten sie teilnahmslos den Leichnam. Einer der Priester trug eine große kristallene Schale mit einem silbernen Deckel in seinen Händen, die auf einen Wink des obersten Priesters hinter den Kopf des Toten gestellt wurde. Centurio! damit wandte sich der Oberpriester an mich: Schneide das Herz vorsichtig und unverletzt aus dem Körper des Mannes und gib es in die Schale. Bitte! Sein letztes Wort oszillierte zwischen einem Wunsch und einem Befehl. Warum tut ihr das nicht selbst? fragte ich zurück. Demütig senkte der Priester seinen Kopf: Unsere Religion verbietet das. Ich schnaufte, weil ich die Lüge erkannte. Du wirst auch dafür belohnt werden, sprach der Priester weiter. Gut belohnt. Er zog einen Beutel voll Münzen aus seinem Gewand. Und ich ließ mich kaufen, denn Geld war etwas, was mir immer zwischen den Fingern zerronnen war in all den Jahren in den Diensten der römischen Armee. Ich ließ mich kaufen und ich weiß bis heute nicht, ob das meine Schande ist oder nicht.

Also zog ich mein Messer und setzte einen Schnitt entlang des Rippenbogens. Licht! verlangte ich und einer der Priester zündete einen siebenarmigen Leuchter an und stellte ihn neben mich. Ich verbreiterte den Spalt und tastete in den Körper. Das Fleisch im Inneren war so heiß wie frisch gekocht. Bringt mir Tücher, sagte ich und ein anderer Priester lief los, um welche zu holen. Mit den

Tüchern umwickelte ich meine Hände. Langsam bahnte ich mir zwischen den Rippen und der Lunge einen Weg zum Herzen. Es schlug noch immer, obwohl der Mann offensichtlich tot war. Ich löste das Herz mit dem Messer und mit der freien Hand tastend aus seinem Sitz. Dann zog ich es mit einem Ruck unter dem Brustbein hervor. Auch in meinen Händen hörte es nicht auf zu schlagen und ich spürte etwas aus ihm in mich übergehen. Später erst erkannte ich, dass mich das Herz damals als seinen Diener akzeptiert hatte. Leg es in die Schale! stieß jetzt der Priester hervor, dass erste Mal Erregung zeigend, schnell, sonst verbrennst Du! Heute weiß ich, dass er eine ganz andere Angst hatte, nämlich, dass das Herz in mich übergehen könnte. Der Priester riss den Deckel von der Kristallschale und ich ließ es achtsam hinein gleiten. Sofort hörte es zu schlagen auf und mir war, als ob auch ein Licht, das aus ihm strahlte, erlosch.
Nimm Dein Geld und geh! sagte der Hohepriester und warf den Beutel neben der Kristallschale auf den Altar. Ich wischte langsam meine Hände und dann mein Messer an den Tüchern ab und steckte die Waffe wieder in seine Scheide. Die Tücher wollte ich einem Priester geben, doch der wich erschrocken zurück. Nimm sie mit, sagte der erste Priester, verbrenne sie draußen. Dann nahm ich den Lederbeutel. Er wog nicht allzu schwer in meiner Hand, doch spürte ich am Griff und am Klang, dass es Goldmünzen waren, die seinen Bauch füllten. Zugleich aber ergriff mich eine unerklärliche Traurigkeit. Eine Traurigkeit, die mich seither nie wieder verlassen hat. Ich steckte die Tücher unter meinen Brustpanzer und wandte mich zum Gehen. Ein anderer Priester führte mich durch eine Seitentüre in eine schmale unbelebte Gasse, von der aus ich wie verloren zurück zu meinem Quartier ging. Bei einem Geldwechsler tauschte ich ein paar Aureas in Denare, die ich am Abend unter meine Männer verteilte. Andere Goldmünzen setzte ich ein, um für mich und meine Männer bei einem Beamten eine Ausreisegenehmigung und auf einer Liburne Plätze nach Misenum zu ergattern. Die restlichen Goldstücke trug ich lange an meiner Brust und mir war, als ob sie mich beschützten, denn sie blieben auch bei der Rückreise nach Rom, meinem Austritt aus der Armee, bei dem mich ein Beamter um die Hälfte meiner Abfertigung brachte und meinem anschließenden ruhelosen Leben lange bei mir. Noch heute, zweitausend Jahre später, trage ich eine Münze davon

auf meiner Brust, und sie wird warm, wenn ich an das Herz denke oder in seinen Bannkreis komme.

Aber zu dieser Zeit wusste ich noch nicht, dass ich damit auch das Unglück anziehe.

Fürsorge

Der Arzt versorgt ihre Wunde. Sie ist so klein, dass sie nicht genäht werden muss. Fühlen Sie sich noch schwindlig? fragt der Arzt. Meriel nickt. Dann gehen Sie nach Hause und bleiben Sie ein paar Tage im Bett. Wieder nickt Meriel. Ich komm schon allein nach Hause, sagt sie ihrer Kollegin und schickt diese weg.
An der Straßenbahnhaltestelle erwartet sie Melmoth. Er hilft ihr in den Zug, ohne auf ihr erstauntes Gesicht zu achten. Wieder spricht er nichts, sondern setzt sich einfach nur neben sie. Sie spürt seine Wärme und es gibt nichts, was sie jetzt, in diesem Moment, lieber gespürt hätte. Ihre Wunde pocht und schmerzt ein wenig. Aber noch mehr pocht ihr Herz und dann tut sie etwas, was sie selbst in höchstes Erstaunen versetzt. Sie nimmt seine Hand in ihre Hände. Und er lässt es zu. Sie entspannt sich völlig in dem Erleben, seine Hand fest zu halten. Es ist ihr, als ob eine jahrzehntealte Last aus ihr in den Boden der Straßenbahn fließt und sich im Asphalt der Straße verliert. Sie schließt die Augen und genießt das Gefühl der Erleichterung, das sich in ihr breit macht. Ihre Oberarme berühren einander. Ihr Kopf lehnt an seiner Schulter. Nichts, nichts ist mehr wie eben noch. Ihre Wunde unter dem kleinen weißen Pflaster pulsiert und erinnert sie daran, dass sie lebt. Ihr Herz pocht unter ihrer Bluse und erinnert sie daran, dass sie fühlt. Durch ihren ganzen Körper fließt ein warmes, leichtes, wohliges Gefühl, es kribbelt besonders in ihrem Becken und schwelgt in sich selbst. Meriel nickt. Das ist es. Das ist es!
Bei der Einfahrt in eine Straßenbahnhaltestelle drückt Melmoth leise ihre Hände. Sie steigen aus und Meriel registriert erstaunt, dass Melmoth offensichtlich weiß, wo sie wohnt. Ein winziger Stachel von Misstrauen taucht auf und piekt ganz leicht ihr Herz. Woher weißt Du? fragt sie, doch Melmoth legt nur den Zeigefinger an seine Lippen. Später, sagt er und sie trabt neben ihm her. Ihre Hände halten einander immer noch. Ihr Körper ist ganz erfüllt von

dem, was sich da losgeeist hat und mitten im Schmelzen ist. Vor ihrem Haus bleibt Melmoth stehen und wartet, bis sie den Schlüsselbund heraus gekramt, den richtigen Schlüssel gefunden und das Haustor aufgesperrt hat. Wie selbstverständlich steigt er neben ihr die Treppe hoch und bleibt wieder neben ihrer Wohnungstür stehen. Der kleine Stachel ist etwas gewachsen und sie blickt ihn ängstlich an. Du kannst mich ruhig einlassen, ich will nur sicher sein, dass es Dir gut geht, sagte Melmoth, ihre Gedanken lesend. Das Du hat sich zwischen ihnen eingestellt wie ein scheues Kind, das von allen geliebt und von allen erwartet wurde. Meriel sperrt etwas verwirrt aber froh im Herzen die Türe auf und geht in die Wohnung. Du sollst Dich hinlegen, hat der Arzt gesagt, also leg Dich hin, ich mach uns Tee. Meriel schaut ihn verwundert an. Er weiß alles. Das macht ihr ein wenig Angst. Gehorsam zieht sie ihre Schuhe aus, die Hausschuhe an. Die Pantoffel ihres Mannes stehen immer noch im Schuhregal. Sie überreicht sie Melmoth und der nickt.

Dann geht sie ins Wohnzimmer und setzt sich auf das Sofa. Ihr schwindelt wieder mehr und ein starker Schmerz durchzuckt ihre Schläfen. Zieh bitte die Vorhänge zu, ersucht sie Melmoth. Ihr wird erneut übel. Sie springt auf, läuft zum Badezimmer und erbricht sich würgend. Wieder und wieder presst sich ihr Magen zusammen und schickt das Frühstück und viel Magensäure nach oben. Wunderbar! gerade jetzt, wo er da ist, denkt sie, als es vorbei ist und sie sich erschöpft und schwitzend an der Waschmuschel festhält. Sie wäscht sich ihr Gesicht und spülte den Mund ein wenig aus. Dann tappt sie schweißüberströmt und zugleich frierend ins Wohnzimmer zurück. Du solltest die Bluse ausziehen, die ist klitschnass, sagt Melmoth, ich hol Dir eine andere, wo ist sie? Sie nickt müde, im Schlafzimmer, im rechten Kasten. Sie zieht ihre Bluse aus. Auch ihr BH ist durchnässt und sie reißt ihn mehr herunter als dass sie ihn auszieht. Dann bedeckt sie sich mit dem karierten Plaid, das am Fußende des Sofas liegt. Eine Decke aus dem Kaufhaus, gekauft mit dem Weihnachtsgutschein, fällt ihr ein. Melmoth kommt und reicht ihr die Bluse. Sie nickt müde und zieht sie an, während er sich in der Küche am Wasserkocher zu schaffen macht. Wie ein Ehepaar, denkt sie, wenn einer krank ist, sorgt der andere für ihn. Dieser Gedanke tut ihr gut. Sie rollt sich wieder unter dem Plaid ein.

Als Melmoth mit dem Tee kommt, ist sie schon eingeschlafen.

Die Welt des großen Geistes

Auf was ist zu achten in der Welt des Großen Geistes, Melmoth? frage ich. Auf alles, sagt er sehr schnell. Dann versinkt er kurz in Schweigen und zieht an seiner Pfeife. Nichts hat in der Welt des Großen Geistes Bedeutung, deswegen hat alles Bedeutung, fährt er weiter fort. Bedeutung in dem Sinne, dass es ein Teil des Großen Geistes ist. Das heißt, jede Begegnung, jedes Wort ist ein Hinweis auf das Wirken des Großen Geistes. Wenn Du den Hinweis verstehen kannst, dann kommst Du weiter voran. Wenn nicht, dann bleibst Du stehen und musst auf einen anderen Hinweis warten, der Dir lösbar erscheint.

Wohin komme ich weiter voran? Ganz vorsichtig stelle ich diese Frage in den Raum. Ohhhohho! Du bist aber schlau! sagt er fröhlich. Wohin kommst Du auf einer solchen Reise? Eigentlich nirgendwohin. Du bist ja schon da. Alles, was kommt, kommt auf Dich zu. Alles dreht sich rasend schnell um den Platz, auf dem Du stehst. Merkst Du das? Die Erde, die Planeten, die Sonnen, das All, alles dreht sich in Wirklichkeit um Dich. Die Menschen konnten sich das bisher nicht vorstellen, aber so ist es. Du bist ein gigantischer Wirbel des Großen Geistes, und Du saugst aus dem Jetzt etwas, was Du Zeit nennst. Wie ein schwarzes Loch verschlingst Du Zeit und Materie und nährst damit Dein Drehen und Wenden in der Zeitlosigkeit. Beides ist eins. Aber wir Menschen sehen immer nur die Endlichkeit an, statt die Unendlichkeit zu begreifen. Sogar das All denken wir uns von einem ersten Punkt aus, dem Urknall, wie es seit ein paar lächerlichen Jahrzehnten heißt. So, als ob es je einen Beginn gegeben hätte. Es gibt keinen Beginn. Es gibt kein Ende. Das sind nur Gedanken ohne wirkliche Bedeutung. Es gibt nur Prozesse, die sich im Hier und Jetzt ereignen, Zusammenschlüsse von Materie, von Energie, was in Wirklichkeit heißt, Zusammenschlüsse des Großen Geistes, was aber ein Widerspruch in sich ist. Ich höre Melmoth gerne zu, wenn er in Fahrt kommt. Er hat viel über das Leben nachgedacht. Kein Wunder, er ist auch schon zweitausend Jahre hier.

Wie kann etwas, das Eins ist, sich mit sich selbst verbinden? fragt Melmoth rhetorisch. Doch der Große Geist kümmert sich nicht darum, ob sein Wirken für unseren kleinen, scheinbar abgespaltenen Geist widerspruchsfrei ist. Er lacht nicht einmal darüber. Denn unsere Sprache und unser Denken sind zu unzulänglich und beschränkt, um ausdrücken, was ist. Erst wenn wir in unserem Denken darüber hinausgehen, können wir erfassen, welche Wirklichkeit die Welt des Großen Geistes ist. Die Unendlichkeit, das ist hinter dem Ereignishorizont, würden heute Physiker sagen. Aber es ist kein physischer Ort. Es ist absolute Stille ohne Regung und ohne Richtung. Und erst wenn wir in diese Stille kommen, können wir das Wirken des Großen Geistes begreifen.

Seine Pfeife ist während diesen langen Ausführungen ausgegangen. Er kramt in den Taschen seiner abgeschabten Jacke nach einem Streichholz. Albert, der Wirt, kommt und hält ihm ein brennendes hin. Du solltest nicht so lange quatschen, brummt er dabei. Melmoth sieht ihn prüfend an und ignoriert die letzte Bemerkung.

Du musst aufhören in Endlichkeit zu denken, sagt er in die ersten dichten Rauchwolken hinein, die sein Gesicht umnebeln. Endlichkeit ist eine Täuschung. Noch einmal: Es gibt keinen Beginn. Es gibt kein Ende. Es gibt Zusammengefügtes, das sich auflöst, wenn die Bindekräfte nicht mehr ausreichen. Dann fügt es sich neu zusammen. Aber all das ist der Tanz des Großen Geistes. Ständig mischt sich alles was ist, neu. Wenn Du es fassen willst, dann hältst Du ein Stück in der Hand, das sich mit Dir zusammenfügt. Das einzige, was dabei sicher ist, ist, dass Du es irgendwann wieder loslassen wirst.

Er schweigt und raucht weiter seine Pfeife. Ich schweige und verdaue seine Worte. Dann steigt eine neue Frage in mir auf. Wieso gibt es mich dann? Jetzt poltert er laut los und lacht aus ganzem Herzen, so dass sich andere Gäste nach uns umdrehen. Wieso gibt es Dich! prustet er. Wieso gibt es Dich! Ich könnte jetzt die uralte dumme Feststellung treffen, dass es Dich nicht gibt und Dir dann sagen: Zeig mir Dein Ich, dann antworte ich Dir. Aber das wäre billig. Du bist auch nichts anderes als das Weben des Großen Geistes, seines zeitlosen Tanzes. Die Frage lautet also: Wieso gibt es den Großen Tanz? Ich könnte sie Dir beantworten, aber ich kann es nicht. Du kannst es nicht hören. Es wäre zu banal für Dich und wahrscheinlich auch unglaubwürdig. Also wäre meine Antwort falsch.

Wieso falsch? frage ich zweifelnd. Weil eine Antwort nur dann Gültigkeit hat, wenn der Fragende sie verstehen kann. Soweit sind wir noch nicht. Eines Tages wird die Antwort aus dem Wirken des Großen Geistes zu Dir kommen. Dann wirst Du sie verstehen. Hab noch ein wenig Geduld.

Deine Reise ist noch nicht an ihr Ziel gelangt.

Die ersten Jahre

Nachdem ich meinen Dienst in der Legion quittiert hatte, wanderte ich von Rom aus ostwärts, um von der Küste des adriatischen Meeres mit einem Schiff hinüber nach Griechenland zu kommen. Ich folgte kleineren römischen Straßen, durchquerte den Apennin, durchwanderte danach ein sanftes Hügelland und erreichte eine winzige Hafenstadt, die wie ein Vogelnest auf einer Anhöhe über dem Meer saß. Den Namen habe ich längst vergessen, doch die Stadt war sehr schön gelegen und wurde links und rechts von langen Sandstränden umgeben. Hier musste ich tagelang warten, weil schwere Frühjahrsstürme eine Überfahrt verhinderten. Ein Kaufmann wurde in einer Taverne auf mich aufmerksam und fragte, ob ich einen Begleitschutz mit einigen Männern anführen könnte. Ich hatte zu dieser Zeit keinen weiteren Plan, als nach Griechenland zurück zu kehren und dort meinen Soldatenlohn in ein Stück Land zu verwandeln. Das konnte auch warten, wenn ich hier Geld verdienen konnte. Ich schlug ein und sah mir die Männer, alles ehemalige Legionäre mit niedrigen Rängen, an. Sie schienen relativ harmlos und wirklich nur auf den Sold aus zu sein, den der Kaufmann ihnen zahlen würde. Ich übte mit ihnen ein wenig, um ihre Fähigkeiten im Schwertkampf und mit der Lanze zu prüfen und aufzufrischen.

Die andere Zeit verbrachte ich in Einsamkeit am Strand, denn das Erlebnis in Jerusalem war noch immer tief in mir eingebrannt und beschäftigte mich bis in meine Träume hinein. Diese freie, ungestaltete Zeit empfand ich als Geschenk. Niemand kam, um mir einen Befehl zu erteilen. Ich musste auf niemanden achten, weil ich für sein Verhalten verantwortlich war. Es waren keine sinnlosen

Betätigungen auszuführen, um Männer zu beschäftigen und Kasernen oder Zeltlager in Ordnung zu halten. Ich saß, in meinen Soldatenumhang gehüllt, am Ufer und schaute auf das Meer hinaus. Die Wellen kamen und gingen, das Wetter war immer noch trüb, aber es passte mir wunderbar. Abends trank ich in der Taverne mit den Söldnern meines Trupps Wein, achtete aber darauf, nie zu viel zu trinken. Manchmal besuchte ich eine der Prostituierten, doch eigentlich hatte ich mich des Weiblichen schon lange entwöhnt und es drängte mich nicht, zu Frauen zu gehen. Eine von ihnen, eine reifere, schöne Frau namens Mircea, war sehr lebensklug und wir freundeten uns ein wenig an. Oft saßen wir gemeinsam unter einem Baum oder in ihrem Garten und sprachen über unsere Leben und unsere Gedanken. Die Leute hielten mich bald für ihren Beschützer, doch war mir das egal. Ich hatte keine Bindungen an den Ort, ich fühlte mich wie ein herzu gewehtes Blatt, das alsbald vom Wind weiter getragen werden würde. So verging Tag für Tag und das Wetter besserte sich kaum.

Der Kaufmann wartete ungeduldig auf ein Schiff, das, so hoffte er, vor der stürmischen See irgendwo auf einem Ankerplatz Zuflucht gefunden hatte. Dann, eines Tages, tauchte tatsächlich ein Segel am Horizont auf und Leben kam in den kleinen Hafen der Stadt. Männer liefen hinunter an die Mole und schauten auf das Meer hinaus, wo das dickbauchige Schiff in den rollenden, hohen Wellen auf die Stadt zuhielt. Ich saß auf einer Stufe, etwas erhöht und blickte ebenfalls hinaus. Die Seeleute kämpften mit dem ablandigen Wind und versetzten die Segel, um gegen das Land hin zu kreuzen. Die Ruderer versuchten gegen die Böen Fahrt zu halten, aber oft tauchten ihre Ruder nicht ins Wasser, sondern strichen durch die Luft, wenn sich das Schiff ein wenig zur Seite legte.

Der Kaufmann stand jetzt auch ganz in der Nähe der Treppe, auf der ich saß, und starrte angespannt auf das bewegte Wasser. Der Kapitän des Schiffes war ein Künstler, denn das Schiff glitt aus der schweren See beinahe leichtfüßig in das Hafenbecken hinein, wo es ruhig auslief und an der Mole vertäut wurde. Sofort wurde eine Planke von der Steinmole auf die Reling des Frachters gelegt und der Kaufmann eilte hinunter, um den Kapitän zu begrüßen. Sie waren enge Vertraute, dass konnte man an ihrer Herzlichkeit erkennen. Später erfuhr ich, dass sie Schwesternsöhne waren, der eine das Meer und der andere den Handel beherrschend.

Männer brachten Karren und Esel, die beladen werden sollten, um die Säcke, Kisten und Packen in die Speicher des Kaufmanns zu bringen. Der Kaufmann bat mich, ein Auge auf die Leute zu haben, damit nichts gestohlen wird und keiner der Rudersklaven flüchtet. Ich rief meine Männer zusammen und bildete eine Art Kordon. Allzu Neugierige trieben wir mit dem blanken Schwert zurück. Das mittelgroße Frachtschiff wurde bis weit in die Nacht hinein beim Schein hunderter Fackeln entladen. Ich staunte, wie viele Dinge in den Bauch des Navis Oneraria passten. Eilige Füße trabten die ganze Nacht die Planke hinauf und hinunter. Männer schoben die schweren Karren oder trieben ihre Esel an, um die Waren sicher in die Speicher zu bringen. Erst als fast schon der Morgen einen ersten hellen Streifen am Horizont zeichnete, waren die Männer fertig und wurden vom Kaufmann entlohnt. Die Seeleute zogen in die Taverne ein, die auch ich bewohnte und ich schaute daher lieber bei Mircea vorbei, weil es jetzt sicher laut und unangenehm im Gastraum und im ganzen Haus werden würde. Mircea öffnete mir verschlafen die Türe und zeigte gähnend auf eine Liegestatt in dem Raum, in dem sie ihre Kunden empfing. Ich schlief dort ausgezeichnet.

Obwohl Mircea ihr eigenes Bett meiner Gesellschaft vorzog.

Daheim

Ich erwache am späteren Nachmittag. Melmoth sitzt mir gegenüber im Fauteuil und liest in einem Buch, dass er auf meinem kleinen Bücherboard gefunden hat. Ich blinzele und sehe ihn durch einen schmalen Augenschlitz an. Ein energisches Gesicht, hagere Schultern, die Stärke ausstrahlen, kräftige Hände. Ich spüre, wie es mich zu ihm hinzieht. Nein, nein! Es wäre zu früh. Zu schnell. Zu schön. Zu schön? Unwillkürlich schüttele ich den Kopf. Kann ich mir Liebe nicht erlauben? Meriel, was ist los mit Dir? denke ich zornig.

Melmoth bemerkt meine Betrachtung: Geht's Dir wieder gut? Ich nicke, merke aber sofort meine Schwäche. Der ganze Körper fühlt sich wie zerschlagen an. Der Kopfschmerz ist zwar verschwunden, aber eine bleierne Schwere lässt mich die Augen wieder schließen. Ich versinke in einem dunklen Tunnel und spüre plötzlich etwas,

was mich zutiefst bedroht. Es ist unsichtbar und lauert irgendwo in dem Gebilde, dem ich den Namen Tunnel gegeben habe. Das Gebilde oder wie immer man es nennen könnte, ist in meinem Eindruck einfach ein röhrenförmiger Raum, der nach unten führt und in dem ich schwerelos schwebe. Ich kann weder Wände entdecken noch irgendeine andere Struktur. Doch ich weiß, es ist ein Raum und er ist wie das Innere eines hohlen Wurms und ich bin mitten drin.

Melmoths Hand holt mich zurück. Er hat sie auf meine Schulter gelegt und seine Finger leicht zusammengedrückt. Ich öffne die Augen, froh, wieder in meinem Zimmer zu sein, froh, ihn zu sehen, froh, einfach daliegen zu können. Hast Du Hunger? fragt er. Plötzlich spüre ich meinen geleerten Magen, der sich nach etwas Essen sehnt. Ich nicke und er steht auf und geht in die Küche. Lass die Augen offen, sagt er noch im Weggehen. Ich spüre, wie der schwarze Tunnel mich wieder anzieht, aber ich halte tapfer die Augen offen, gegen den Sog, sie zu schließen, ankämpfend. Um wacher zu sein, setze ich mich ein wenig auf. Der Schwindel ist immer noch da. Und zugleich spüre ich aber etwas Neues, ein verändertes Bewusstsein. Ich erinnere mich, wo sich dieses Bewusstsein eingestellt hatte – kurz nach meinem Aufprall am Handtuchspender. Dieses Bewusstsein fühlt sich klarer an, auch kräftiger und gerichteter.

Ich höre Melmoth in der Küche hantieren. Was für ein Mann, denke ich plötzlich wieder ganz banal und alltäglich. Thomas hat die Küche gemieden wie die Pest. Ach, Thomas, warst Du je in meinem Herzen? Seltsam, dass man so lange mit einem Menschen zusammen gewesen ist und doch keine Spuren mehr in sich selbst findet. Melmoth hat in der so kurzen Zeit, seit wir einander kennen, nachdrücklicher auf mich eingewirkt als je ein Mensch zuvor. Doch mein Zweifel will das nicht erlauben. Mein Zweifel sagt, das gibt's gar nicht. Nicht für mich! Schon gar nicht für mich!

Wenig später bringt Melmoth zwei Schüsseln mit Grießbrei aus der Küche. Hast Du irgendwo Schokolade? Dort, in der Lade, zeige ich ihm die Richtung. Ich habe immer Schokolade im Haus. Ich hasse sie, weil sie sich an meinen Hüften ansetzt. Ich brauche sie, um über meine depressiven Stimmungen hinweg zu kommen. Melmoth hat auch die Reibe gefunden und bedeckt meinen Brei mit dunkler, fettiger Schokolade. Die dampfende Speise und die schmelzende

Schokolade vereinigen sich zu einer Geruchssinfonie, die meine Lebenskräfte weckt. Ja, das ist es, das ist das, wovon ich nie zu träumen gewagt hatte, weil es viel zu weh tut, wenn es nicht da ist. Ich versinke in meinem Polster und genieße jedes Löffelchen Brei mit einer Intensität, wie ich noch nie in meinem Leben etwas genossen habe. Die Augen halte ich geschlossen, denn kein Tunnel der Welt könnte mich jetzt von diesem Genuss ablenken.

Melmoth ist mit seinem Brei fertig und stellt die Schale vor sich hin auf den Couchtisch. Du darfst nie mehr wieder in diesen Tunnel hineinfallen, sagt er sanft. Ruckartig richte ich mich ganz auf und der Kopfschmerz kommt wie ein hell klingender Metallton zurück. Ich sinke wieder zurück und spüre, wie mein Magen den Brei wieder ausspeien will. Was? stammle ich. Wie kann der Mann wissen, was in mir vorgeht? denke ich mitten in das Inferno hinein, dass mein Körper gerade durchlebt. Ein Verrückter! schießt es durch meinen Kopf. Das habe ich schon einmal in einer Fernsehsendung gehört. Geisteskranke haben manchmal die Fähigkeit, Gedanken anderer Menschen zu erraten. Melmoth lacht: Ich bin nicht verrückt. Ich bin hier, um Dich zu schützen. Wieder schwindelt es mich. Um mich zu schützen, hallt es in mir. Was ist das für einer? Ich brauche nicht geschützt zu werden, denn mein Leben ist in Ordnung. Ich habe mein Geld auf der Bank, wohlverwahrt. Ich habe meinen Job. Ich lebe in einer Wohnung, die mir gehört. Mein Tag ist geordnet, ich weiß immer, was ich zu tun habe. Das wird sich ändern, sagt Melmoth wieder sanft, aber diesmal liegt eine Bestimmtheit in seiner Stimme. Wer bist Du? schreie ich ihn an. Wie kannst Du meine Gedanken lesen? Melmoth kommt zu mir und streicht über meinen Kopf: Ich kann es, aber ich werde Dir nie damit schaden. Ich habe eine andere Aufgabe. Sie betrifft – Dich. Was, was, was, was? errege ich mich heftig und will mich aufsetzen. Doch der Schmerz in meinem Kopf zwingt mich dazu, liegen zu bleiben. Ich bin verwirrt, komplett verwirrt. Mein Traum von Heim und Mann zerplatzt. Da ist ein unheimliches Wesen in meiner Wohnung. Der Stachel des Misstrauens in meinem Herzen wächst riesengroß heran. Plötzlich ist Melmoth wie ein Fremder, ein Fremder, der Angst macht. Verlass sofort meine Wohnung, sage ich mit energischer Stimme. Wie Du willst, antwortet er, nimmt die beiden Schalen und trägt sie in die Küche. Ich lass Dir einen Zettel da. Wenn Du bereit bist, komm, sagt er aus dem Vorzimmer mit gehobener Stimme. Bereit wofür? schreie ich zornig zurück.

Doch Melmoth zieht bereits von außen die Wohnungstüre zu.

Der Mahlstrom des Ichs

Wieder sitzen wir im Weißen Kamel, wie so oft in letzter Zeit. Melmoth zieht schweigend an seiner Pfeife und hüllt sich in duftenden Rauch. Ich nippe am Tee und blicke ins Nirgendwo. Plötzlich taucht vor meinem inneren Auge ein gewaltiger Mahlstrom aus glühendem Magma auf. Er dreht sich spiralig um seine Achse. Dunkle, kühlere Teile wechseln sich mit Streifen hell gleißender Materie ab. Von den Rändern kippen ständig Schlacken und Steine in den Strom, werden erhitzt, lodern auf und lösen sich letztlich in der glühenden Masse auf. Manchmal bricht eine ganze Wand ab. Felsen, Schlacken, Urgestein und alte Lava stürzen krachend in die gleißende Flut. In der Mitte brennen die Feuer hell und hoch und werden verlöschend hineingezogen in den Strudel, der alles verschlingt. Alles geschieht gleichzeitig, alles geschieht, weil es geschieht.

Melmoth blickt mich an. Der Mahlstrom des Ichs, sagt er leise. Auf meinen zweifelnden Blick hin spricht er weiter. Das ist, was unser Ich hervorbringt. Schlacken, uralte Gesteine, bröckelnde Wände, die ewig hätten halten sollen, scheinbar festes Zeug, das aber keinen Halt bietet. Es erhitzt sich in der Spirale des Ichs, reibt sich aneinander, wird hell glühend und verdampft in der Mitte ohne Spur. Das ist es, was Dein Ich, was jedes Ich ausmacht. Manche Menschen, die den Mahlstrom erlebten, hielten ihn für die Hölle und ihr Ich für den Teufel. Aber es ist nur etwas, was Du selbst hervorbringst und was mit Dir erlischt. Doch wenn Dein Bewusstsein diese glühende Mitte passieren konnte, kannst Du die Welt des Großen Geistes wahrnehmen, die unsterblich ist.

Ohne Übergang stehe ich plötzlich selbst am Rande des Feuerstroms, ganz nahe der dunkel glühenden Masse. Ich spüre, wie von hinten Kräfte anschieben und mich immer mehr zum Rand hindrängen. Ich finde keinen Halt, auch weil mir Hände fehlen, um mich anzuklammern, und stürze in den Strudel. Es dreht mich. Es zieht mich nach unten. Ich bin nur ein Konglomerat aus zusammengepresstem Sand und Steinen, Geröll und Schlacken, die andere bei ihrem Verbrennungsprozess ausgespien haben. Das bin Ich, erkenne ich, kein Kern, keine Einheit, zusammengepresstes Zeug, zufällig im Leben aufgeschnappt und ohne System oder Sinn aneinander gefügt. Großes sehe ich neben Trivialem, halb Vergorenes neben Brillantem, Unverstandenes neben Sätzen, die mir sinnvoll und richtunggebend erscheinen. Es wirbelt mich hoch. Ich glühe auf. Der Zusammenstoß mit anderen glühenden Teilen verformt mich. Ich bekomme Dellen, Kanten, die aber gleich wieder abgeschliffen werden. Ich komme in kühlere Abschnitte, werde rot, dunkelrot, braun. Dann wieder heißere Stufen. Ich werde weiß glühend, koche. Gefühle lösen sich aus den glühenden Brocken, verdampfen. Mit anderen Stoffen vermische ich mich, werde ein Neues, werde getrennt, verliere völlig meinen Zusammenhalt, verfließe in dem großen mahlenden Strom. Das bin ich! trommle ich verzweifelt und sehe doch die Zufälligkeit dessen, was ich als Ich bezeichne. Das bin ich! Das Wort wandelt sich: Was bin ich? Ich weiß es nicht mehr. Gefühl für Gefühl bricht aus dem, was mich einstmals ausgemacht hatte, Ängste, Trauer, Wut, Freude. Blase um Blase füllt sich, bläht sich auf, platzt, verspritzt die Hülle, die sich sofort wieder mit anderen Substraten mischt, vermengt, eingeht in andere Partitionen, die selbst verzweifelt bemüht sind, sich abzugrenzen, ihren Zusammenhalt nicht zu verlieren und die doch im willkürlichen Gemenge untergehen, haltlos, spurlos, wesenlos. Näher und näher schiebt sich der Strom dem Auge der Spirale. Ich gebe auf und lasse mich ohne Absicht treiben. Ganz weich ist die Masse dessen geworden, was ich vor unendlich langer Zeit „Mich Selbst" genannt habe. Es strömt auseinander und wird nur noch schwach zusammengehalten von einer inneren Kraft. Meine Ränder verfließen, vieles kann eindringen und mich beeinflussen. Vieles fällt ab und bleibt zurück. Der Strom bewegt sich mit unterschiedlichen Geschwindigkeiten und ich, so scheint es mir, bewege mich sehr rasch auf die Mitte zu. Innerlich bin ich ruhig geworden. Kein Wehren mehr, kein Widerstreben. Ich gebe mich dem Fließen hin, obwohl der Strom immer heißer wird. Blasen steigen vom Untergrund auf, durchdringen meine Formation, platzen an der Oberfläche auf. Sie reißen weitere Gedanken und Gefühle aus mir heraus und entleeren sie in die Tiefe. Nichts bleibt zurück. Nun spüre ich eine Veränderung des

Strömens. Die Masse kocht immer wieder auf und beginnt zu verdampfen. Die Materie steigt in Dampfschwaden nach oben, um sich mit anderen Schwaden zu verbinden. Doch etwas anderes sinkt nach unten, obwohl es ganz leicht ist, unkörperlich, ungreifbar. Mein Bewusstsein verlässt das Körperliche und sinkt mit. Es wird hinab gezogen, wie in ein Fließen, das aber nichts anderes als Energie ist, weiß leuchtende Energie. Darin gleite ich in schraubenförmigen Bewegungen hinab. Es ist ein stockendes Sinken, immer wieder gebremst von Blasen, die von unten aufsteigen, Gedanken, die sich aus dem Mahlstrom noch nicht verabschiedet haben und nun zurück müssen in den Feuerfluss. Jedes Temperaturempfinden ist verschwunden. Jedes körperliche Empfinden ist verschwunden. Jedes gedanklich gebundene Empfinden ist verschwunden. Nur Bewusstsein, empfindendes Bewusstsein, das ruhig das Niederschrauben der Entität verfolgt. Ich falle. Es ist dunkel. Ich schlage auf einem Waldboden auf. Ich sehe. Hohe Bäume umstehen mich. Meine Gestalt besteht nur aus Licht. Ich liege in kühlem, feuchtem Moos. Melmoth sitzt mir gegenüber und klopft seine Pfeife aus. Willkommen im Wald der Götter, sagt er.

Ich nicke erschöpft und ruhe mich aus. Seine Worte habe ich gehört, aber sie haben keine Bedeutung für mich. Das kühle, feuchte Moos nimmt mich auf, zumindest das, was sich im Moment als Lichtgestalt zeigt. Erst langsam setzt sich mein Körper wieder zusammen, indem sich die Lichtenergie wieder in Materie verwandelt. Verwundert nehme ich meine Hände wahr, als sie wieder erscheinen, dann meine Beine, wenig später meinen Bauch, meinen Kopf, meinen ganzen Körper. Aber die Reise durch den Mahlstrom hat zu einem ganz anderen Grundgefühl geführt. Immer noch fühle ich mich distanziert und `Nicht-Ich´. Das bin ich? Ich halte Melmoth meine Hände entgegen und beginne plötzlich zu lachen. Das bin ich! pruste ich heraus. Melmoth lacht fröhlich mit.

Ja, ja, sagt er, das bist Du! Nicht und doch und doch nicht.

Im Wald der Götter

Eine große Gestalt beugt sich plötzlich über uns und schaut uns ernst an. Aber sie macht mir keine Angst. Die Erscheinung wirkt wie aus der Zeit gefallen. Spindeldünne Beine, ein schmaler, langer Oberkörper, ebenso spindeldünne Arme mit seltsam verkrallten Händen, ein eingetrockneter Kopf mit abstehenden Ohren und Augen, die fast aus ihren Höhlen treten. Ich blicke die Figur ruhig an. Weder gefällt sie mir noch finde ich sie widerwärtig. Sie ist einfach und hat mit mir nichts zu tun.

Die große Gestalt dreht wieder ab und schleppt sich mit staksigen Schritten auf ein Gehölz zu. Ich setze mich auf und blicke mich um. Andere große, fast durchscheinende Figuren stapfen in einiger Entfernung auf dünnen langen Beinen durch den Wald. Hohe dunkle Bäume wachsen aus dem Moosgrund. Die Gestalten überragen sie teilweise. Sie sind mit nichts anderem beschäftigt als umherzugehen. Ruhelos, ziellos. Manche von ihnen wirken ausgedorrt und bewegen sich knackend und ungelenk. Andere wiederum wirken aufgebläht und bewegen ihre Masse nur sehr schwer zwischen den Bäumen. Dann sehe ich winzige Gestalten am Boden, ebenso durchscheinend, aber wieselflink und ständig mit etwas beschäftigt, was nicht auszumachen ist. Die Gestalten ignorieren uns. Die Gestalten ignorieren sich gegenseitig. Wenn sie einander begegnen, dann ist es, als ob sie durch die jeweils andere Gestalt hindurch schweben. Alles bewegt sich, aber nicht aufeinander zu.

Ich sehe Melmoth fragend an. Der putzt immer noch seine Pfeife und bemerkt meinen Blick erst nach einer Weile. Er blickt fragend zurück. Wo sind wir hier, in meiner Anderwelt? Nein, schüttelt er den Kopf, das ist die Anderwelt aller Menschen. Und was ist das? flüstere ich weiter. Was ist was? fragt er zurück. Diese großen Figuren? Ach so, antwortet er knapp, das sind Götter, zumindest die Götter, wie sie sich die Menschen vorgestellt haben. Ich blicke erstaunt. Glaubst Du an Jahwe, den Gott der Christen, Juden und Moslems? fragt er leichthin. Na ja, antworte ich und kratze mich im Nacken, das Ganze ist mir nicht so recht klar. Genau, deshalb schau ihn Dir an, da kommt er. Eine riesige Gestalt, alle anderen weit überragend, wälzt sich durch den Wald. Sie hat drei Beine und drei Arme, aber nur ein Auge und torkelt bei jedem Schritt. Riesige Steine sind auf ihre Schultern geladen und bringen sie ständig ins Wanken. Manchmal fällt einer der Felsbrocken auf den Boden. Dann erbebt der ganze Wald und die anderen Götter drehen sich irritiert um. Aber sie fassen sich schnell und blicken wieder in eine

andere Richtung. Die große Gestalt bückt sich mühsam und untersucht den herabgefallenen Fels. Sie betastet lange die Oberfläche und versucht die Struktur des Gesteins zu ergründen. Dabei balanciert sie die anderen Blöcke weiter auf ihren Schultern und bemüht sich, keinen zu verlieren. Nach einer Weile richtet sich das Wesen seufzend auf und bleibt stehen. Es denkt offensichtlich nach. Dabei erstarrt es förmlich. Nur die schwabbelnden Außenringe rund um seinen Bauch zittern ein wenig. Dann zieht die Gestalt ein Blatt Papier hinter einem Felsen hervor, legt es auf den Boden und beschreibt es. Das fertige Schriftstück piekt es auf einen Zweig. Keiner kommt und liest es. Die anderen Götter verschwinden sogar noch tiefer im Wald, kommt mir vor.
Das ist Jahwe, der Gott der Bibel? frage ich verdutzt. Nein, antwortet Melmoth. Das ist nicht das, was die Menschen Gott nennen. Das sind nur Vorstellungen von Gott, die sich in dieser Gestalt verdichtet haben. Geballte mentale Energie. Befrachtet mit `ewigen´ Werten. Die Steine? frage ich. Genau, antwortet er. Die Steine. Eine interessante Komponente. Jeder, der an dieses Gottesbild glaubt, lädt sich diese Brocken auf die Schultern. Manche behaupten sogar, dass wir mitsamt diesen Dingern auf die Welt kommen! Melmoth kann sich kaum halten vor Lachen, das er zugleich mühsam zu unterdrücken sucht. Aber weil die Steine so schwer sind, legen die Menschen sie von Zeit zu Zeit ab und denken nicht weiter an sie. Doch dann fehlt ihnen etwas und sie sind schuldbewusst. Interessant. Hat das was mit Religion zu tun? frage ich. Nein, prustet er, das hat eher etwas mit Moral und Konformität zu tun. Moral und Spiritualität, das sind zwei Schwestern, die einander nicht mögen. Und Konformität tötet jeden lebendigen Geist.
Ich denke nach. Also gibt es die Götter gar nicht, frage ich nach einer Weile, wenn die Gebilde hier nur aus Vorstellungen bestehen? Götter gibt es nicht, sagt er nach einer kurzen Pause. Es gibt etwas, mit dem manche Menschen in Kontakt kamen. Das wurde in manchen Weltgegenden mit dem Wort Gott bezeichnet. In anderen Vishnu, Tao, Mondamin, Amaterasu, Manitu, Shiva, oder das Ungeborene. Es hat aber keinen Namen. Und es hat kein Bild. Doch so weit sind wir noch nicht auf unserer Reise, dass Du das schon verstehen könntest. Wann werde ich verstehen? frage ich zaghaft. Er blickt mich belustigt an. Genau in dem Moment, in dem

Du verstehen wirst. Und jetzt untersteh Dich und frag mich, wann das ist. Die Zeitachse ist eine Illusion. Es geschieht alles jetzt. Nur brauchst Du noch ein bisschen, bis es in Dein Bewusstsein eintritt. Mach Dir nichts draus. Der Große Geist hat Dich trotzdem lieb.

Melmoth klopft mir mit der flachen Hand auf den Rücken und lacht. Dann holt er seinen Tabakbeutel hervor und stopft sich die Pfeife. Es dauert eine Weile, bis er in seinen Taschen ein Streichholz findet, das er an seinen Stiefelsohlen anzündet. Welch ein Mensch, denke ich, immer ruhig, immer überlegen, mit nichts aus der Ruhe zu bringen. Aber ist er überhaupt ein Mensch? Was denkst Du für dummes Zeug, sagt er scharf, wen interessiert das schon, was ich bin. Ich bin Melmoth der Wanderer. Mehr brauchst Du von mir nicht zu wissen.

Ich bin ganz erschrocken. Er kann ja meine Gedanken lesen! Das habe ich ganz vergessen. Ohne diese Fähigkeit wären wir nie hierher gelangt, sagt er ruhig. Dann schweigt er wieder und zieht an seiner langen, weißen Pfeife. Ich blicke mich um, wohl auch um dem Gedanken zu entfliehen, dass er durch meine Gedanken spaziert. Was sind das da drüben für Götter? frage ich. Du meinst die da rund um den großen Baum? antwortet er. Das sind die alten germanischen Götter. Da vorne auf der Lichtung hast Du die Gruppe der indischen Gottheiten. Und da drüben, die mit den Leintüchern, das sind die griechischen Götter. Die versuchen immer, ihren römischen Verwandten aus dem Weg zu gehen, was manchmal zu ulkigen Verrenkungen führt.

Er lacht wieder. Mir geht die Sache mit dem Gedankenlesen nicht aus dem Kopf. Denkst Du, wir haben je wirklich miteinander geredet? frage ich Melmoth. Hier, in dieser Welt? In dieser Welt sind wir nicht dort, wo man redet. Das ist viel zu langweilig und zu umständlich. Da, wo ich bin und Du jetzt bist, da kommuniziert man direkt, ohne Umwege. Aber, wende ich ein, dann weißt Du ja alles, was ich denke. Er antwortet abfällig: Na und? Was willst Du verbergen? Wir sind eins. Da gibt es nichts, was Du zurückhalten kannst oder musst. Alles, was zählt, ist, dass wir Deine Reise erfolgreich hinter uns bringen.

Damit ist anscheinend für ihn das Thema abgeschlossen. Er fragt lapidar: Willst Du noch etwas über Götter wissen? Ich überlege kurz. Nein, sage ich, nein, sie erscheinen mir recht langweilig. Dass sind sie auch, grummelt Melmoth. Die Menschen bilden sich sehr

viel ein auf ihre Gedanken über Gott. Dabei verstehen sie rein gar nichts von der Angelegenheit. Wenn sie aufhören würden, darüber nachzudenken und einfach hinsehen, würde es gleich viel interessanter werden.
Gehen wir? fragt er abschließend. Wohin? erkundige ich mich. Was weiß ich? antwortet er, es ist Deine Reise. Du bestimmst, wo es lang geht. Konzentriere Dich. Dann kommen wir schon weiter. Wie geht das? frage ich zaghaft. Er schlägt mir mit seinem Pfeifenstiel leicht auf den Kopf. Wenn Du jetzt mit dämlichen Fragen kommst, dann brechen wir die Reise ab! Ich reibe mir die schmerzhafte Stelle. Also, wo soll es hingehen? bohrt er noch einmal und blickt mich herausfordernd an. Ich zucke mit den Achseln und weiß nicht weiter. Das ist gut, das ist gut, brummt er versöhnt, Verwirrung und Ratlosigkeit sind ausgezeichnete Reisebegleiter. Also Augen zu und warten. Es kommt schon. Seine Worte steigern noch meine Sprachlosigkeit. Also beschließe ich, mich zu konzentrieren und schließe die Augen. Mir ist, als ob ein Wirbelwind uns beide erfasst und in die Höhe hebt.

Na also, brummt Melmoth.

Kaffee und Kuchen

Natürlich bin ich an den Ort gegangen, den Melmoth mir auf den Zettel geschrieben hat. Genau mit Datum und Uhrzeit, an der wir einander treffen sollten. Nach einer Nacht, in der ich so ruhig geschlafen habe wie schon lange nicht mehr, und nach den Erinnerungen an seinen köstlichen Brei und seine fürsorgliche Begleitung hat sich das Misstrauen wieder einigermaßen gelegt. Aber es lauert in mir wie eine Katze, deren Beute in einem Loch verschwunden ist. Aufgegeben hat es noch lange nicht.
Wir treffen einander am Samstagnachmittag zu Kaffee und Kuchen in der Fußgängerzone. Melmoth hatte das Treffen auf dem Zettel vorgeschlagen, den er hinterließ. Am Vormittag bin ich noch rasch in eine Boutique gegangen, um mir modischere Kleidung zuzulegen. Die Modelle meiner Damenmodenkette kommen mir jetzt absolut altmodisch vor. Auch meine Frisur ließ ich in einem bekannten Salon ein wenig verjüngen. Ich habe auch bei einem Optiker eine neue, zartere Brille ausgesucht, doch wird sie leider erst nächste

Woche fertig. Frisch eingekleidet und frisiert betrete ich nun das hübsche Café und fühle mich selbst ein wenig attraktiver.

Melmoth besteht darauf, dass wir trotz Sonnenschein drinnen im Café sitzen. An einem Tisch nahe der Fenster, an dem er gut nach Außen blicken kann. Mein Gott, ist er ein Geheimagent? Oder wird er von der Polizei gesucht? Ein Heiratsschwindler! Der Stachel ist wieder da. Melmoth blickt mich an und legt beruhigend seine Hand auf meine: Lass uns bestellen. Die Nusstorte hier ist sehr gut. Thomas und ich gingen nie auf eine Nusstorte. Bestenfalls gab es im Sommer ein Eis. Wie geht es Dir? fragt Melmoth in meine Gedanken hinein, hast Du noch Kopfschmerzen? Ich schüttele den Kopf. Ein paar Aspirin, das war es dann schon wieder. Melmoth nickt. Und wie hast Du geschlafen? Danke, sehr gut.

Small talk nennt man so etwas, denke ich reserviert. Aber wir müssen uns ja erst kennen lernen. Also sollte ich mitspielen, auch wenn ich nicht sehr gut darin bin. War sehr erholsam, füge ich hinzu. Melmoth schaut mich an und nickt ein paar Mal mit dem Kopf. So als ob er verstanden hat, obwohl es bei meinem Satz so gut wie nichts zu verstehen gibt. Und wie fühlst Du Dich jetzt? Bumms. Das trifft. Wie fühle ich mich jetzt? Soll ich die Wahrheit sagen? Dass ich trotz der chicen Kleidung und der neuen Frisur in Zweifeln bade und mir die ganze Zeit einrede, dass die Sache sowieso nicht funktionieren kann? Dass ich jetzt furchtbar aufgeregt bin und mich unwohl fühle, obwohl ich um nichts in der Welt gehen würde? Dass ich Angst habe, betrogen und enttäuscht zu werden, betrogen von ihm, betrogen von meinen eigenen Gefühlen, getäuscht von meinen Hoffnungen und Erwartungen? Soll ich das sagen? Dass mein ganzer Körper kribbelt, besonders zwischen meinen Beinen, und dass das ein Zustand ist, den ich noch nie an mir wahrgenommen habe und der mich komplett verwirrt?

Stattdessen sage ich: Danke, gut. Und wie geht es Dir? Das Du fühlt sich noch ungewohnt an. Er lächelt. Ich denke, auch gut. Aber ich habe nicht so genau nachgeschaut. Ich freu mich jedenfalls, Dich hier zu treffen. Wenn das nur kein Hereinfall wird, prescht wieder ein Zweifel-Gedanke durch meinen Kopf. Wie kann man sich freuen, mit einer uninteressanten, langweiligen und total gehemmten Frau Kaffee zu trinken? Die Kellnerin kommt und nimmt unsere Bestellung auf. Zweimal Kaffee. Zweimal Nusstorte.

Melmoth verschwindet mit seinem Kopf hinter dem Vorhang und blickt aus dem Fenster. Was ist? Was ist? Nichts, antwortet er, alles in Ordnung. Mein Misstrauen ist wieder geweckt. Ich beschließe, das Treffen abzukürzen. Ein Mann, der sich hinter einem Vorhang versteckt, ist mir nicht geheuer. Auch wenn er in meinem Zustand nach meinem Unfall sehr lieb zu mir war. Und wenn ich dieses Liebsein auch sehr brauche. Zu viel Unklarheit für meinen Geschmack.

Melmoth kommt wieder hinter dem Vorhang hervor. Unsere Bestellung wird gebracht. Wir essen und trinken schweigend. Ich bin nicht sehr gut in Konversation, sagt Melmoth, es tut mir leid. Ich lächle. Ist schon recht, ich bin auch keine Rhetorikerin. Rhetorikerin! Wo kommt denn dieses Wort her? Wenn ich aufgeregt bin, dann entwickle ich eine Neigung zu Fremdwörtern. Wahrscheinlich will ich beeindrucken. Doch alles, was ich damit produziere, ist Quatsch. Das habe ich bemerkt, bemerkt Melmoth galant. Was hast Du bemerkt? Das Du nicht so viel redest. Aber ich freu mich darüber. Manchmal ist schweigen viel schöner und intensiver als reden. Na, da kannst Du einiges von mir erwarten, denke ich. He, ich denke in Zukunft! Will ich wirklich mit diesem mysteriösen Kerl zusammen sein? Die Antwort ist klar: Ich will. Aber ich wollte doch unser Treffen abkürzen. Ich wollte doch misstrauisch sein. Ich wollte doch… mir fällt nicht mehr ein, was ich wollte, aber es war irgendetwas Wichtiges. Willst Du noch Kaffee? fragt Melmoth. Ich schüttele den Kopf. Was wirst Du morgen machen? Nichts, könnte ich sagen. Tauben füttern. Fernsehen. Warten bis der Tag vergeht. Stattdessen sage ich: Ich hab noch nichts Bestimmtes vor. Melmoth spricht weiter: Wir könnten uns in der Kneipe treffen, Du weißt schon, in der, in der wo wir einander kennengelernt haben. Ich nicke. In meine Bedenken und Ängste hinein nicke ich. Ja ich will. Und wenn er mir mein ganzes Geld raubt. Ich will.

Melmoth lächelt. Ich will Dein Geld nicht. Ich brauche es nicht. Ich habe selbst ein gutes Auskommen. Ich schlucke. Er hat schon wieder meine Gedanken gelesen! Was tust Du, wovon lebst Du? frage ich stotternd und verlegen. Ich bin Experte für Numismatik. Auktionshäuser oder Sammler rufen mich an, um alte Münzen prüfen zu lassen. Davon kann man ganz gut leben. Und natürlich habe ich selbst einige Goldstücke im Bankfach. Als Notgroschen. Er lacht herzlich. Ich schäme mich.

Und trotzdem: Ich will.

Die Wahl

Der Tee schmeckt bitter und süß zugleich. Melmoth hat sich kurz entschuldigt. Ich sitze zurückgelehnt in der Kneipe, nippe an meiner Tasse und sehe mich um. Über mir rußgeschwärzte Balken, jahrhundertealt. Die Bänke rundgesessen und von tausenden Hosen poliert. In den Tischen geritzte Botschaften an die Nachwelt. Rillen, die von Messern und Fingernägeln vertieft wurden. Flecken über Flecken, die eine durchgehende Färbung erzeugen. Darauf zwei Tassen, halbvoll mit Tee. Heute sind weniger schwatzende Männer im Weißen Kamel als das letzte Mal an diesem Regenabend, was sehr angenehm ist, vor allem weil weniger Rauch in der Luft steht. Vielleicht ist das so, weil Sonntagnachmittag ist und draußen die Sonne scheint.
Hier habe ich Melmoth vor Stunden getroffen. Er saß in der dunkelsten Ecke, einen ledernen Schlapphut am Kopf, eine ausgebeulte Jacke an. Bizarre Adjustierung, dachte ich. Neben sich auf der Bank eine verwitterte alte Ledertasche, die offensichtlich zu ihm gehört. Er sieht ganz anders aus als bei unserem Besuch gestern in der Konditorei. Mehr wie der Waldläufer aus dem Herrn der Ringe, den ich einmal im Fernsehen gesehen habe. Aus einer Amsterdamer Tonpfeife rauchte Melmoth würzigen Kräutertabak. Meine eigene Mischung, antwortet er, darauf angesprochen. Er musterte mich erst lange, ehe er zu sprechen beginnt. Seltsamerweise fühle ich mich dabei nicht unbehaglich, sondern wahrgenommen. So wie ich bin.
Bevor ich Melmoth traf, war ich sehr verwirrt. Auf dem Weg hierher wurde mir klar, dass meine bisherigen Antworten meinem Leben keinerlei Fundament geben. Sehr gut, sagte Melmoth, als wir vorhin über vieles sprachen und ich ihm das mitteilte. Fallen lassen ist das einzige, was wir wirklich tun können. Fallen lassen und ewig fallen. Das hat mich noch mehr verwirrt. Bisher dachte ich, dass ich mein Leben selbst gestalten müsse. Aber welche Richtung habe ich

andererseits meinem Leben gegeben? Kaum eine, die über zaghafte Versuche hinausgeht.

Weil mir das Yoga bei Herrn Kamal als zu wenig erschien, trat ich vor zwei Jahren in eine Zen-Gruppe ein, um meine Meditationsfähigkeiten zu vertiefen. Sie wurde von einer Zen-Lehrerin namens Chikan geleitet. Sie brüllte immer wieder in der Meditationshalle und trug steif ihren Stock herum. Ihre Haare trug sie ganz kurz geschoren. Chikan zitierte gerne aus alten Schriften und sprach davon, wie der Weg im Alltag zu leben sei. Anfänglich beeindruckte mich ihre Art sehr. Doch mit der Zeit wurde sie immer fordernder. Zugleich spürte ich mehr und mehr, wie blockiert sie selbst in ihrer inneren Entwicklung war. Einmal kam es zu einem Streit zwischen einem alten Schüler und ihr, in dem sie sehr ausfällig wurde und sich hinter ihrer spirituellen Autorität versteckte. Das war der Moment, in dem ich die Gruppe verließ. In den Yoga-Kurs aber gehe ich immer noch.

Nach dem Aufstehen mache ich jeden Tag meine Übungen. Das tut mir gut. Dann sitze ich zehn Minuten still auf meinem Sitzkissen, während ein Räucherstäbchen vor einer kleinen Buddhafigur langsam abbrennt. Danach frühstücke ich, Müsli, eine Frucht, Joghurt, Getreidekaffee. Um halb acht gehe ich aus dem Haus und fahre mit der Straßenbahn zur Arbeit.

Melmoth ist noch nicht zum Tisch zurückgekommen. Ich sinniere also weiter und stelle fest, dass sich durch den Yoga-Kurs und die regelmäßige Meditation doch einiges in meinem Leben geändert hat. Herr Kamal versorgt mich mit interessanten alten Büchern, die ich mit brennendem Herzen lese. Manchmal gehe ich auch am Samstag in die Salamandergasse und stöbere in seinem Laden. An Sonntagen besuche ich seit einiger Zeit auf sein Anraten hin alte Kultstätten in der Umgebung der Stadt und versuche deren Qualität zu erspüren. Mich stört nur, dass auch so genannte Esoteriker in Scharen dorthin pilgern, um `Kraft´ zu erleben. Sie plappern und kichern und stellen sich dann affektiert an eine Stelle, an der sie besonders viel zu erspüren meinen. Ich finde sie nur unsensibel und hysterisch. Sind es zu viele, ziehe ich mich zurück und hoffe, irgendwo anders allein mit mir sein zu können.

Ich erwarte nicht, an diesen Orten oder anderswo etwas Großartiges zu erfahren. Ich bin einfach nur gerne dort und verweile in dem, was ich spüre. Es ist meine kleine spirituelle

Befriedigung, seit ich mich durch den Kontakt mit Herrn Kamal mehr mit diesen Dingen beschäftige. Manche Plätze machen mich klein und zusammengeballt, wie geschrumpft. Andere Stätten öffnen mein Herz und lassen mich mit der Natur mitschwingen. Wieder andere lassen mich wie aus mir selbst heraustreten und neben mir hergehen. Jede dieser Qualitäten liebe ich und gebe mich ihnen ganz hin. Aber ich denke nicht viel über das Erlebte nach. Ich rede auch kaum mit jemandem darüber. Mir ist, als ob ich an diesen Orten in eine andere Wirklichkeit eintrete. Doch bleibe ich wie eine scheue Reisende knapp hinter der Linie stehen, die die Eintrittszone markiert. Ich gehe nicht weiter. Ich stehe und staune. Ich fühle. Ich bin. Doch der Mut, tiefer hineinzugehen, fehlt mir.

Einmal allerdings, so erinnere ich mich, hat mich unter einem Baum so etwas wie ein Schauer ergriffen. Plötzlich war mir, als ob eine riesengroße Hand nach mir greift und mich prüfend umfängt. Mir wurde schwarz vor Augen und ich fiel nieder. Fallen lassen hat Melmoth vorhin gesagt. An diesem Tag bin ich wirklich gefallen. Jemand kam gelaufen und half mir, wieder aufzustehen. Der Mann, der mir geholfen hat, stellte dann seltsame Fragen, die ich wie aus der Ferne hörte. Nein, nein, sagte ich zu ihm, mir geht's gut. Nach einer Weile ließ er mich in Ruhe und ging wieder. Ich blieb noch eine Weile auf einer Bank sitzen und wartete. Leer fühlte ich mich und ein wenig zerschlagen. Entrückt fühlte ich mich auch. Die Welt um mich hatte keinerlei Bedeutung mehr.

Melmoth sitzt wieder mir gegenüber und sieht mich aufmerksam an. Ich habe ihn gar nicht kommen hören, so vertieft war ich in meine inneren Bilder. Er nickt. Das ist gut, sagt er. Das war es. Jetzt verstehe ich. Was verstehst Du, frage ich ein wenig verlegen, weil ich mich ertappt fühle. Ich verstehe, warum wir zusammen gekommen sind. Ja? kommt wieder ein betretenes Wort aus meinem Mund. Melmoth schlürft leise seinen Tee. In diesem Moment wurdest Du erwählt, sagt er. Ich verstehe gar nichts. Wer oder was hat mich gewählt? frage ich verwirrt.

Unendlich sanft antwortet er: Das Herz.

Handelsreise

Der Kaufmann mochte mich und vertraute mir. Wir zogen gemeinsam hinauf zu den Städten im Landesinneren, wo schon Handelspartner des Kaufmanns ungeduldig auf ihn warteten. Die großen Märkte des Frühjahrs und Frühsommers standen bevor und jeder wollte Waren, um Geschäfte zu machen. Die Kolonne mit den Tragetieren wurde von Stadt zu Stadt kleiner, denn jedes Tier, das nicht mehr gebraucht wurde, wurde verkauft oder von seinem Treiber zurück in die Heimatstadt gebracht. Auf den Wegen sprachen der Kaufmann und ich viel über unsere Erfahrungen. Er war begierig von den Städten im Orient und in Nordafrika zu hören, denn er bezog ja viele Waren von dort. Selbst war er noch nie auf See, das war, wie er sagte, viel zu gefährlich. Er bewunderte Seeleute wie seinen Vetter und andere, die zu ihm kamen, um Waren zu bringen und dann wieder hinaus zu fahren auf das graue, bewegte Meer.

Einmal tauchten in einem kleinen Ort, wo wir Rast hielten, ein paar verdächtige Männer auf und ich ließ meine Söldner mit dem Schwert und der Lanze üben. Das genügte, um sie zu vertreiben. Ansonsten war die Reise ruhig und wir erreichten nach ein paar Wochen unsere Endstation. Der Kaufmann veräußerte alles, was noch an Waren da war, an einen anderen Händler und wir traten den Rückweg an. Abwechselnd saßen wir nun auf den letzten Tagetieren und ließen uns durch die Landschaft schaukeln. Jetzt lag der gefährlichste Teil unserer Reise vor uns, denn der Kaufmann hatte viel Geld bei sich. Geld war natürlich viel begehrter als die Waren, die erst getragen und dann verkauft werden mussten. Wir wussten, dass andere Händler selbst oft Banden auf ihre Kollegen ansetzten, um ihnen Geld oder Waren zu rauben. Deshalb nahm der Kaufmann einen einsamen Weg durch das Gebirge, den nur wenige Leute kannten und auf dem kaum Räuber lauerten.

Mich beeindruckten die sanft ansteigenden Berge sehr und ich genoss die frische klare Luft, die jetzt im Frühsommer schon anheimelnd wurde. Selbst die Nächte waren nicht mehr so kalt und die Nachtwachen wurden vom Gesang der Nachtigall versüßt. Ich beobachtete meine Männer und sah, wie zwei, drei von ihnen des Öfteren tuschelten und auf den Kaufmann blickten. Ich erkannte die Gier in ihren Augen, jene Gier, die ich so oft gesehen hatte, auf einem Feldzug oder vor einem Überfall auf eine Stadt. Wenn dann die Orte zur Plünderung freigegeben wurden, dann stieg diese Gier in den Soldaten hoch und sie rannten los, um das Schönste, Beste oder Teuerste zu erbeuten. Ich schätzte die Situation als gefährlich ein, weil ich mich auf die Söldner nicht unbedingt verlassen konnte. Deshalb berichtete ich dem Kaufmann im beiläufigen Plauderton meine Beobachtungen und schlug ihm vor, dass wir uns heimlich von der Gruppe trennen und einen anderen Weg nehmen. Er blickte mich lange an. Ich vertraue Dir, sagte er dann leise, enttäusche mich nicht und sag mir, was ich tun muss. Ich blickte ihn offen an und ging nicht auf seine Angst ein. Hinter uns liegt eine Wegkreuzung. Führt einer der Wege zurück in die Stadt? fragte ich. Ja, antwortete er, dieser Weg ist sogar kürzer, aber mit den Tieren nicht zu schaffen, weil er über ein paar steile Berge führt. Ich sagte fest: Die Treiber werden mit den Tieren sicher nach Hause zurückkehren. Doch wir beide nehmen den anderen Weg. Er nickte.

Am Abend teilte ich die Wachen ein und übernahm selbst die mittlere Nachtwache. Das war nicht weiter auffällig, denn ich hielt so wie meine Männer auch Wachen. Kurz nachdem ich die erste Wache abgelöst hatte und sah, dass der Mann eingeschlafen war, rüttelte ich den Kaufmann. Er hatte nicht geschlafen und war sofort bereit, packte seine Geldtasche und ein paar Sachen, die er bereit gelegt hatte und wir entfernten uns lautlos vom Lager. Die Nacht war mondlos, aber hell genug, um dem Weg gefahrlos zu folgen. Bald erreichten wir die Kreuzung und bogen in einen schmalen Pfad ab. Er führte in die nahen Berge, die die ganze Zeit zu unserer Linken lagen und die wir jetzt in größerer Höhe begehen wollten. Bei einigen Felsen zweigte der Kaufmann ab und kletterte zwischen ihnen empor. Hier gibt es einige Höhlen, flüsterte er, da können wir noch ein wenig schlafen und schauen, ob uns jemand folgt. Ich nickte und wir bezogen eine etwas höher gelegene Felsnische, von der aus man auf den Pfad blicken konnte.

Niemand folgte uns. Regen setzte ein und Nebel. Das machte die Situation zwar ein wenig ungemütlich, löschte aber unsere Spuren. Wir erreichten die Stadt noch Tage vor den anderen und sie waren überrascht, als sie uns antrafen. Die Männer des Begleitschutzes blickte ich nur stumm an und sie verstanden. Trotzdem machte ich dem Kaufmann den Vorschlag, sie weiter zu beschäftigen, da sie ab nun mit hoher Wahrscheinlichkeit zuverlässig sein würden. Was sich auch als richtig herausstellte, solange ich für den Kaufmann tätig blieb.

Er verstarb einige Jahre später plötzlich und ich begab mich wieder auf Reisen. Von Mircea verabschiedete ich mich sehr schwer, aber es war für uns beide besser, wenn ich ging. Das war auch in ihren Augen zu lesen.

Nach Euböa aber kehrte ich nie wieder zurück.

Worte

Vorsicht! ruft Melmoth, runter von den Schienen. Schnell, schnell. Ich rappele mich hoch. Der Sturz war unangenehm und ich wäre gerne noch ein Weilchen liegen geblieben. Aber ich sehe ihn auf mich zukommen. Den Zug. Vorne eine rauchende Lokomotive, wie aus einem Bilderbuch meiner Kindheit. Dahinter ein paar holpernde Waggons mit offenem Einstieg. Sie kommen gerade um eine Kurve. Rasend schnell. Ich erhebe mich rasch und stolpere über die Schiene. Kopfüber falle ich einen Hang hinunter, rutsche über Gras und Steine, reiße mir das Gewand auf. Unten bleibe ich liegen. Ich spüre aber ein brennendes Verlangen, wieder hinauf zu laufen. Ich will mich aufrappeln. Aber Melmoth hält mich fest und drückt mich nach unten. Bleib liegen, zischt er. Ich will mit, quieke ich. Ich weiß, antwortet der Wanderer, aber es ist zu früh. Später. Über uns donnert der Zug den Damm entlang. Tacktack, tacktack, hämmern die Räder in die Schienen hinein. Tacktack, tacktack. Mein Herz zerspringt fast vor Erregung. Ich drehe mich um und suche den Zug zu erreichen, aber Melmoth lässt nicht locker. Lass mich, schreie ich in den Lärm des Zuges hinein. Es wäre das Ende Deiner Reise, sagt er traurig, aber wenn Du willst. Leicht wie eine Feder steht er auf. Ungläubig wackele ich mich hoch. Eben fährt der letzte Waggon vorbei. Du brauchst nur die Hand zu heben und er bleibt stehen, meint Melmoth leichthin. Ich starre ihn an, sehe, wie sich meine Hand hebt, ohne mein Zutun einfach hebt, und ich fasse mit der anderen zu und drücke sie hinunter. Es ist zu früh, hat er gesagt. Es gibt keinen Grund, ihm zu misstrauen. Es ist gut, wenn Du mir vertraust, sagt er über die Schulter hinweg, das macht die Reise ein bisschen leichter. Gehen wir?

Ungläubig starre ich dem Zug hinterher, der sich mitten in der Landschaft langsam auflöst. Auch die Schienen werden mit einem leisen Kräuseln zu Wölkchen und verschwinden. Ja, er legt seine Schienen selbst und baut sie gleich wieder ab. Sehr umweltschonend, meint Melmoth spöttisch in mein Staunen hinein. Wer, er? frage ich, noch etwas genervt von diesem Erleben und Melmoths Spott. Der Mayagonia-Express, heißt die Antwort, die herüberweht. Melmoth ist in einem dichten Gebüsch verschwunden. Hej, nimm mich mit! schreie ich voller Angst. Folge Deiner Stimme, kommt der nächste Wortfetzen. Ich kann ihn nicht sehen. Sag was, schallt es nun herüber. Was? frage ich zurück. Das ist schon gut, jetzt geh dem Schall nach. Aber der Schall geht dorthin, wohin ich schaue, wende ich ein. Bingo, sagt er, hundert Punkte und das große gelbe Signal. Tatsächlich fällt mir ein gelbes Haltesignal in die Hände. Ich sehe es kurz an und werfe es weg. Jetzt im Ernst! schreie ich. Ich meine es vollkommen ernst, erwidert er, doch ich höre, dass er kichert. Aber…! versuche ich es noch einmal. Da stockt meine Stimme. So etwas wie eine große Blase ist aus meinem Mund gekommen und schwebt nun in eines der umherstehenden Gebüsche.

Folge Deiner Stimme, kichert jetzt ein Stimmchen in meinem Kopf, das wie ein verquäkter Melmoth klingt. Ich schüttele den Kopf. Folge Deiner Stimme, heißt es noch einmal und gehorsam sage ich etwas. Es war eigentlich gar nichts, nur ein Laut, ein Buuuh! Es löst sich wieder als Blase aus meinem Mund und schwebt vor mir her. Ich folge ihm. Das Gebilde bewegt sich sacht, gerade angenehm, um ihm zu folgen. Nach einiger Zeit löst es sich langsam auf und ich stimme wieder ein Buuuh! an. Diese Blase ist etwas kraftvoller geladen und schwebt länger vor mir in der Luft. Dann probiere ich ein kurzes Bäh! was aber kein wesentlich anderes Ergebnis hervorbringt. Ich durchlaufe die Tonleiter, stoße alle möglichen Laute aus und folge den Ergebnissen. Dann beginne ich Gedichte zu rezitieren, alte Schülerquäler. Dann folgen Gedichte, die ich liebe, die mich zu Tränen rühren und immer wieder das gleiche Ergebnis: Blasen steigen auf, ich folge ihnen, sie verblassen, ich rede weiter. Bei den Gedichten schweben Blasengruppen vor mir und manchmal tappe ich in eine hinein – sie löst sich sofort auf. Nach den Gedichten fallen mir plötzlich Texte ein, Texte, die ich selbst geschrieben habe, Texte, die ich irgendwo gelesen habe, banale Texte, bedeutsame Text, heilige Texte, richtungsweisende Texte. Ich muss lachen. Hier sind ja alle Texte richtungsweisend. Genau, sagt Melmoth, der plötzlich hinter mir geht, was hast Du von der Lektion gelernt? Gelernt? frage ich nachdenklich zurück, gelernt habe ich, dass ich Wörtern nachlaufe. Woran erinnert Dich das? fragt er weiter mit jener lauernden Stimme, mit denen billige Therapeuten ausgelutschte Therapiesätze von sich geben. Trotzdem nehme ich den Ball auf. Äh, stammle ich, so mache ich das immer, ich laufe Worten hinterher. Genau! sagt Melmoth mit jenem Nachdruck, mit denen billige Therapeuten kleinsten Therapieergebnissen eine Bedeutsamkeit beimessen. Er kaut an einem Grashalm. Ja, und? frage ich patzig zurück. Hast Du überhaupt bemerkt, wohin Du gelaufen bist? forscht er mit einem leise triumphierenden Unterton. Äh, nein, muss ich zugeben. Weißt Du, doziert er genüsslich, ich habe mich einfach in die Mitte der Quadratmeile gelegt durch die Du wie eine Hummel Deine Bahn gezogen hast und habe gewartet. Irgendwann musstest Du vorbeikommen. So war es auch. Du bist beinahe über meine Füße gestolpert. Aber wo Du warst, weißt Du nicht.

Nein, ist meine kurze, verlegene Antwort. Er nickt. Was lehrt Dich das über Worte? Dass sie uns in die Irre führen? versuche ich es kleinlaut. Nein, das tust Du schon selber, indem Du allen möglichen Worten nachläufst. Melmoth setzt sich schwungvoll auf den niedrigsten Ast einer großen Linde, die plötzlich da steht, und lässt die Füße baumeln. Ich hocke mich auf einen großen Stein, der warm von der Sonne mich mit seiner runden Oberfläche anzieht. Was tue ich damit? frage ich Melmoth. Der hat schon wieder seine Pfeife ausgepackt, gestopft und angezündet. Ein würziger Duft weht in meine Richtung. Was willst Du damit tun? pafft er. Ich bin verwirrt, sage ich ein wenig trocken in der Kehle. Gut, brummt er, gut, das war der Zweck der Übung. Dann rückt er näher zum Stamm, lehnt sich an und legt die Beine überkreuzt auf den Ast. Die tief stehende Sonne leuchtet sein Gesicht aus und mir erscheint, als wäre ich so wie er schon tausende Jahre unterwegs, immer gerade ein wenig hinter ihm, und immer in der Erwartung, dass seine Worte die Erlösung bringen. Gut erkannt! brummt Melmoth mit geschlossenen Augen. Jetzt weißt Du, warum Suchende nie zu einem Ende kommen. Sie laufen immer nur hinterher und nie

voraus. Irgendwann aber musst Du mir voraus und später dann sogar allein gehen. Dann hast Du's.
Er zieht die Krempe seines Hutes herunter, ruckelt sich zurecht und schläft ein. Ich lasse mir die Sonne auf den Rücken scheinen und denke, dass eine Tasse Tee oder ein Fruchtsaft jetzt sehr angenehm wäre. Was ist das mit dem Zug? sage ich schläfrig in den Nachmittag hinein. Welcher Zug? kommt es hinter der Krempe hervor. Na der, der mich fast überfahren hätte. Ja, war komisch, Du hast es furchtbar eilig gehabt, ihn herzuholen, knurrte er. Ich habe ihn hergeholt? Ich bin doch auf den Schienen gelandet, als ich in dieses Land gefallen bin. Eben, erwidert er, die Schienen waren schon da, als Du hier ankamst. Also musst Du sie beim Fallen angelockt haben. Wie bitte soll das gehen? frage ich unterdrückt gereizt. Irgendein Gedanke, während wir hierher reisten, brummelt er ohne weitere Regung.
Ich erinnere mich dunkel an die Reise. Wir saßen im Weißen Kamel. Mitten in unsere Unterhaltung hinein schnippte Melmoth leise mit den Fingern. Ein Wirbelwind erfasste uns beide und riss uns von den Bänken hoch. Nachdem uns der Wind in die Höhe getragen hatte, fielen wir in ein dunkles Loch. Wie lange wir fielen, weiß ich nicht. Ich weiß nur, dass mir die Katze meiner alten Nachbarin eingefallen war, die ich immer ein bisschen mitfüttere. Und ich dachte nach, ob sie wohl genug Milch in ihrer Schüssel hat. Das war es, sagt Melmoth. Die Katze. Na schön. Wieso holt eine Katze einen Zug her? schnaube ich griesgrämig. Die Sonne ist gerade untergegangen und mir wird kalt am Rücken. Der Wanderer brummt weiter: Die Katze lebt in Mayagonien. So nennen wir Wanderer die Welt, in der die Menschen glauben zu leben. Und darum heißt der Mayagonia-Express Mayagonia-Express. Die Katze meiner Nachbarin lebt in der Nägelegasse mitten in der Stadt, sage ich. Und das Land heißt nicht Mayagonien.
Meinetwegen, sagt Melmoth, schiebt den Hut zurück, springt von seinem Ast und geht davon. Wo gehst Du hin? rufe ich und stehe schnell auf. Unsere nächste Station wartet, sagt er leichthin über die Schulter. Unsere nächste Station, wie heißt die? frage ich atemlos, als ich ihn wieder eingeholt habe. Das Laufen fällt mir schwer. Was weiß ich? kommt seine brummige Antwort.

Dir wird schon was einfallen.

Das Medaillon

Schön langsam stellt sich bei mir eine leise Besorgnis ein. Meriel und ich wandern durch eine Caspar David Friedrich-Ausstellung, deren Besuch ich vorgeschlagen habe. Gespannt achte ich auf jede Ecke, auf jeden Ausgang. Ich will nicht schon wieder verlieren. Ich will sie nicht verlieren, wenn ich sie als Kandidatin schon erst einmal gefunden habe. Meriel plaudert aufgeweckt über ihr Leben, ihre Arbeit und alles Mögliche. Mit halber Aufmerksamkeit höre ich ihr zu. Zugleich beobachte ich unsere Umgebung im Raum, die Menschen, die sich so wie wir an den Gemälden vorüber schieben, die Museumswärter, die Fenster. All die vielen Jahrhunderte lang habe ich Auserwählte im Auftrag des Herzes aufgespürt und auf ihre Aufgabe vorbereitet. Jedes Mal habe ich sie damit in Lebensgefahr gebracht, denn die Bruderschaft der Priester kennt nur ein Mittel, ihre Macht zu verteidigen – den Mord. Einige der vielen zehntausend Menschen, die in Europa der Inquisition zum Opfer fielen, waren vom Herzen als neue Träger ausersehen. Und ich bin sicher, dass viele der anderen Menschen einfach deshalb hingerichtet wurden, weil sie verdächtigt wurden, vom Herzen auserwählt zu sein.

Ich bleibe vor den *Lebensstufen* stehen. Dieses Bild mit den hochaufragenden Schiffen hat mich immer schon tief berührt, ebenso wie das *Eismeer* und *Nacht im Hafen*. Die *Nacht im Hafen* mit den beiden Schwestern habe ich schon gesehen, als ich noch im Dienst von Zar Nikolaus dem Ersten stand. Der Zar liebte Caspar David Friedrich und kaufte immer wieder Werke von ihm. Dann mussten Soldaten der kaiserlichen Garde neben dem neuesten Bild Aufstellung nehmen und es bewachen. So erhielt ich die Möglichkeit, die Werke des Malers ausgiebig zu studieren. Ich war allerdings nicht lange am Hof des Zaren. Nikolaus war ein verrückter Russifizierer, der alle anderen Völker seines Reiches unterdrückte und schlimmer als Sklaven behandelte. Das mochte ich nicht, und so nahm ich bald wieder Abschied. Allerdings versehen mit einem russischen Namen, den ich heute noch trage.

Meriel sieht das Bild auch fasziniert an. Ich erschrecke ein wenig, als ich sie anblicke. Sie hat sich in mich verliebt, das spüre ich genau. Aber das macht sie blind und verletzlich. Ich will ihre Verliebtheit auch nicht ausnutzen, das wäre schrecklich. Und zugleich muss ich mich mit Meriel treffen, um sie auf ihre Aufgabe vorzubereiten. Jedes unserer Treffen gefährdet ihr Leben, was sie noch nicht weiß. Wenn wir entdeckt werden, sind wir Gejagte. Wie oft habe ich das in den letzten Jahrhunderten erfahren müssen. Die Bruderschaft gibt nicht auf. Es geht um die Existenz der Priester. Also werden sie alle Mittel einsetzen, um auch Meriel zu töten. Diese kalte Ausgerichtetheit hat mich so oft an meinem Auftrag scheitern lassen. Meine Gegner agieren ohne Gefühl und nur auf Effektivität ausgerichtet. Sie haben keine Skrupel und kennen nichts als ihr Ziel.

Warum haben sie damals in dem Tempel nicht gleich versucht, mich umzubringen? sinniere ich. Nun gut, ich war ein römischer Soldat und das Imperium schlug furchtbar zurück, wenn einer seiner Repräsentanten getötet wurde. Das machte Sinn. Sie hätten es allerdings später noch probieren können. Auf meiner Reise nach Rom. Oder als ich abgerüstet habe. Aber, so kam mir nun in den Sinn, ich war ja auch nützlich für die Bruderschaft. Ich bin der, der die Kandidaten findet. Sie müssen nur meiner Spur folgen und ich führe sie zum nächsten Auserwählten. Sie haben mich im wahrsten Sinne des Wortes gekauft mit ihren Goldmünzen. Ich trage ja auch noch eine auf meiner Brust.

Ein schrecklicher Blitz des Erkennens fährt durch mich hindurch. Wie leichtsinnig ich war! Wie dumm! Ich habe sie selbst immer wieder auf die richtige Spur gebracht. Vorsichtig ertaste ich den Anhänger und schüttele den Kopf. Immer wenn ich in die Nähe eines Auserwählten des Herzens kam, wurde er heiß. Aber ich hatte die Münze doch durch den Hohepriester bekommen. Das war die Verbindung. Die Münze hat auf irgendeinem Wege immer wieder die Bruderschaft gewarnt. Ich war also ihr Spürhund. Oh Gott, wie schrecklich! Mir wird übel. All die toten Kandidaten. Ich sehe ihre Gesichter deutlich vor mir. Und ich selbst habe die Mörder zu ihnen geführt! Wut steigt in mir auf. Diesmal will ich nicht mehr ihr unwissender Helfer sein. Die Goldmünze werde ich so entsorgen, dass sie lange danach suchen können.

Meriel ist vor dem *Wanderer über dem Nebelmeer* stehen geblieben. So möchte ich mein Leben überblicken können, sagt sie mit einem sanften Lächeln auf den Lippen. Ich auch, denke ich. Bis jetzt bin auch ich im Nebel gewandert. Auf den Tag, an dem ich in Klarheit vor dem Herzen stehe, warte ich schon lange. Wir gehen weiter.

Langsam streben wir dem Ausgang zu. Was berührt Dich an Caspar David Friedrich? fragt Meriel. Vielleicht die Todessehnsucht, antworte ich. Ja, das stimmt, schießt es mir durch den Kopf. Ich möchte meine Aufgabe erledigen und anschließend sterben können. Das ist, was ich mir wünsche. Sie bleibt stehen, legt ihre Hand auf meinen Arm und fragt: Möchtest Du denn schon bald sterben? Ich schüttele verneinend den Kopf, nicht gleich. Ich, sagt sie traurig, möchte erst einmal leben, bevor ich sterbe. Ich fühle mich so wie die *Frau vor dem Sonnenuntergang* hier auf dem Bild. Sanft berühre ich ihre Hand und führe sie näher an das Bild heran. Man kann sie auch als eine Frau im Morgenlicht sehen, sage ich, dann hat sie noch das ganze Leben vor sich. Das wäre schön, flüstert Meriel leise.

Nach dem Museum steigen wir zur U-Bahn hinunter. Wir wechseln öfter die Linien und Meriel beobachtet mich erstaunt. Warum tust Du das? fragt sie. Eines Tages werde ich es Dir mitteilen können, sage ich, bitte vertrau mir. Es ist nicht Böses und auch nichts Ungesetzliches dahinter. Sie blickt mir tief in die Augen. Aber etwas Gefährliches? Ich nicke. Etwas Gefährliches. Auch für mich? fragt sie weiter. Wie klug sie ist. Sie spürt alles. Besonders für Dich, sage ich. Ihr Mund bleibt offen. Sie schaut mich an. Warum tust Du es dann? fragt sie noch einmal, beinahe unhörbar. Es ist nicht meine Wahl, antworte ich. Aber Du kannst irgendwo aussteigen und nach Hause gehen. Dann werden wir einander nie wieder sehen. Und Du bist sicher.

Meriel wendet sich ab. Sie blickt durch das Fenster hinaus auf die zuckend erleuchteten Wände des U-Bahn-Tunnels. Das Geräusch des fahrenden Zuges wird übermächtig. Wartend stehe ich und mein Herz zerspringt beinahe. Ich kann das nicht von ihr fordern. Das Herz kann das nicht von ihr fordern. Und wenn ich da bleibe, Melmoth, was ist dann? Was ist, wenn ich nicht aussteige? Ich blicke sie an. Was für einen Mut die Frau plötzlich ausstrahlt. Welche Kraft. Ich habe sie gründlich unterschätzt. Das Herz hat gewusst, wen es wählt. Langsam spreche ich: Dann müssen wir beide eine Aufgabe erfüllen, an der in den letzten zweitausend Jahre viele Menschen gescheitert sind – ich war ihr Begleiter.

Meriel schluckt ungläubig. Ich spüre, dass sie denkt, einen Psychopathen vor sich zu haben. Aber ich bin kein Psychopath. Ich sage die Wahrheit. Über was redest Du? fragt sie stockend. Ich nehme wieder ihre Hand und führe sie in den hinteren Teil des

Waggons zu einer freien Bank. Zum Glück ist Sonntagnachmittag und die Garnitur nur schwach besetzt. Dort angekommen setzen wir uns und ich erzähle ihr die ganze Geschichte, während ich weiter ihre Hand halte. Ich erzähle von meiner Zeit als römischer Soldat. Von meinem Erlebnis in Jerusalem. Von der Bruderschaft und dem kristallenen Kelch, in dem das Herz gefangen gehalten wird. Von den vielen Menschen, die ich im Auftrag des Herzens aufgespürt habe und zu ihm führen wollte. Von den Mordanschlägen, der Zeit der Inquisition, die vor allem den Kandidaten des Herzens galt. Von meinem immer wiederkehrenden Scheitern, meiner Müdigkeit und meinem jetzigen Auftrag. Auch von meiner heutigen Entdeckung in Bezug auf die Goldmünze um meinen Hals berichte ich ihr. Meriel hört mir beinahe atemlos zu. Du kannst immer noch aussteigen, sage ich. Dann wird Dir nichts passieren. Sie zieht ihre Hand aus der meinen. Denkt nach. Schweigt. Nach einer Weile schüttelt sie den Kopf: Ich werde nicht aussteigen. Zwar weiß ich nicht, wie ich das schaffen soll, aber es ist immer noch besser als mein bisheriges Leben, sagt sie nachdenklich. Außerdem hat das Herz mich ja erwählt, klingt Meriel nach einer Pause bestimmt und klar. Es ist also meine Aufgabe und mein Weg. Sie wirkt plötzlich größer und stärker als je zuvor und sitzt hochgereckt auf ihrem Platz. Ich nehme sie an den Schultern und küsse sie dankbar auf ihre Stirn. Du bist unglaublich, sage ich.

Wir steigen bei der Humboldt-Brücke aus. Langsam gehen wir zur Brückenmitte und bleiben am Geländer stehen. Ein schwerer Lastkahn fährt unter der Brücke durch. Ich greife in mein Hemd und hole das dünne Lederband mit der Goldmünze hervor. Gute Reise, sage ich und werfe die Münze auf den Kohlenhaufen, den das Schiff geladen hat. Erleichterung macht sich in mir breit.

Dann nehme ich Meriels Hand und spaziere mit ihr weiter. Zugleich erschrecke ich über die Selbstverständlichkeit meiner Bewegung. Ich werde mich nicht auch in Meriel verliebt haben? Das würde meine Mission massiv gefährden. Seit Jahrhunderten habe ich keine Beziehung zu einer Frau mehr gehabt. Ich kannte das Ende immer schon im Voraus. Sie würde sterben, ich würde zurückbleiben. Wozu also dann das Ganze? Und dennoch. Mit Meriel ist es anders. Es fühlt sich anders an. Könnte ich durch sie meine Sterblichkeit zurück gewinnen, dann würden wir…Ich breche diesen Gedanken ab. Ich darf es nicht. Aber ist Liebe nicht ein Gefühl, dass uns nicht um Erlaubnis frägt? Ist Liebe nicht uns eingegeben, schon vor unserer Geburt, als das Gefühl, das die Welt erst hervorbringt? Wenn wir gegen das Gesetz der Liebe verstoßen, ist es dann nicht so, als ob wir gegen das Weltgesetz verstoßen? Ich schüttele diese Gedanken ab. Aber das Gefühl bleibt. Es hat sich eingenistet. In meinem Herzen. In meine Gedanken. In meinem Gefühlshaushalt. Ein verliebter Krieger ist ein schlechter Krieger. Oder vielleicht auch nicht, weil er weiß, wofür er kämpft. Jedenfalls tut es mir gut, Meries Hand zu halten.

Und ihr Gesicht ziert ein wunderschönes Lächeln, wie ich gerade entdecke.

Anderwelten

Es geht immer so schnell, sage ich, dass ich gar nichts wirklich mitbekomme. Wie kommen wir eigentlich in die Anderwelt? Melmoth und ich spazieren durch den Stadtpark. Es fühlt sich jetzt anders an, wenn wir gemeinsam unterwegs sind. Vertrauter. Intimer. Verliebter. Auch Melmoths Gesicht hat sich verändert. Es wirkt jünger, nicht mehr so ernst und streng. Ich füttere wie immer die Enten und wende mich dann meiner Lieblingsbank zu. Sie steht etwas erhöht und gibt den Blick über den ganzen Stadtsee frei. Heute ist ein sonniger Tag und ich lasse meinen Mantel offen. Wir setzen uns. Melmoth sieht misstrauisch in die Runde. Der Krieger in ihm ist wieder erwacht. Wir sollten an solchen Plätzen nicht darüber sprechen, sagt er. Hier sind wir ungeschützt. Ich nicke. Wir könnten ins Weiße Kamel gehen, schlage ich vor. Melmoth nickt einverstanden. Langsam durchqueren wir den Park und wechseln auf die Hauptstraße. Nach etwa einer Viertelstunde erreichen wir das Gässchen, in dem sich das Weiße Kamel befindet. Albert, der Wirt, begrüßt uns freundlich. Wie immer bestellen wir Tee, doch diesmal stellt Albert auch kleine, gefüllte Teigtaschen dazu. Vom Haus, sagt er. Melmoth schaut ihn verwundert an. Griechische Bougatsa, die magst Du doch, oder, alter Grieche? Die Pasteten sind noch heiß und schmecken köstlich. Extra für euch Turteltäubchen, sagt der Wirt und grinst unverschämt.

Ich werde rot und nippe verlegen an meinem Pfefferminztee. Melmoth feixt auf seine unnachahmliche Art und macht sich über die süßen Grießkuchen her. Er kommt auf meine Frage zurück, nachdem wir die Bougatsa gegessen haben. Wenn wir in die Anderwelt reisen, sagt er, dann ist die Zeit unterbrochen. Nicht die, von der alle denken, dass es sie gibt, sondern die wirkliche Zeit, die manche Ewigkeit nennen. Meister Eckehart nannte sie das Nun. Das trifft es besser. Für die Leute hier sitzen wir immer noch da. Sie können nicht wahrnehmen, dass wir den Raum verlassen haben und unterwegs sind, denn das dauert in dieser Zeit nur einen Augenblick. Es ist, wie wenn wir in einen Nebenraum gehen und zugleich hier sitzen. Für die Anderen im Raum sind wir immer da, denn das Gehen und Zurückkommen passiert im gleichen Augenblick. Nur Eingeweihte erkennen an dem kleinen Ruck, wenn die Zeit mit unserer Ankunft wieder anspringt, dass wir zurückgekehrt sind. Alle anderen merken nichts. Ich muss diese Sätze ein wenig überdenken. Zeit war für mich immer eine Konstante, die für alle gilt. Sicher, ich habe schon manchmal in einem Journal davon gelesen, dass Zeit relativ ist, und dass es keine universell gültige Zeit gibt. Aber wer kann das schon begreifen?

Gibt es auch andere Anderwelten? frage ich nach einer Weile des Dasitzens und Schweigens. Melmoth fällt die Antwort sichtlich schwer. Jeder Mensch hat seine eigene. Er baut an ihr und sie begleitet ihn, bis er den Weg in den Ort des reinen Geistes gefunden hat. Oft auch überlagern sich diese Welten mit anderen, weil Menschen in vielem dasselbe denken und fühlen. Dann entstehen gemeinsame Welten, an denen jeder seinen eigenen Anteil hat. Wenn Du allerdings keinen Anteil hast, ist Dir die andere Welt verschlossen. Das kannst Du sogar in dieser unserer „normalen" Welt spüren, wenn Du mit jemandem redest und Du kannst nicht begreifen, was er oder sie meint. Es fehlt Dir der `Draht´, sagen wir dann. Das ist insofern richtig, weil Du mit der anderen Welt durch nichts verbunden bist.

Aber es gibt noch ganz andere Welten, von lichten und dunklen Mächten gesponnen. Sie zu betreten kann sehr gefährlich sein. Doch manchmal müssen wir durch sie wandern, um unser Ziel zu erreichen. Aber darüber will ich noch nichts sagen, denn vielleicht – wenn Du reif dafür bist – wirst Du solche Welten selbst erfahren. Denn nur wenn Dein Geist schon sehr klar ist, dann kannst Du auch in fremden Anderwelten wandern und spüren, was andere Menschen oder andere Wesenheiten spüren. Und Du kannst erkennen, was sie bewegt. Aber, was Du wissen musst: In der Anderwelt gibt es keinen Halt. Du musst immer weiter gehen, sonst fällst Du ins schwarze Nichts.

Das schwarze Nichts? Was ist das schon wieder? hake ich nach, während Melmoth ruhig seinen Tee trinkt. Wieder lässt er sich Zeit mit seiner Antwort. Wir bauen unsere Anderwelten in das schwarze Nichts, in dem sie eines Tages auch wieder verschwinden, wenn unsere Energie aus diesem Universum verschwindet. Das schwarze Nichts ist nicht wirklich schwarz, aber es fehlt jegliche Farbe darin, jegliches Licht. Deswegen nennen wir Wanderer es so. Also gibt es auch andere Wanderer neben Dir? Ja, aber davon brauchst Du nichts wissen. Sie haben andere Aufgaben, meint Melmoth kurz. Und Deine Aufgabe ist es, mich zum Herz zu führen. Richtig, antwortet Melmoth, wenn Du dafür bereit bist. Dann herrscht wieder Stille zwischen uns. Die anderen Gäste lärmen mit ihren Bieren in der Hand. Der Wirt kommt. Noch etwas Tee? Ich schüttele den Kopf. Für mich nicht, danke. Auch Melmoth winkt ab.

Wie kommen wir zum Herzen? bohre ich weiter. In dem wir uns gegenläufig durch Deine Anderwelt bewegen, antwortet Melmoth. Wir müssen ihre Bindekräfte wieder auflösen, damit Du frei bist, in die Welt einzutreten, in der das Herz gefangen gehalten wird. Meine Stimme zittert ein wenig: Die Welt der Bruderschaft? Melmoth nickt kurz. Unsere Aufgabe ist ganz und gar unbekannt. Auch ich kann Dir nicht sagen, was passieren wird, wenn wir das Herz finden. Ich bin noch nie mit einem Berufenen bis ganz dorthin gelangt. Meine Aufgabe ist, Dich hin zu führen, denn ich kenne den Ort und ich kenne die Umstände. Und ich hoffe inständig, dass Du diejenige bist, die die Aufgabe vollenden wird. Ich hoffe es, weil ich weiß, dass damit auch meine Reise zu einem Schluss kommen könnte. Denn ich bin müde, durch die Welten zu laufen und kein Ende zu finden.

Der Wirt sagt: Sperrstunde. Melmoth zahlt und wir gehen hinaus. Ist der Wirt auch ein Wanderer? frage ich draußen auf der Straße, während ich fröstelnd meinen Mantel enger ziehe. Melmoth legt seinen Arm um mich. Wie gut das tut, ihn in meinem Leben zu haben. Ha, ich lasse ihn nie, nie, nie wieder los! Melmoth grinst schon wieder so schelmisch, als er meine Gedanken liest. Ich bleibe Dir, sagt er leise.

Die Sonne ist schon untergegangen und ein kalter Wind bläst durch das Gässchen. Nein, antwortet Melmoth auf meine Frage von vorhin, er ist einer der Weltenhüter. Es gibt viele. Aber dieser ist unserer. Was tut ein Weltenhüter? frage ich weiter. Er achtet darauf, dass nur Menschen in die Anderwelten eindringen, die dazu berufen sind. Aber das ist schwer. Die Menschen haben gelernt, mit Substanzen, die sie aus Pflanzen gewinnen oder neuerdings sogar chemisch brauen, die Schranke zwischen dieser Welt und den Anderwelten niederzureißen. Dann brechen sie in irgendwelche fremden Welten ein und stiften Verwirrung. Verwirrung in ihrem eigenen Geist und im Leben von anderen. Völlig sinnlos, aber sie halten das oft für einen Fortschritt. Stattdessen wird es für sie immer schwerer, den Ort des reinen Geistes zu erreichen. Weltenhüter erschrecken Menschen oft auf diesen unkontrollierten Reisen, damit sie wieder aus den fremden Anderwelten verschwinden. Sie können sie manchmal sogar töten, wenn es zu gefährlich wird für alle Beteiligten. Denn das ist kein Spiel. Hier geht es buchstäblich um unser Leben, um das Leben an sich. Du weißt so viel, Melmoth, sage ich und kuschele mich eng an ihn, um die Kälte abzuwehren.

Wenn man zweitausend Jahre auf dieser Erde herum latscht, brummelt Melmoth, sammelt sich eben viel an.

Unsterblichkeit

Ich könnte Dir tausend solcher Geschichten erzählen wie jene mit dem Kaufmann, dessen Namen ich natürlich längst vergessen habe. Die seltsamste davon ist jene, als ich entdeckte, dass ich nicht sterben konnte. Ich war durch eine Unvorsichtigkeit in eine Streiterei zwischen Freischärlern geraten, die in einem Wald aufeinander trafen. Normalerweise wich ich Scharmützeln, die mich nichts angingen, aus, aber diesmal juckte es mich, verborgen hinter einem Baum hocken zu bleiben und den Männern zuzuschauen. Durch den Kampfeslärm wurde ich davon abgelenkt, dass ein Teil des einen Trupps den Kampfplatz umging, um den feindlichen Kämpfern in den Rücken zu fallen. Sie entdeckten mich und hielten mich wohl für einen Spion der anderen. Laut brüllend stürzten sie sich auf mich und ich hatte kaum Zeit, das Schwert zu ziehen, da durchschnitt auch schon ein Lanzenhieb meine Halsschlagader. Ich fiel vornüber und verlor viel Blut. Es pumpte aus meinem Hals heraus. Die Krieger ließen von mir ab, denn ihre Feinde waren auf sie aufmerksam geworden. So blieb ich unter dem Baum liegen und sah zu, wie mein Blut vor mir im Boden versickerte. Die eine Bande flüchtete irgendwann, die anderen verfolgten sie schreiend. Das Kampfgeschehen war bald nicht mehr zu hören. Stille kehrte ein und nach einer Weile begannen die Vögel wieder zu singen. Es war ein guter Tag zu sterben, dachte ich, so ganz im Frieden unter einer warmen Sonne. Doch dann stockte mein Blutstrom, gerade als ich eine Ohnmacht kommen spürte. Verwundert blickte ich auf die Erde vor mir. Kein Blut floss mehr aus meiner Halswunde. Ich zitterte zwar am ganzen Körper, weil mir eiskalt geworden war. Aber das Blut strömte nicht mehr und ich hatte auch genug Kraft, um mich aufzusetzen. Ich kannte diese Art von Wunden aus vielen Schlachten und Kämpfen, an denen ich beteiligt war, und ich wusste, dass ein so starker Blutverlust unweigerlich zum Tod führt. Eine Verletzung dieser Größe wie die meine ist auch nicht von außen zu schließen, kein Feldscherer konnte da noch etwas machen. Staunend nahm ich wahr, wie ich aufrecht im Schatten des Baumes saß, eine schreckliche Wunde am Hals, und immer noch lebte.

Nach einer Weile ließ auch das Zittern nach. Auf allen vieren kroch ich zu einem nahen Gerinnsel und schlürfte das klare Wasser, das aus dem Wald herbei floss. Ich spürte auch den Wunsch, etwas zu essen. In meiner Tasche fand sich noch etwas hartes Brot, dass ich langsam zerkaute. Mein Hals schmerzte nicht mehr, weder bei einer Kaubewegung und auch nicht beim Schlucken. Ich betastete die Wunde. Sie hatte sich geschlossen. Ich ertastete die Kruste über ihr, doch es war kein Schmerz mehr zu spüren, auch nicht, wenn ich den Kopf drehte. Langsam und verwundert stand ich auf und wankte durch den Wald. Im Spiegel eines ruhigen Weihers besah ich meine Wunde und sah, dass sie wie eine alte, fast schon abgeschorfte Verletzung aussah. Das Herz fiel mir ein. Ich weiß nicht warum, aber ich sah gläsern hell den Moment vor mir, in dem ich das Herz aus dem Körper hob und vorsichtig in die Kristallschale gleiten ließ. Dann war die Schau auch schon wieder vorbei. Aber ich verspürte wieder die Empfindung, als das Herz etwas in mich hineingleiten ließ. Das musste es gewesen sein, was mir diese beinahe unheimliche Fähigkeit zur Selbstheilung geschenkt hat.

Gegen Abend war ich stark genug, um weiter zu gehen. Unter Bäumen lagen mehrere Leichen, teilweise schrecklich zugerichtet, so, als ob die Sieger ihre Wut auch noch an den Toten ausgelassen hätten. Dann roch ich Rauch und schlug mich seitwärts in den Wald. Vorsichtig schlich ich durch das Gehölz, bis ich Feuer und Lager erkennen konnte. Um die Feuerstelle saßen die siegreichen Krieger, die laut lachend ihren Sieg feierten. Ein paar Gefangene waren an Bäume gebunden. Die Sieger fühlten sich so sicher, dass sie nicht einmal Wachen aufgestellt hatten. Ich umging das Lager in einem großen Bogen und kam wieder auf einen Weg. Es wurde langsam dunkel und ich verkroch mich ein stückweit im dichten Wald unter dem Wurzelstrunk eines gefallenen Baumes. In der Nacht arbeitete die Wunde noch nach und wurde heiß. Die Haut fühlte sich angespannt und wie frisch vernarbt an. Aber am anderen Morgen, als ich zu einem Teich kam, um mich zu waschen, sah ich, dass die Verletzung vollständig verschwunden war. Ich befühlte meinen Hals, doch da war nichts mehr zu spüren. Sogar der Bart, so schien es, hatte sich über der Stelle, an dem mich der Lanzenhieb traf, geschlossen.

Lange musste ich bei meinen Wanderungen in den nächsten Tagen und Wochen über diesen Vorfall nachsinnen. Mein Verstand wurde beinahe irre. In der Armee hatte man mir beigebracht, klar und rational zu denken. Natürlich glaubte man an Geister und Wunder, aber das war mehr für das einfache Volk. Die Macht der alten Götter war im Sinken. Die Senatoren in Rom veranstalteten zwar noch die alten pompösen Rituale zu Ehren von Jupiter und Mars, um das Volk zufrieden zu stellen. Aber wichtiger waren doch die Kampfspiele in den riesigen Arenen, wo Andersgläubige den Löwen und Tigern zum Fraß vorgeworfen wurden und Gladiatoren ihre Kämpfe ausfochten. Davon hatte ich oftmals auf meinen Reisen gehört. Ich selbst hatte mich von all dem gelöst und suchte meine eigenen Antworten auf die Fragen meiner Existenz.

Doch die Geschichte mit dem Herzen war ein Ereignis, dass ich damals nicht einordnen konnte, weder mit meinem Gefühl noch mit meinem Verstand.

Die Mauern der Verzweiflung

Langsam wandern wir weiter. Ich schleppe mich mehr, als dass ich aufrecht gehe. Irgendetwas entzieht mir die Kraft. Melmoth geht ungerührt neben mir und stopft sich schon wieder eine Pfeife. Seine Ungerührtheit ärgert mich, aber ich habe keine Kraft zu protestieren. Wenn wir in Anderwelten unterwegs sind, klingt Melmoth oft lakonisch und macht sich scheinbar über mich lustig. Es ist ein anderer Melmoth, der sich hier zeigt, nicht der, der in der anderen Wirklichkeit immer liebevoller mit mir umgeht. Aber vielleicht brauche ich das, um meine Selbstzweifel zu überwinden. Mir ist das Ganze meistens zu viel und ich frage mich oft, wieso ich mich damit eingelassen habe. Wir sind unterwegs und an den Erfahrungen werde ich wachsen, sagt Melmoth. Doch im Moment will ich gar nicht wachsen, sondern lieber daheim im Bett liegen und mich ausruhen.

Warum rauchst Du so viel? quengele ich verzweifelt und müde. Der Rauch trägt uns voran, antwortet er sanft, wir reiten sozusagen auf seinen Wolken. Reiten wohin? raunze ich weiter. Wohin wissen wir noch nicht. Vorläufig reiten wir auf dem Weg. Auf welchem Weg? lasse ich mich zaghaft vernehmen. Auf Deinem Weg! klingts zurück. Den Weg, den Du erschaffst. Aber wir sind doch auf einem Weg unterwegs, oder etwa nicht? protestiere ich. Ja schon, brummt er ungerührt und ein wenig schelmisch, aber nur, weil Du ihn gerade jetzt erfunden hast. Schon vergessen?

Das ist mir jetzt zu hoch. Ich mache eine wegwerfende Bewegung und torkele weiter. Wenn ich all das hier erfinde, was gilt dann noch? frage ich. Nichts, antwortet Melmoth trocken. Wieder schüttele ich ungläubig meinen Kopf. Die Landschaft rund um uns ist in ein düsteres Zwielicht getaucht. Bäume ohne Blätter, Bachläufe ohne Wasser, trockene Kräuter ohne Blüten. Der Weg ist gepflastert wie eine uralte Römerstraße. Die Farbe des Himmels oszilliert zwischen ocker und graublau. Die Sonne hat sich hinter einen Vorhang aus dünnen Nebelstreifen verzogen und wirkt kalt und tot. Ein leiser Schmerz zieht in meinem Herzen ein und mein

Brustkorb fühlt sich eng an. Nichts, hat er gesagt. Meine Wohnung, nichts. Die Stadt, der Park, der See, nichts. Die Menschen, Arbeitskollegen, meine Cousine, nichts. Die Welt, der Mond, die Sonne, nichts. Nichts hat Gültigkeit, sagt er. Aber wozu dann das Ganze? schreie ich zurück. Damit Du es endlich lernst, gibt er ungerührt zurück. Du gibst den Dingen Gültigkeit und Sinn. Erscheinungen sind nur Erscheinungen, aber Du füllst sie mit Bedeutung auf. Verleihst Du den Dingen keine Bedeutung, gibt es keinen Sinn und damit keine Erscheinung, die Dich fesseln und verführen kann.

Mir fällt das Zuhören schwer. Ich werfe die Worte durcheinander, womit sie endgültig verwirrend werden. Mühsam rekonstruiere ich die Sätze: Erscheinungen sind nur Erscheinungen. Ich fülle sie mit Bedeutung auf. Gebe ich den Dingen keine Bedeutung, gibt es keinen Sinn und damit keine Erscheinung, die mich fesseln und verführen kann. Genau! jubiliert Melmoth. Ich ziehe eine Grimasse, als ob ich mich ankotzen wolle. Gute Idee, meint der Wanderer, und ein guter Platz dafür. Empört stoße ich Luft durch meine Nase aus und drehe mich der gepflasterten Straße zu. Rechts und links wuchten Steinhalden ihre grauen Flächen in die Höhe. Der Weg wirkt immer enger, er zieht sich anscheinend so zusammen wie der Schmerz meine Brust.

Vor uns ragt in einiger Entfernung eine hohe Mauer quer über die Straße. Was ist das? frage ich Melmoth. Eine Mauer, sagt er leichthin, dahinter sind noch ein paar. Was für Mauern? bohre ich weiter. Na Mauern eben, Mauern. Achselzuckend wendet sich Melmoth ab und prüft ein Kraut am Wegesrand. Er zieht ein kleines Taschenmesser aus seiner Hose, klappt es auf, schneidet die Staude ab und stopft sie in seine Tasche. Gut für den Tabak, brummt er. Dann steckt er das Messer wieder weg. Wir kommen zu der Scheidewand. Sie überragt mich um ein Mehrfaches. Da kommen wir nicht hinüber, stelle ich fest, wir müssen zurück. Pech, klingt es säuselnd aus Melmoths Mund, den Weg hinter uns gibt es nicht mehr. Ich widerspreche: Aber das ist doch meine Reise, deswegen kann ich doch hingehen, wohin ich will. Eben, sagt Melmoth, deswegen sind wir ja hier. Du hast es erfunden, also müssen wir es überwinden. Etwas in Dir will es endlich wieder loswerden. Deswegen gibt es kein Zurück mehr, schau Dich nur um. Tatsächlich, hinter mir sehe ich, dass sich die Straße nach wenigen Metern im Nebel auflöst. Ich spüre, dass ich sie nicht mehr erschaffen kann. Nicht in meinem Zustand von Müdigkeit.

Melmoth klettert geschickt und schnell die steinigen Quader hoch und sitzt alsbald auf der Mauerkrone. Ich will es ihm gleichtun, aber meine Finger finden keinen Halt in den Ritzen und meine Schuhe gleiten ab. Versuch's über die Steinhalden, schlägt er vor. Ich beginne die Geröllhalde hinauf zu klettern, rutsche aber immer wieder zurück. Mühsam erobere ich mir Schritt für Schritt ein wenig Höhe. Lerne, ganz vorsichtig meine Füße und Hände in das lockere Gestein zu setzen. Lerne, großen Brocken, die sich sonst lösen und meine Schienbeine aufreißen könnten, auszuweichen. Lerne, mich auf allen Vieren zu bewegen und Balance zu halten, auch wenn urplötzlich ein Stein wegrutscht. Dann sehe ich nach oben und erkenne, dass ich erst ein kurzes Stück hochgekommen bin und dass dieses Stück schon fast meine ganze Kraft gekostet hat. Du schaffst es, feuert mich Melmoth von oben an und es kommt mir wie Hohn vor. Ich schwitze am ganzen Körper und verfluche mich, dass ich nicht mehr für meine Fitness getan habe. Das ständige Zurückrutschen zerrt an meinen Nerven. Als ich plötzlich ganz ausrutsche und den Hang wieder hinunterkullere, schreie ich unten, am Boden liegend, meine ganze Wut und Enttäuschung hinaus. Mein Körper schmerzt von diesem Sturz, ich habe mir die Hände aufgerissen und mir eine kleine Verletzung am Kopf zugezogen. Melmoth springt von der Mauer, hockt sich neben mich und betrachtet die Wunden. Nicht schlimm, sagt er und holt eine Flasche aus seiner Tasche. Trink erst einmal. Dann geht's schon wieder.

Ich spüre die kalten Steine unter meinem Körper und setze mich auf. Ein Schluck aus der Flasche. Das Zeug schmeckt eklig süß, aber es stärkt mich Melmoths Fürsorge tut mir gut. Nach einer Weile bin ich bereit, es wieder zu versuchen. Diesmal geht Melmoth mit. Er schafft es, beinahe tänzelnd die Schotterhalde hinauf zu klettern und stützt mich dabei, damit ich nicht falle. Bald sind wir oben und blicken in den Raum dahinter. Vielleicht dreißig, vierzig Meter entfernt das nächste Hindernis. Wie ein Gefängnishof kommt mir der Bereich dazwischen vor. Verzweiflung kriecht in mir hoch. Da müssen wir drüber hinweg? frage ich mit piepsiger Kleinmädchenstimme. Melmoth kümmert sich nicht darum und rutscht über die Steinhalde in den Zwischenraum. Komm, sagt er knapp. Ich versuche, vorsichtig hinunter zu klettern, rutsche aber aus und verknöchle mir prompt das Gelenk. Jetzt geht gar nichts mehr. Melmoth untersucht meinen Knöchel. Er schmerzt bei jedem kleinsten Druck und beginnt zu schwellen.

Na schön, sagt er, was jetzt? Du bist der Führer, oder? fauche ich ihn an. Melmoth blickt sich um. Vorne eine Mauer, hinten eine Mauer, dazwischen Wut und Trauer, reimt er ein wenig holprig. Ich blicke ihn fassungslos an. Nimmt er meinen Schmerz nicht ernst? Mein Knöchel schwillt an und er spielt mit Worten herum. Was soll das jetzt werden? Ein Literaturwettbewerb? Melmoth schüttelt den Kopf. Nein, sagt er, ich weiß nur nicht, wie wir da herauskommen. Fällt Dir was ein? Ich versuche aufzustehen, aber mein Fuß knickt ein und ich falle beinahe. Melmoth hält mich am Arm und setzt mich langsam zu Boden. Ich lehne mich an die Steine. Die Nacht wird kalt hier draußen, brummt er, falls wir da bleiben müssen. Er wandert das Viereck ab, das die beiden Mauern und die steilen Felsabbrüche bilden. Er versucht an der nächsten Wand hochzuklettern und schafft es mit einiger Mühe. Oben sitzend ruft er mir zu: Da gibt's noch einige weitere Mauern. Insgesamt sind es sieben, ojoijoi! Deine Verzweiflung muss ganz schön groß sein. Wieso Verzweiflung? schreie ich zurück. Das sind die Mauern der Verzweiflung, schallt es herüber, Stein für Stein selbst aufgebaut.

Ich lehne an den Quadern des ersten Mauerwerks und blicke mich um. Die Steine sind grob behauen und sorgsam aufeinander gefügt. Ja, und? schreie ich. Naja, Du hast sie geschaffen. Blödsinn, fauche ich, ich habe noch nie in meinem Leben Mauern gebaut. Melmoth springt von der zweiten Mauer und landet weich. Gut, sagt er leise, als er wieder bei mir ist, lass uns reden. Der Tonfall seiner Stimme macht mich plötzlich ganz traurig. Worüber? frage ich mit zittriger Stimme und kämpfe um meine Fassung. Über Verzweiflung, antwortet er sanft und setzt sich vor mich hin. Ich blicke ihn mit verletzten Augen an. Ich bin nicht verzweifelt, beharre ich trotzig, obwohl meine Nase rinnt und ich nichts mehr will als zu weinen. Ich weiß. Melmoth spricht weiterhin sehr sanft. Ich will ja auch nur über Verzweiflung an sich reden. Rein theoretisch. Weißt Du, spricht er dann ein wenig traurig weiter, die meisten Reisen, die ich begleitet habe, waren an dieser Stelle zu Ende. Die Reisenden spürten eine abgrundtiefe Traurigkeit in sich und stiegen aus. Sie wollten sich ihrer Verzweiflung nicht stellen. Sie wollten nicht erkennen, dass sie in ihrem Leben gescheitert sind. Sie wollten immer noch als Sieger unterwegs sein. Aber eines ist sicher, Du hast bisher noch nichts gewonnen in Deinem Leben. Alles leere Kilometer, Sandburgen, die austrocknen und verwehen, Papierfetzen in einem Feuer, Kerzengeflacker am helllichten Tag. Und das Schlimme ist: Du hast es immer gewusst. Du hast es gewusst und dieses Wissen bekämpft. Deine kleinen Siege, die Du gefeiert hast, waren Ereignisse ohne jeden Wert. Trauer, Mühe, Wut, Enttäuschung, Ängste sind gefolgt. Hier und da ein wenig Freude, damit Du nicht ganz verzagst. War Dein Leben bisher nicht so wie das von Sysiphus? Ist Dir nicht immer wieder alles entglitten, knapp bevor Du den Gipfel erreicht hast? Du weißt es doch! Du hast es schon als ganz kleines Kind gewusst und hast mit all Deiner Kraft gegen diese Erkenntnis gekämpft. Deswegen warst Du immer so schlapp und müde, sagt er leise.

Ich starre ihn mit weit offenen Augen an. Jedes Wort, das er spricht, wirkt wie eine ätzende Säure und tut weh. Aber es löst eine Verkrustung in mir auf. Ich weiß, dass er Recht hat. Ich spüre die zischende Arbeit der Säure, spüre, wie etwas in mir zerschmilzt. Aber es schmerzt höllisch. Und schlimmer noch, es setzt mich ins Unrecht. Ich habe das Leben bisher betrogen. Ich habe mein Leben bisher betrogen. Ich habe mich selbst um mein Leben betrogen. Ich habe es für etwas hergegeben, das nichts als Schlacke und Karst in mir hinterlassen hat. Auch wenn ich bisher so getan habe, als ob mich mein Leben gar nichts anginge, tief drinnen gab es sie, meine heiß ersehnten Wünsche nach Erfüllung. Ich habe sie aber mit meiner Resignation erstickt, aber es gab sie, immer, ich kann es jetzt deutlich erkennen. In meinen Wunschträumen bin ich ihnen eifrig nachgejagt, nur dort gibt es schon gar nichts Ähnliches wie Erfüllung. Nur leere Gefühle, die nicht satt machen. Und bevor der Schmerz der Enttäuschung mich erreichen konnte, habe ich so getan, als ob mich alles nicht berührt. Das war mein Selbstbetrug.

Aus dem Stein hinter mir tritt plötzlich Nässe hervor. Ein erster Tropfen landet auf meiner Schulter. Ich drehe mich um und knie vor der Mauer. Ich tauche vorsichtig einen Finger in das kleine nasse Geläuf und koste. Ja, es sind Tränen, salzige Tränen. Ich berühre die Quader mit meinen Händen und sie beginnen zu fließen. Über meine Finger fließt ein Strom von Tränen, und jetzt fließt auch aus meinen Augen ein Strom von Tränen. Ich beginne ganz tief zu schluchzen und presse mein Gesicht ganz dicht an die Mauer. Tiefe Wellen von Traurigkeit pressen sich aus mir heraus, wollen mich umstülpen, wollen sich entleeren. Mein Weinen wird lauter und lauter, ich segle auf einem wild aufgewühlten Tränen-Meer und mein Schifflein schlingert wild.

Ich will nichts mehr retten, will nicht mehr obenauf sein, will untergehen, will versinken, will verschollen sein. Meine Stirn spürt die kühlen Steine und sie geben immer heftiger ihre Schmerzenswässer frei, so, als ob sie sich selbst in diesem tränenden Strom auflösen möchten. Melmoth sitzt neben mir, berührt mich nicht, aber seine Nähe ist wichtig für mich. Ich wehre mich nicht mehr, brauche keinen Trost, nur Zeit und Raum, um all die verdorrten Gefühle in mir aufzulösen. So sitze ich lange, lange Zeit, bis das Schluchzen leiser wird und sich das süße Gefühl der Loslösung in mir ausbreitet. Schon seit meinen Kindertagen habe ich das nicht mehr gekannt, diese Versöhnung und diese Gelöstheit, die süßer schmeckt als Honig oder Marsala-Wein.

Langsam richte ich mich auf. Die Mauer vor mir ist tatsächlich zum größten Teil weggeschmolzen, nur ein niedriger Rest steht noch, aber es fließen immer noch Tränenbäche aus den Steinen heraus. In meiner Brust ist ein Gefühl, als ob die Klammer endlich aufgebrochen wäre, es schmerzt und es fühlt sich frei und gelöst an. Ich lächle Melmoth an, der mich glücklich ansieht. Danke, sagt er, danke, Du bist sehr tapfer. Ich drehe mich langsam um und sehe, dass auch die anderen Mauern schmelzen, eine nach der anderen. Selbst das granitene Straßenpflaster löst sich auf und aus dem Boden wachsen Gras und Blumen. In den Felsritzen der Steinhalden links und rechts zeigen sich vielerlei Gewächse mit bunten Blüten. Die Sonne steht auf einem freien, sommerblauen Himmel. Ich runzle die Stirn, das habe ich gemacht? Wer sonst, feixt der Wanderer, wer sonst?

Ich stehe auf. Die Schwellung meines Knöchels ist fast ganz verschwunden. Nur ein leiser Stich erinnert mich noch an meinen Fehltritt. Kannst Du gehen? fragt Melmoth. Ich nicke. Nun, dann los, sagt er und hakt sich unter. Wir steigen über die allerletzten Reste der Mauern der Verzweiflung und erreichen eine offene Straße, die sich langsam in die Höhe windet. Oben, am Pass, steht ein mächtiger Baum, ein Riese, der seine Zweige weit in den Himmel hinaus streckt.

Der Baum der ewigen Wünsche, flüstert Melmoth mir zu, unsere nächste Station.

Die Macht der Bruderschaft

Einer alten Frau, die ich nach meinem Erlebnis mit den Freischärlern in einem Wald traf und deren Holz ich zu ihrer Erdhütte trug, erzählte ich von meiner Unsterblichkeit. Wir stiegen gemeinsam in ihre Wohngrube hinab, die von einem einfachen Blätterdach vor Wind und Regen geschützt wurde. Am hinteren Ende der Hütte war ein Herdstein in eine Höhlung im Erdreich eingelassen. Für den Rauchabzug sorgte eine Lücke im Dach. Sie entzündete geschickt ein kleines Feuer aus trockenen Hölzern und kochte mir in ihrem Kessel eine Suppe aus Kräutern und Wurzeln. Dabei hörte sie aufmerksam zu. Für die Suppe hatte ich ein paar Schnipsel meines Trockenfleischvorrats gespendet, die sie mir grinsend in die Schüssel zurückschöpfte, denn sie hatte keine Zähne mehr.
Nach dem Essen betastete sie die Stelle, an der ich verwundet geworden war und schloss die Augen. Ja, sagte sie, die Kraft des Herzens ist deutlich spürbar. Es war das Herz eines großen Menschen. Dann schwieg sie lange, immer noch mit geschlossenen Augen. Plötzlich riss sie die Augen auf: Er war der Träger des Herzens! Es war wieder einer in der Welt! Aber die Bruderschaft hat ihn verfolgt und töten lassen. Sie zitterte am ganzen Leib. Die Bruderschaft? fragte ich erstaunt, wer ist die Bruderschaft? Hast Du sie nicht gesehen, in dem Tempel? schrie sie. Der Hohepriester fiel mir ein, und die anderen, die ringsum standen, als ich das Herz herausschnitt. Ja, ich sah sie, sagte ich atemlos. Weißt Du, welchem Glauben die Bruderschaft angehört? Sie schwieg wieder lange, so als ob ihr das Sprechen schwer fällt. Das Zittern verstärkte sich. Sie gehören nirgends dazu. Aber sie sind in jedem großen Tempel, bei jedem großen Ritus dabei, schon seit vielen, vielen hunderten oder vielleicht tausenden Jahren. Es sind abgefallene Priester dieser oder jener Religion. Sie haben sich zusammengeschlossen, um die Kirchen für ihre Zwecke zu beherrschen. Sie atmete heftig. Das Sprechen fiel ihr schwer. Ihre Macht beruht darauf, dass sie nur sich selbst dienen. Sie beuten alle religiösen Schriften für ihre Zwecke aus. Wenn sie einmal in den Geist von Menschen eingedrungen

sind, können sich diese kaum mehr von ihnen lösen. Nur das Herz hat die Kraft, die Menschen von diesem Zauber zu erlösen. Deshalb auch sind sie immer auf der Suche nach dem Herzen. Immer hektischer wurde ihr Sprechen. Ich hielt ihre Hand. Aber das Herz muss selbst in einem Menschen leben, nur so kann es wirken, stieß sie weiter hervor, während Schweißtropfen über ihr Gesicht rannen. Wenn das Herz durch den Mund dieses Menschen seine Botschaft in die Welt trägt, dann ist ihre Macht gebrochen. Sie schloss erschöpft die Augen. Über sie zu sprechen nimmt mir die Lebenskraft. Diesen Fluch haben sie über die Welt gelegt. Man darf nicht darüber reden. Nur der Träger des Herzens kann den Fluch bannen und das Wissen, das die Menschen zur Befreiung führt, verkünden. Ich muss jetzt schlafen.

Unvermittelt legte sie sich auf ihr Lager aus Laub und wickelte sich in ihren Umhang. Ich schürte noch ein wenig das Feuer in der Hütte. Die Bruderschaft. Die andere Gruppe der Priester, die so lautlos in den Tempel in Jerusalem gekommen waren, erschien vor meinem inneren Auge. Ich konnte mich seltsamerweise an jedes einzelne Gesicht erinnern, obwohl es in dem großen Raum halb dunkel gewesen war. Aber vor allem erinnerte ich mich plötzlich an ein Detail: Dass es mit dem Eintritt der Priestergruppe schlagartig kalt geworden war im Tempel. Ich meinte sogar, dass damals mein Atem sichtbar wurde, aber das war vielleicht nur eine Einbildung.

Das Feuer war heruntergebrannt und ich wollte kein Holz mehr verschwenden. Die Asche zerteilte ich sorgfältig am Herdstein, damit keine Glut mehr aufflackern konnte. Dann packte ich im Dunkel meine Tasche zusammen, legte ein kleines Geldstück auf den Herd, schob den geflochtenen Behang auf und trat hinaus. Den Eingang verschloss ich wieder sorgfältig, damit die Alte in Ruhe schlafen konnte.

In der Zwischenzeit hatte die Nacht ihre Herrschaft angetreten. Es war fast Vollmond. Ich streckte meine Glieder und fühlte mich überhaupt nicht müde, eher erfrischt und kraftvoll. Vor mir lag eine kleine Lichtung, an die ein Hügel anschloss. Dort hinauf wollte ich gehen und, was mir damals immer wichtiger wurde, die innere Versenkung, wie ich sie damals bei dem griechischen Einsiedler in Alexandria gelernt hatte, üben. Seit dem Tag, an dem mich der Lanzenhieb traf und an dem ich faktisch wiedergeboren wurde, war mir das ein besonderes Bedürfnis. Auf die Anhöhe hinauf zu finden war nicht schwer. Helles Mondlicht fiel durch die Bäume. Ich stieg geradewegs, ohne auf Pfad oder Steig zu achten, auf die Erhebung und setzte mich auf einen Stein, schloss die Augen und war beinahe augenblicklich versunken.

In meinem Inneren schaute ich auf ein anderes Leben in einem anderen Land. Die Alte und ich waren uns dort schon einmal begegnet, sie war meine Mutter und hütete ein kleines Heiligtum in einem Wald. Meine Mutter hatte das zweite Gesicht und half den Menschen, wo es ging. Die Menschen kamen zu ihr, holten von ihr Rat und Voraussagen und schöpften Wasser aus der Quelle, die im Heiligtum entsprang und die heilkräftig war. Doch plötzlich veränderte sich meine Schau. Meine Mutter blickte mich in meiner Vision stumm und ernst an. Zwischen uns flammte ein großes Feuer empor. Ich riss meine Augen auf und sah hinunter auf die kleine Hütte der alten Frau. Das Dach stand in hellen Flammen. Den Abhang stürzte ich mehr hinunter als ich lief und kam keuchend vor der Erdhütte zu stehen. Es war nichts mehr zu machen. Das Dach sank gerade knisternd zusammen. In der Grube darunter nur mehr Flammen und feuriges Inferno. Die Alte war verbrannt. Und doch war mir, als ob alles rundum eiskalt war.

Die Bruderschaft hatte mich gefunden.

Zuneigung

Melmoth war schon zu oft der Liebe begegnet, als dass er sich von ihr verführen lassen könnte. Dachte er zumindest. Doch die stille Zuneigung, die Meriel ihm entgegenbrachte, weckte etwas in ihm, dass er schon lange als überwunden betrachtete. Mircea fiel ihm ein, und einige Dutzend anderer Frauen, die er im Laufe seines langen Lebens lieben gelernt hatte. Mit manchen war er alt geworden, andere starben früh oder verließen ihn, wieder andere erwiderten seine Zuneigung nicht. In der Liebe hatte er mannigfache Formen kennen gelernt. Er war nie ein großer Frauenheld und in den letzten Jahrhunderten hatte er gelernt, auf die Freuden der Liebe zu verzichten, da ihm die Leiden der Liebe mit jedem Jahr mehr zusetzten.

Doch Meriel hatte ihn überrascht. Bei ihrer ersten Begegnung sah er in ihr eine linkische Frau, an der ihr Leben vorüber gegangen war, ohne dass sie es groß wahrgenommen hat. Sie war nicht unattraktiv, aber blass und sowohl in Kleidung als auch im Wesen farblos. Er schüttelte ungläubig den Kopf, als er erkannte, dass sie die zukünftige Trägerin des Herzens sein sollte. Aber er hatte schon einige verwirrende Auserwählte wahrgenommen und war deshalb nicht wirklich erstaunt von der Wahl des Herzens. Nein, das Beurteilen von Kandidaten war nicht seine Aufgabe. Er hatte die Aufgabe zu erfüllen, sie zu begleiten.

Und doch ist ihm nicht entgangen, dass Meriel mit jeder ihrer Begegnungen mehr aufblühte. Ihre Wangen wurden rosiger. Sie kleidete sich modischer, ging zum Friseur, schminkte sich vorsichtig. Anfänglich ignorierte er auch die Zeichen, die seine eigene Bereitwilligkeit aussendete. Die zufälligen Berührungen, ihr Duft, der ihn anzog, ihr Körper, der ihm sehr nahe kam, ihr Atem, der ihn umhüllte, sein Arm, der zufällig an ihren streifte, ihre Brüste, die sie plötzlich nicht mehr versteckte und die seinen Blick gefangen hielten.

Melmoth reagierte verwirrt darauf und zog sich zurück. Er blieb reserviert, wenn sie einander trafen und wich ihren Berührungen aus. Er wehrte ihre Nähe ab, indem er sich arrogant und zynisch verhielt. Anfänglich schien sie traurig, aber dann fand sie sich mit ihrem Schicksal ab, denn sie kannte es gut, das Schicksal des ungeliebten, uninteressanten Menschen. Trotzdem sah sie zu ihm auf, zu ihm, dem erfahrenen, gut aussehenden Mann und war damit zufrieden, so oft wie möglich in seiner Nähe zu sein. Ihre gemeinsamen Reisen in die Anderwelt taten noch ein Übriges, um sie glücklich zu machen. Auch wenn Melmoth sie oft abweisend behandelte und spöttische Bemerkungen machte. Trotzdem war es mehr, als sie zu bekommen hoffte. Natürlich hatte man auch in der Firma ihre Veränderung bemerkt. Die Kolleginnen tuschelten anfänglich, doch weil Meriel standhaft blieb und nichts verriet, ebbte dieses Nebengeräusch ab.

Doch bei Melmoth bröckelte die Mauer, die er um seine Sehnsucht nach Liebe gebaut hatte. Er merkte plötzlich, dass er sich auf ein Treffen mit Meriel freute. Er zog sich sorgfältiger an und achtete auf frischere Farben bei der Wahl seiner Hemden. Schuhe zu kaufen war plötzlich nicht mehr so einfach, denn sie mussten auch ihr gefallen – zumindest begann er in dieser Kategorie zu denken. Und nachzudenken, ob ein Kleidungsstück jemandem anderen

gefallen würde, darin hatte Melmoth überhaupt keine Erfahrung. Denn das spielte noch nie eine Rolle in seinen bisherigen Liebesbeziehungen. Er kämpfte gegen diese Anzeichen einer Verliebtheit. Denn er wusste, dass Verliebtheit ihn unachtsamer werden ließ und damit seine und Meriels Mission gefährdete.
Doch gegen die Liebe ist kein Kraut gewachsen, das fiel ihm ein und ohne sein Zutun, ohne seinen Willen, ohne sein Einverständnis merkte er, wie das Gefühl in ihm immer stärker wurde. Er spürte die kleine Hitze im Gesicht, wenn er an sie dachte. Er bemühte sich, ihre Augenfarbe zu erinnern. In Gedanken strich er den Linien ihres Gesichtes nach. Sein ironisches Gehabe, das ihn so lange schützte, wurde seltener und zuletzt vergaß er darauf.

Er war bereit für die Liebe zu Meriel.

Der Baum der ewigen Wünsche

Mein Fuß schmerzt immer noch ein wenig und ich humpele, bei Melmoth untergehakt, den Berg hinauf. So nahe waren wir uns noch nie für längere Zeit. Ich spüre seinen sehnigen Körper unter seiner Jacke. Er ist dünn, geradezu dürr zu nennen, aber sehr kräftig. Ihm scheint meine Last überhaupt nichts auszumachen. Seine Wärme und die Berührungen genieße ich. Du bist eine schöne Frau, sagt er plötzlich. Sofort geht bei mir der Rollbalken herunter und ich gehe auf Distanz. Was tut das zur Sache? frage ich spitz. Ich meine ja nur, antwortet er schelmisch und ich fühle mich durchschaut. Kann er auch meine Gefühle spüren? Beinahe grob hake ich mich wieder unter und setze den Weg fort. Jetzt schmerzt mein Fuß viel stärker als vorhin und ich bereue, dass wir uns so schnell auf den Weg gemacht haben. Melmoth blickt unschuldig in die Landschaft. Sie ist steinig und staubig, aber durchaus faszinierend. Felsformationen säumen den Weg nach oben. Die Straße hat sich in einen Fahrweg mit tiefen Furchen verwandelt. Karge Pflanzen wurzeln zwischen Steinen.
Unter einem großen Felsbrocken tritt eine kleine Quelle hervor. Wir trinken aus der hohlen Hand. Dann empfiehlt mir Melmoth, den Schuh auszuziehen und meinen Fuß in das Quellbecken zu stellen. Das kalte Wasser tut mir gut. Der Quell tut aber noch mehr für mich, denn innerhalb von ganz kurzer Zeit löst sich mein

Schmerz und meine Schwellung auf. Was ist das für eine Quelle? frage ich. Sie gehört zum Baum. Sie entspringt in Deinem Herzen und kann Dir den Wunsch erfüllen, den Du gerade am stärksten spürst. Warum sagst Du mir das nicht vorher? fauche ich, ich hätte noch ganz andere Wünsche auf Lager gehabt. Wenn Du es weißt, funktioniert es nicht mehr, sagt Melmoth sanft. Ich schweige.

Manche Ereignisse in der Anderwelt sind mir einfach zu hoch. Wie kann die Quelle aus meinem Herzen entspringen, wenn sie unter einem Stein hervorkommt? Wieso funktioniert ein Wunsch nicht, wenn ich weiß wie es geht? Oh, das ist ganz einfach, sagt Melmoth. Ich habe schon wieder vergessen, dass er meine Gedanken lesen kann und ärgere mich ein wenig. Der Wunsch ist neben der Liebe die stärkste Energie, die uns bewegt, spricht Melmoth weiter. Deshalb muss er wie die Liebe ganz tief aus unserem Herzen entspringen. Du musst ihn vergessen haben und ganz der Wunsch werden. In jede Zelle Deines Körpers muss seine Kraft eindringen. Dann, wenn er ganz in Dich hinein gesunken ist und jede Faser in Dir ausgefüllt hat, dann sprudelt seine Kraft hervor. Du weißt dann schon längst nicht mehr, was sie zum Fließen brachte. Aber die Quelle strömt und bringt das hervor, was Du geworden bist. Es dauert manchmal ein wenig, bis wir uns ganz durchtränkt haben. Und die meisten Menschen haben so viele Wünsche, dass sie nur kleine tröpfelnde Rinnsale schaffen, nicht stark genug, ihrem Leben eine Richtung zu geben. So wie diese hier, die aus Deinem Baum entspringt. Aber Du kannst ja noch wachsen und stärkere Wasser zum fließen bringen, spöttelt er ein wenig. Ich puffe ihn in den Arm. Ich bin wütend und lächle. Ich weiß, dass er Recht hat und will es doch nicht so genau ausgesprochen wissen. Melmoth lässt sich von meinem Schlag lachend ein wenig aus der Balance bringen. Dann zeigt er auf den Baum und sagt, komm. Es wird bald heiß und wir sollten in seinem Schatten sein.

Die Tageszeiten wechseln auf diesen Reisen in einem chaotischen Rhythmus. Bald geht die Sonne auf, um ebenso bald wieder zu verschwinden. Manchmal ist das Firmament bleich wie ein Bühnenraum, in dem mit Hilfe von Schweinwerfern ein Morgenhimmel simuliert wird. Dann wird es wieder rasend schnell dunkel, um im nächsten Moment aufzugrauen und heller zu werden. Das Licht passt sich Deinen Stimmungen an, meint Melmoth und tritt unter den Baum. Mächtig breite Äste ragen aus

seinem Stamm, geradeaus gespannt wie die Spreizen eines Regenschirms. Ich schüttele den Kopf und folge ihm. Das bist Du, sagt er. Das ist Deine innere Welt. Jetzt hell, gleich wieder dunkel. Jetzt kalt, dann heiß Jetzt verdorrt, im nächsten Moment blühend wie eine Maiwiese nach einem Regentag. So bist Du. Ein Gedanke, eine kurze Stimmung genügt und die ganze Welt ist verändert.
Ich fühle mich erkannt. Mein ganzes Leben habe ich unter meinen Stimmungsschwankungen gelitten. Einmal dies, einmal das. Ein Gedanke noch nicht zu Ende gesponnen, schon folgt der nächste. Es treibt mich herum wie einen dieser kugeligen Wüstenbüsche, die man in alten Western im Fernsehen sieht. Doch ich finde keinen Ausweg. Auch die tägliche Meditation hilft mir in diesem Punkt wenig. Der einzige Ausweg ist die Stille, setzt Melmoth leise nach. Ich nicke resigniert. Das habe ich schon viele Male gehört oder gelesen. Aber wie finde ich sie? Stille ist immer da, fährt Melmoth fort. Du brauchst sie nicht zu suchen. Du musst Dich nur von ihr finden lassen.
In diesem Moment fährt ein Windstoß durch den Baum und bewegt tausende Glöckchen, die an seinen Zweigen hängen. Jetzt erst bemerke ich sie. In jeder Glocke hängt ein kleiner Klöppel und daran ein gefalteter Zettel. Ein tausendstimmiger Akkord ertönt. Nicht harmonisch abgestimmt. Aber auch nicht dissonant. Ich lausche verzückt. Dann lässt der Wind nach und die Glöckchen verstummen, eines nach dem anderen. Das allerletzte, irgendwo über meinem Kopf, summt lange nach, bevor es schweigt. Stille ist da. Kein Gedanke. Kein Gefühl. Einfach nur die Wahrnehmung einer unmittelbaren Präsenz. Das Blättergewirr über mir. Der Blick hinaus in die steinige Landschaft. Melmoth, der sich schon wieder eine Pfeife stopft. Kein Laut. Nicht einmal Vogelgezwitscher. Plötzlich ist mir, als ob meine Trommelfelle nach außen kippen. Sie suchen nach Laut. Aber da ist keiner. Es schmerzt mich in beiden Ohren. Kein Laut. Meine Ohren sind süchtig nach Klang. Die Droge ist weg. Ich bin auf Entzug. Dann akzeptiere ich die Stille, sie hat mich gefunden. Immer ist sie da, zwischen jedem Laut, hinter jedem Laut. Sie ist die Mutter der Musik, der Sprache, des Vogelgesangs und des Windgeräuschs. Und die Großmutter der Glocken. Unwillkürlich verneige ich mich vor ihr.
Ich setze mich nieder und lehne mich an den Baum. Die Stille ist beglückend. Aber ich höre jetzt auch die ganz leisen Geräusche,

Melmoths Atmen, das Kullern eines kleinen Steines, angestoßen von meinem Fuß. Dann höre ich noch etwas anderes. Ich höre den ewigen Ton. Den tonlosen Ton. Er dröhnt in der Stille mit einer Mächtigkeit, die mich atemlos macht. Unglaublich schön, perfekt, vollkommen. Mir treten Tränen in die Augen. Ich werde vollständig eingehüllt von diesem Ton, den meine Ohren trinken wie heilendes Wasser. Er reinigt meinen Körper von allen Geräuschen, die mein Gedächtnis und meine Erinnerung gespeichert haben. Sie alle verklingen in diesem donnernden Schweigen. Jetzt verstehe ich die alte Metapher, von der Chikan, die Zen-Lehrerin, gesprochen hat. Es ist nicht nur ein Bild. Es ist eine Erfahrung.

Dieser Ton ist der Vater der Musik und der Vater der Sprache, lässt sich nun der Wanderer vernehmen, alle Sehnsucht, die wir in unsere Musik und in unsere Dichtkunst gesteckt haben, hat hier ihre Wurzeln. Wir möchten den einen, den reinen, den tonlosen Ton vernehmen. Manchmal hören wir ihn inmitten eines Musikstückes oder hinter den Zeilen eines Gedichtes.

Plötzlich rezitiert Melmoth Rilke, ein wenig pathetisch, aber es rührt mich doch tief an:

Gott spricht zu jedem nur, eh er ihn macht,
dann geht er schweigend mit ihm aus der Nacht.
Aber die Worte, eh jeder beginnt,
diese wolkigen Worte, sind:
Von deinen Sinnen hinaus gesandt,
geh bis an deiner Sehnsucht Rand;
gib mir Gewand.
Hinter den Dingen wachse als Brand,
dass ihre Schatten, ausgespannt,
immer mich ganz bedecken.
Lass dir Alles geschehn: Schönheit und Schrecken.
Man muss nur gehn: Kein Gefühl ist das fernste.
Lass dich von mir nicht trennen.
Nah ist das Land,
dass sie das Leben nennen.
Du wirst es erkennen
an seinem Ernste.
Gib mir die Hand.

Dann schweigt Melmoth. Nach einer Weile fragt er: Hörst Du es? Ich nicke. Ja, ich höre es, ich höre es, stammle ich.

Wind kommt auf. Die Glocken rufen, sagt Melmoth. Sie rufen Dich, damit Du den einen, den großen Wunsch findest. An jeder Glocke hängt ein Wunsch. Gesammelt seit tausenden von Jahren. Doch ich muss Dich warnen. Wenn Du den einen Wunsch findest, so wird er sich nicht erfüllen. Er ist Dein Motor, nicht Deine Vollendung. Er ist wie die berühmte Karotte vor der Nase des Esels. Ihr Duft wird Dich anlocken, aber Du wirst sie nie kosten. Ich starre Melmoth verblüfft an. Wozu soll das denn gut sein? frage ich. Wozu soll gut sein, dass sich Dein Wunsch erfüllt? gibt er spitzbübisch zurück und setzt sich am Rande des Baumschattens auf einen Stein. Du kannst beginnen, wenn Du möchtest. Flapsig schubst er seine Worte heraus und beginnt anschließend, seine Pfeife zu reinigen.

Ich bin verwirrt. Das passiert mir sehr oft auf diesen Reisen, doch diesmal fühle ich mich komplett verunsichert. Was soll es für einen Sinn haben, einen Wunsch zu finden und damit sicherzustellen, dass er sich nie erfüllt? Immerhin hast Du dann eine Gewissheit in Deinem Leben, ist das nicht toll? lächelt der Wanderer ein wenig spöttisch. Merde, zische ich auf Französisch, wende mich aber doch den Glocken zu. Sie wirken zierlich und klein, doch sind sie überraschend schwer wenn ich sie in die Hand nehme. Ich wende mich den Zetteln zu, die an den Klöppeln hängen. Jedes Papier ist mehrfach der Länge nach gefaltet, ich kann also nichts lesen. Schummeln geht nicht. Was ist mein größter Wunsch? Weiß ich das überhaupt? Mein Hirn rast und doch ist eine wundervolle Stille in mir präsent. Die Gedanken gehen mich nichts an. Ich lasse sie kommen, bestehen, vergehen. Konzentriert nehme ich Zettel in die Hand, spüre sie, prüfe sie, streiche an ihnen entlang. Ist das der Weg, zu meinem Ziel zu kommen? Ich schaue nach oben. Vielleicht ist mein Wunsch dort?

An zwei Ästen stütze ich mich ab und ziehe mich hoch. Fast mühelos erreiche ich die nächsthöhere Etage und klettere den nächsten Astkranz entlang. Wieder hängt Glöckchen an Glöckchen, es müssen wirklich Abertausende sein. Noch eine Etage höher, und noch eine. Jetzt sehe ich weit ins Land hinein. Was von unten, von den Mauern her wie ein Pass ausgesehen hatte, war in Wirklichkeit eine Stufe. Dahinter liegt flaches Land, das sich allmählich begrünt. Weiter hinten sehe ich Bäume, erst ein paar lockere Gruppen, dann einen Wald.

Schön, was mir da eingefallen ist, denke ich.

Die dunklen Jahre

Den Zerfall des römischen Reiches habe ich aus verschiedenen Perspektiven verfolgt. Es schien, als ob der große Geist, der das römische Reich hervorgebracht hat, sein Interesse an seinem Werk verlor. Kleine römische Inselchen hielten den Geist noch ein wenig hoch, aber sie verloren immer mehr den Kontakt zu Rom und waren sich selbst überlassen. In einer Welt, in der eine andere Macht heraufdämmerte.

In diesen Jahrhunderten wanderte ich mehr oder weniger ruhelos durch das südliche Europa. Ich beobachtete, wie sich das Christentum nach seiner Anerkennung als römische Staatsreligion mit ungeheurer Kraft im zerbröckelnden Römischen Reich ausbreitete. Die Gewalt, die die Lehre in ihrer Entstehung selbst erlitten hatte, wurde nun ihr Kennzeichen. Scharen von fanatischen Gläubigen begannen rund um das Mittelmeer die alten Tempel und Glaubensstätten zu zerstören. Wo immer ich hinkam, sah ich die Spuren der Verwüstung der alten Welt. Später verbanden sich die lokalen Herrschenden mit den rasenden Eiferern und begannen das Land, das noch nicht unterworfen wurde, zu `christianisieren´. Oft hatten besetzte Dörfer nur wenige Augenblicke Zeit, sich zum Christentum `bekehren´ zu lassen, was sie aber meist aus Sprachgründen gar nicht verstanden. Dann wurden alle Bewohner des Ortes von den mordgierigen Banden niedergemetzelt, die Frauen vergewaltigt und die Dörfer angezündet. Die Leichen lagen in den Dorfstraßen und wurden zur Beute von Geiern, Wölfen und Füchsen, manchmal auch Bären. Ich bin durch viele grauenvolle Orte gewandert, mit einem wunden Herzen, und Unverständnis, und Trauer.

Später wandte ich mich nach Norden, in die römischen Grenzländer, hinauf bis zum Danubius, an dessen nördlichem Ufer einst die Barbarengebiete anfingen. In dieser Zeit freilich saßen die Barbaren längst selbst in Rom und benahmen sich wie Römer, was ihnen nicht ganz gelang. Es war wie eine Parodie auf die alte römische Kultur, eine Parodie allerdings, die grausam und tödlich war.

Eines Tages traf ich in einem Wald nahe des Flusses einen Jungen, der römische Kleidung und Waffen trug und gehetzt aussah. Er döste erschöpft unter einem Baum, sprang aber, als ich näher kam, sofort auf und zog sein Schwert. Ich hob meine Hand zum Gruß und sprach ihn lateinisch an. Er sah mich erstaunt an und ich fragte, ob ich mich an seinen Platz niedersetzen durfte. Er nickte, setzte sich auch, behielt aber sein blankes Schwert in seiner Hand. Ich sah ihn verhalten prüfend an.

Seine Augen waren gute Augen, er sah ein wenig naiv, aber auch traurig in die Welt. Ich schätzte ihn auf vielleicht 15 Jahre und fragte ihn nach seinem Namen. Io, antwortete er, von Ioannes. Wie heißt Du und wo kommst Du her? fragte er zurück. Ich nannte meinen Namen, erfand irgendeine Geschichte über meine Wanderung und fragte mich, ob er wohl ein Kandidat des Herzens war, denn es war etwas Besonderes um ihn. Ich hatte vor nicht allzu langer Zeit zwei Auserwählte hintereinander durch Mordanschläge der Bruderschaft verloren. Io fühlte sich ein wenig anders an, fast so, wie sich die Weltenhüter anspürten, denen ich auf meiner Reise einige Male begegnet bin. Trotzdem achtete ich auf Zeichen, die das Herz sendete, um mich auf einen Anwärter aufmerksam zu machen, und griff nach meiner Münze. Sie wurde nicht warm, also ließ ich nach einer Weile von meiner Prüfung ab und plauderte einfach nur mit dem Jungen.

Und Du, wo kommst Du her? fragte ich ihn. Nicht sehr weit von hier bin ich geboren worden, sagte er traurig, nahe dem Fluss Arelape. Meine Eltern wurde getötet und unser Hof verbrannt, antwortete er traurig. Seitdem laufe ich hier herum. Bist Du vor ihren Mördern auf der Flucht? bohrte ich weiter. Nein, das ist eine andere Geschichte. Ich verliebte mich in ein wunderschönes Mädchen und habe mit meiner Geliebten geschlafen. Seitdem verfolgen mich ihre Brüder und wollen mich töten, obwohl ich angeboten habe, das Mädchen zu heiraten. Aber ich gehöre nicht zu ihrem Stamm und ihre Mädchen dürfen nur Männer aus diesem Volk heiraten. Es gelang mir zu fliehen und ich habe auch schon drei ihrer Brüder getötet. Wie viele sind es denn? fragte ich. Sieben, antwortete er leise und traurig. Wenn ich weiterleben will, muss ich noch vier töten.

Er begann zu weinen und ich legte meine Hand auf seine Schulter. Meine alte Militärzeit kam in mir hoch, wo es in jeder Schlacht auch nur um eines geht: zu töten oder getötet zu werden. Schlachtenbilder erschienen vor meinem inneren Auge, Bilder von Feinden, die auf mich zustürzten, schrecklichen Wunden, die ich ihnen zufügte, Leben, die ich nahm. Nach den Schlachten die Bestattung der eigenen Toten, der Abschied von Freunden, mit denen ich Monate oder Jahre in der Armee zusammen war und mein Leben geteilt hatte. Damals lernte ich den großen Schmerz zu vermeiden, indem ich aufhörte, anderen nahe zu sein. Irgendwann wurde es mir sogar egal, ob ich töte oder selbst getötet werde und das schenkte mir eine ungeheure Kraft, der andere nicht widerstehen konnten.

Dieser Junge stand am Anfang der Kette des Tötens, und sie wird sein Leben noch lange begleiten, in diesen unruhigen Zeiten, in denen die alte Ordnung zusammenbricht und eine neue Ordnung heraufdämmert. Bis er eines Tages diese Kette von unheilsamen Ereignissen unterbricht und sich abwendet. Das, erkannte ich, wird aber erst in vielen Jahren geschehen.

Der Junge war eingeschlafen. Vorsichtig löste ich ihn von meiner Schulter, an die er sich gelehnt hatte, legte ihn nieder und bewachte seinen Schlaf. Für kurze Zeit sollte er in Frieden ruhen können. Bevor die Schlacht seines Lebens weiterging. Auch ich ruhte mich ein wenig aus. Als ich nach einer Weile merkte, dass sein Schlaf unruhiger wurde und er kurz vor dem Erwachen war, stand ich leise auf und ging fort. Mein Weg war ein anderer und Io musste den seinen alleine gehen.

Das ist das Gesetz des Weges.

Der Zettel

Nun, wie geht's? fragt Melmoth von unten. Er starrt neugierig nach oben in den Baum der ewigen Wünsche. Findest Du was? Eine wunderbare Landschaft habe ich gefunden, antworte ich mit einem sarkastischen Unterton. Dafür sind wir nicht hier, meint er streng. Ich verziehe mein Gesicht und äffe ihn nach: dafür sind wir nicht hier. Im nächsten Augenblick lachen wir beide fröhlich. Ich drehe mich ab und sehe mir die Glöckchen in dieser Reihe an. Sie sehen zwar jedes gleich aus, aber in ihrem Korpus ist jeweils ein anderes Gesicht eingeritzt. Das könnte mir helfen, denke ich. Doch die

Gesichter sagen mir nichts und sprechen mich nicht an. Ich fahre mit einer Hand an den Zetteln entlang, während ich auf einem Ast balanciere und mich mit der anderen Hand an Zweigen festhalte. Der Baum hat gefiederte Blätter, weich und angenehm anzugreifen. Dann ein heftiger Windstoß. Mein Ast schwankt und unwillkürlich suche ich auch mit der zweiten Hand nach Halt. Sie ergreift einen Zettel und reißt ihn ab. Sofort beginnen alle Glöckchen zu klingen, es geht wie in einem Tollhaus zu. Verblüfft betrachte ich den schmalen Zettel in meiner Hand. Er reicht links und rechts über meine Handfläche hinaus. Hast Du ihn endlich! stellt der Wanderer von unten her fest. Ja, aber ich habe ihn gar nicht gewählt, ich hab ihn abgerissen, als der Ast im Wind gewippt ist. Dann hat er Dich gewählt, noch besser. Melmoths Stimme klingt zufrieden. Komm runter.

Ganz vorsichtig steige ich ab, den Zettel in der einen Hand sachte festhaltend, so als ob ich gleichzeitig Angst hätte, ihn zu verlieren oder zu zerknüllen. Von der letzten Astreihe springe ich herunter und wundere mich, dass mein Fuß wirklich nicht mehr schmerzt. Ich halte Melmoth den Zettel vor die Nase. Das ist er, stelle ich überflüssigerweise fest. Du musst ihn aufmachen, wenn Du wissen willst, was drinnen steht. Wieder dieser schalkvolle Unterton, mit dem er spricht. Immerhin klingt Melmoth seit einiger Zeit trotz des Sarkasmus in seinen Worten viel freundlicher.

Ich starre den Zettel an. Will ich wirklich wissen, was drauf steht? Will ich wissen und zugleich wissen, dass dieser Wunsch nie ganz in Erfüllung gehen wird? Wie Du willst, sagt der Wanderer. Du kannst ihn auch wegwerfen. Nur, dann weißt Du nicht, was Deine Intention ist. Denn dadurch, dass Du ihn gewählt hast, oder er Dich, ist die Bedingung schon dafür geschaffen, dass Du immer versuchen wirst, das Ziel zu erfüllen. Was ist das für ein blödes Spiel, poltere ich, das habe ich sicher nicht erfunden! Stimmt, entgegnet er, der Baum der ewigen Wünsche ist ein Archetyp, der in jedem von uns wohnt. Jeder trägt seinen eigenen Baum in sich und hängt dort alle unerfüllten Wünsche auf, die er im Laufe seiner Leben sammelt. Jedes weitere Leben dient dann dazu, ein paar von den Zetteln zu öffnen und zu lesen. Sie geben uns die Richtung an, in die wir in dieser Existenz gehen. Das Dumme ist nur, wir sammeln in jedem Leben weitere Zettelchen und hängen sie an unseren Baum. Und so werden wir nie fertig und darum nie frei.

Und der eine, der große Wunsch, wie kommt der zustande? frage ich. Ja, mit der Zeit, fährt Melmoth fort, kristallisiert sich eine große Sehnsucht heraus. Sie hängt viele Male als Wunsch am Baum und es ist deshalb auch nicht schwer, einen Zettel zu finden, auf dem sie steht. Aber weil so viel Wunschenergie in diesen Zetteln steckt, würdest Du sofort sterben, wenn sich der Wunsch ganz erfüllt. Damit würde aber auch Dein Baum sterben. Deshalb belegt er diese Wunschzettel mit einem Fluch, so dass sie sich nie vollständig erfüllen können. Das ist Evolution – so sichert der Baum sein Überleben. Melmoth kichert. Das Darwinsche Gesetz gilt auch in der Welt des Großen Geistes? frage ich ungläubig. Hier wurde es erfunden antwortet er fröhlich.

Ich setze mich wieder unter den Baum und starre den Zettel an. Also bin ich Gefangene des Baumes, denke ich. Ein leiser Windstoß lässt alle Blätter erzittern. Das passt Dir auch noch, sage ich nach oben, dem Baum zu. Wieder dieses zustimmende, zufriedene Zittern, und jetzt purzeln auch noch kichernde Glockentöne durch die Luft. Gibt es keinen Ausweg, Herr Führer? richte ich meine Frage an Melmoth. Es gibt immer einen Ausweg, kommt es zurück, doch wie und wann, kann ich Dir nicht sagen. Aber es gibt sicher einen Ausweg. Na gut, denke ich, dann werde ich jetzt einmal den Zettel lesen. Langsam entfalte ich das Papier. Es fühlt sich steif an, die Kanten sind fast scharf und die Knicke wie mit dem Bügeleisen geglättet. Einmal, zweimal, dreimal lege ich eine Faltung um, dann weiß ich, dass mit dem nächsten Mal das Wort sichtbar wird. Ich zögere noch und merke, dass meine Hand ein wenig zögert. Ganz langsam schiebe ich meinen Daumen unter die Papierkante und hebe den Streifen hoch. All-Einheit, steht dort, in einer seltsam krakeligen Schrift. All-Einheit. Das ist mein größter Wunsch? Melmoth hebt beinahe bedauernd seine Schultern. Das steht bei fast allen, sagt er. Wieso? schnaube ich zurück, ist das ein Allerweltswunsch? Nun ja, doziert der Wanderer und balanciert auf einem spitzen Stein stehend, jeder fühlt sich irgendwie vom Universum allein gelassen und wünscht sich in die Einheit zurück. Also auch Du. Ist da irgendetwas falsch dran? Nein, nein, sage ich, natürlich wünsche ich mir das auch. Aber mein größter Wunsch? Vielleicht hast Du öfter niemanden zum Kuscheln gehabt und bist halt ins Religiöse abgeschwirrt. Er hebt seine Stimme und deklamiert: Wenn mich sonst keiner liebt, Gott liebt mich!

Melmoth! belle ich, ich finde das überhaupt nicht witzig! Nicht? tönt es zurück, na gut, dann nicht. Was willst Du jetzt tun? Ich lehne noch immer am Baum, bemerke es und rücke ein Stück ab. Irgendwie ist er mir nicht mehr so sympathisch wie am Anfang unserer Beziehung.

Es stimmt schon, ich fühle mich leer und jede Spannung ist verschwunden. Es war gar nicht so schlimm, den Wunsch nach Erfüllung des Wunsches aufzugeben. Es stimmt auch, dass ich mich immer nach Geborgenheit, nach Einheit gesehnt habe. Ich weiß, sagt Melmoth, das ist der Menschen Schicksal. Wollen wir weiter? Ich nicke und stehe auf. Ich hätte gerne eine Pause, sage ich beinahe weinerlich, geht das? In der Ferne tutet ein Zug. Der Mayagonia-Express, stellt der Wanderer lakonisch fest, er bringt uns zurück.

Anscheinend ist Dir dieser Wunsch gleich erfüllt worden.

Meriels Verwandlung

Melmoth besucht mich jeden Abend. In der Stadt zeigen wir uns nicht mehr zusammen, das ist zu gefährlich, sagt er. Wir gehen auf unterschiedlichen Wegen ins Weiße Kamel, wenn wir ein Treffen vereinbart haben, um in die Anderwelt zu reisen. Meine Bank im Park besuche ich alleine, wenn Melmoth irgendwo unterwegs ist. Ich fahre morgens regelmäßig zur Arbeit und am Abend steht Melmoth nicht an der Haltestelle, um mich abzuholen. Wir vermeiden jedes Aufsehen und jeden gemeinsamen Auftritt.

Die letzten Wochen, in denen wir trotzdem oft zusammen waren, haben mich sehr verändert. Nicht, dass ich jetzt die große Kämpferin geworden bin. Aber ich traue mir mehr und mehr zu. Die Reisen wecken meine Neugier, aber auch meine Sehnsucht nach einem sinnerfüllten Leben. Ich bin auserwählt. Ich habe eine Aufgabe zu erfüllen. Noch kenne ich das Herz nicht, dass mich auserwählt hat. Aber ich werde es eines Tages in mir tragen. Und ich will mich des Herzens würdig erweisen.

Natürlich zeigt sich auch öfter die alte Meriel. Manches, was auf den Reisen passiert, ist mir wirklich zu viel. Manches verstehe ich auch nicht und wehre mich dagegen. Melmoth ist zum Glück ein geduldiger Begleiter, auch wenn er manchmal sarkastisch klingt und sich scheinbar über mich lustig macht. Aber wir sind schon ein gut eingespieltes Team. Ich verlasse mich voll und ganz auf ihn. Und er lässt mir die Zeit, die ich brauche, um den nächsten Schritt zu machen. Den ich dann aber auch wirklich mache. Denn ich habe begriffen, dass es nur um mich geht. Nicht um Melmoth. Er ist mein Freund und Helfer. Und – ich wage es kaum zu denken – meine große Liebe.

Jeden Augenblick unserer gemeinsamen Abende genieße ich total. Dabei passiert nicht viel. Wir sitzen und reden, lassen die letzte Reise Revue passieren oder lesen einfach jeder für sich in einem Buch. So sehr ich mir am Anfang wünschte, einen Mann neben mir im Bett zu haben, so scheu bin ich nun geworden, mich auf körperliche Begegnungen einzulassen. Ein Kuss auf die Wange zur Begrüßung, einen zur Verabschiedung, wenn Melmoth mich spätabends verlässt, manchmal eine Umarmung, manchmal eine leise Berührung. Das genügt mir im Augenblick vollauf.

Es ist schön und ruhig in meinem Leben geworden, obwohl es ein aufregendes und gefährliches ist. Seltsamerweise hat sich aber in mir eine innere Gewissheit eingestellt, dass alles gut gehen wird. Ich beobachte einfach nur die Entwicklungen und Geschehnisse, ein wenig so, als ob sie mich nichts angingen. Aber ich weiß, dass sie ganz zentral auf mich ausgerichtet sind. Und in seltenen Augenblicken wird mir das ganz beunruhigend bewusst. Dann bitte ich Melmoth, heute Nacht bei mir zu bleiben.

Worauf er es sich draußen am Sofa gemütlich macht.

Warroom

Vor einiger Zeit schon habe ich ein Zimmer in einem kleinen Hotel ganz in der Nähe von Meriels Wohnung bezogen. Das Hotelzimmer bildet mein Feldlager, wie ich es aus meiner Vergangenheit gelernt habe. Hier kann ich in Ruhe denken und meine nächsten Züge vorplanen. Ich bin reduziert auf das Wesentliche, Kleidung, ein paar Bücher, einen Teekocher, einen Feldstecher. Mein Wagen steht stets vollgetankt in der Hotelgarage. Von meinem nach hinten liegenden Zimmer aus kann ich die ruhige Straße überblicken, die an ihrem Haus vorbeiführt. Sie haben offensichtlich Meriels Adresse noch nicht herausgefunden.

Vielleicht wissen sie auch noch nichts von Meriel. Kein verdächtig lange parkender PKW ist zu sehen. Die Typen und Kennzeichen der Wagen, deren Besitzer Anwohner der umliegenden Häuser sind, habe ich im Gedächtnis. Wenn ich in der Stadt Dinge erledige, bin ich immer sehr vorsichtig und gehe lange Umwege, bevor ich in die U-Bahn steige, um zum Hotel zurückzukehren.

Die Bruderschaft weiß, dass ich in der Stadt bin. Mich beobachten sie sofort, wenn ich irgendwo auftauche. Sie kennen mich seit zweitausend Jahren. Ich habe ihnen geholfen, das Herz in ihren Besitz zu bekommen. Das war meine tragische Schuld, allerdings gemildert durch die Tatsache, dass ich damals noch nicht wusste, was es mit der Sache auf sich hat. Und schließlich hat mich das Herz als Lotsen ausgewählt. Ich soll seinen zukünftigen Träger zu ihm führen. Ein bitteres Lachen steigt in mir auf, wenn ich mich erinnere, dass ich selbst die Bruderschaft immer wieder durch meine Münze auf die Spur der Auserwählten gebracht hatte. Das ist zum Glück jetzt vorbei.

Nun hat das Herz Meriel ausgewählt. Scheinbar eine Frau ohne besondere Ambitionen. Ohne herausragende Eigenschaften. Eine alltägliche Frau. Aber ich entdecke in ihr jeden Tag neue Facetten. Sie verblüfft mich manchmal mit Antworten, die ich nicht von ihr erwartet hätte. Ihr Mut, mit dem sie ihre Aufgabe übernommen hat, ist beeindruckend. Sie stellt sich den Situationen, auch wenn diese sehr belastend sind für sie. Sie hat ihr Äußeres verändert, und sie hat ihr Verhalten verändert. Erst jetzt kann ich erkennen, dass das Herz eine sehr gute Wahl getroffen hat. Und auch mein Herz hat sie gewählt. Ich fühle mich außerordentlich zu ihr hingezogen. Was außerordentlich gefährlich ist.

Es ist früher Abend die Sonne leuchtet den Himmel über der Stadt aus und wird bald untergegangen sein. Die Dämmerung tappt schon durch die Straße unter mir. Der kleine Laden neben Meriels Haus schaltet die Reklamebeleuchtung ein. Ich sitze am Fenster meines kleinen Hotelzimmers und beobachte die Straße. Ein Hauch von Heimeligkeit zieht durch meinen Körper. Seit zweitausend Jahren bin ich heimatlos. Ein einsames Leben, anfänglich gemildert durch Beziehungen zu Frauen, die aber alle starben oder mich verließen. Immer blieb ich alleine zurück, bis ich des Spiels überdrüssig wurde Ganz selten noch konnte eine Frau mich erreichen und bezaubern. Doch meist unterließ ich jeden Versuch, mich ihr zu nähern. Ich kenne den Anfang, die Mitte und das Ende. Wozu also immer wieder das Gleiche wiederholen? Und dennoch. Meriel hat Sehnsucht in mir geweckt. Ich habe jetzt einen Platz, zu dem ich mich hingezogen fühle. Es ist der Platz, an dem Meriel ist. Jetzt erwarte ich einen Direktangriff auf Meriel. Irgendwann werden sie ihr auf die Spur kommen. Vielleicht mache ich einen Fehler. Vielleicht macht sie einen Fehler. Wir werden sehen. Ich bin jedenfalls hier und werde auf sie aufpassen. Meinen Gegner, die Bruderschaft, kenne ich seit zweitausend Jahren. Ich habe sie also seit langer Zeit studiert. Immer wieder traf ich auf Repräsentanten ihrer Macht, in kirchlichen Organisationen, in den politischen Institutionen, früher auf den fürstlichen und königlichen oder kaiserlichen Höfen, heute in den Parlamenten und Interessensgemeinschaften. Sie haben aber auch Vertreter in der Polizei, im Militär und in den Geheimdiensten. Nicht alle von denen sind Eingeweihte. Die Agenten, die für sie tätig sind, wissen oft nicht, warum sie einen Auftrag ausführen, aber sie führen ihn aus. Ohne Wenn und Aber.

In diesem Kampf benütze ich keinerlei Waffen. Wozu auch? Er wird nicht mit herkömmlichen Geräten ausgetragen. Diese Fehde findet auch meist nicht in dieser Welt statt. Es geht bei diesem Krieg mehr darum, die Schachzüge des Gegners voraus zu ahnen und gefährlichen Varianten auszuweichen. Außerdem bin ich unsterblich, ich muss mich nicht schützen. Das wissen sie in der Zwischenzeit auch und versuchen auch gar nicht mehr, mich auszuschalten. Sondern direkt die Kandidaten zu treffen.

Meine Waffen sind mein Spürsinn, mein Gewahrsein und meine Intuition. Jeder wirklich gute Soldat muss sich darin ausgebildet haben. Ich lernte während meiner Zeit im römischen Heer von den besten Offizieren und Soldaten. Von jenen, die im Voraus wussten, was der Gegner vorhatte. Von jenen, die blitzartig einen neuen taktischen Zug entwickeln und diesen mit aller Kraft und Entschlossenheit umsetzen konnten. Und von jenen, die ein Ziel im Auge hatten und es auch in den gefährlichsten oder chaotischsten Situationen vorantrieben. Sie konnten scheinbare Unterlegenheit in gewinnbringende Kraft verwandeln und mit kleinen Scharmützeln große Wirkung erzielen. Vor allem aber konnten sie eines: sie konnten auch dann kühl denken, wenn der Gegner oder die eigenen Leute von ihren Emotionen überschwemmt wurden.

Das wichtigste, was ich gelernt habe, ist jedoch, dass ein Menschenleben kostbar ist. Große Heerführer vermeiden jeden unnötigen Verlust. Und ich habe gelernt, dass der größte Sieg nicht am Kampfplatz, sondern im eigenen Herzen errungen wird. Marc Aurel war so ein Heerführer, friedliebend, obwohl er fast sein ganzes Leben als Kaiser auf dem Schlachtfeld verbracht hat. Ich bin ihm einmal in einem Feldlager in Sirmium begegnet, als er Veteranen zu sich ins Zelt einlud. Er wusste natürlich nicht, dass ich damals schon seit 150 Jahren Veteran war, und ich beließ es selbstverständlich dabei. Das Gespräch war sehr tiefgehend. Ich sah seine Zweifel und seine innere Not, die viele seiner später veröffentlichten Gedanken geprägt haben. Ich lernte auch Commodus kennen, seinen Sohn und Erben, der mit einem grimmigen Gesicht neben seinem Vater saß und dessen böses Wirken sich schon damals in seiner Miene abzeichnete. Marc Aurel war eigentlich eine tragische Figur. Ein friedliebender Heerführer, den die Senatoren ständig in neue Kriege hetzten. Die Gegner, auch oft schon geschult in der römischen Strategiekunst und Lebensart, die immer gieriger und immer frecher wurden. Und sein missratener Sohn, der erste erbliche Thronfolger in der römischen Republik, der als Imperator den langsamen und quälenden Untergang des römischen Reiches einläutete.

Einige Zeit nach dem Tod von Marc Aurel wechselte ich über die Grenze in das Land der Parther, den treuesten Gegnern des römischen Reiches, mit denen es schon Jahrhunderte lang immer wieder im Krieg lag. Aber ich kehrte immer wieder in das alte weströmische Reich zurück. Erst viele Jahre später begann ich eine lange Wanderung in den Osten, die mich weit in die Gefilde Asiens hinein brachte. Ich schüttelte Rom und die neue Macht aus meinen Gliedern und wurde ein Mensch, ein Fremder aus Passion.

Bis mich meine Aufgabe einholte und wieder zurück brachte in den Machtkreis der Bruderschaft. Dann begann mein jahrhundertelanger Kampf gegen diesen mächtigen Gegner. Mit vielen verlorenen Schlachten. Aber diese eine, diese neue Schlacht werde ich gewinnen, das schwöre ich mir selbst jeden Tag.

Denn nun gibt es für mich auch einen persönlichen Grund, nicht zu verlieren.

Täuschungen

Wir treffen einander nach unserem täglichen Abendrendezvous noch im Weißen Kamel. Meine Wohnung verließen wir getrennt und sind auf verschiedenen Wegen hier eingetroffen. Es ist schon spät und das Lokal ist nur mehr mäßig gefüllt. Melmoth legt immer den Moment fest, an dem wir mit unserer Reise starten. Er spürt es, sagt er, wann der richtige Zeitraum ist, sich in der Anderwelt zu bewegen. Heute will er mit mir einen weiteren Abschnitt meines Weges absolvieren. Wir trinken Tee und plaudern noch ein wenig, bevor es losgehen soll. Können wir nur hier im Weißen Kamel in die Anderwelt kommen? frage ich. Melmoth schüttelt den Kopf. Nicht unbedingt, sagt er, eigentlich könnten wir von überall losziehen. Aber hier ist ein absolut reiner Platz. Anderswo könnte sein, dass Du andere Welten passieren musst, die Dir nicht guttun. Und das wollen wir doch nicht, oder? Er grinst schelmisch. Ich lache. Dann sagt er unvermittelt: Bereit? Ich nicke und mache mich innerlich leer. Melmoth hebt seine Hand und schnippt mit den Fingern.

Wir landen sanft auf einem niedrigen, kahlen Bergrücken und nehmen einen Weg, der sich über eine steinige Halde in die Tiefe schlängelt. Nach kurzer Zeit erreichen wir den Talboden und ziehen in eine Richtung los. Ich weiß nicht, wohin wir gehen. Aber wir gehen mit ziemlichem Tempo. Irgendetwas erhebt sich vor uns auf einem Bergsattel pünktchengroß über dem Horizont. Ich bleibe stehen und versuche mehr zu erkennen. Was ist das dort? frage ich Melmoth. Der starrt ebenfalls in die Richtung. Irgendwas, brummt er, sichtlich ratlos. Erkennst Du es nicht? frage ich. Ich weiß, was es ist, aber ich weiß nicht, wie es aussieht, lautet seine rätselhafte Antwort. Ich schüttele den Kopf. Melmoth hat sich wieder in Bewegung gesetzt und geht mit seinem üblichen Trab in die Richtung des Pünktchens. Kannst Du jetzt etwas erkennen? frage ich. Ich nicht, aber vielleicht Du. Wieder so ein Rätselspruch. Ich, wieso ich? werde ich wieder unfreundlich. Du wirst dort vieles finden, was Du gut kennst, sagt er darauf einsilbig. Ich gebe auf. Rätsellösen liegt mir nicht. Schon gar nicht im Laufen und in einer Landschaft, die weder gemütlich noch heimelig wirkt.

Ich blicke mich um. Rundum nichts als Wüste. Kein Bergrücken. Kein Weg, den wir gekommen sind. Alles verschwunden. Melmoth zuckt in mein Erstaunen hinein seine Achseln. Verschwunden, so ist das hier, stellt er fest, alles, was Du wirklich hinter Dir gelassen hast, verschwindet völlig. Lass uns gehen, meint Melmoth. Erinnerungen dienen nur dazu, etwas in unserem Gedächtnis wach zu halten, das wir noch erledigen müssen. Alle anderen Erinnerungen sind nur Müll. Lass sie fahren. Ich seufze. Ich liebe es, in Erinnerungen zu schwelgen. Aber nun erkenne ich, dass diese Erinnerungen voll mit ungelösten Problemen waren, die ich in meinen Träumereien zu lösen versuchte. Aber dadurch hat sich natürlich gar nichts gelöst. Doch ich fühlte mich für ein paar Minuten entspannt und frei. Oder erfolgreich. Oder als Siegerin. Doch nach kurzer Zeit tauchte das Problem wieder auf. Jetzt erkenne ich: ich wollte es gar nicht lösen, denn dann könnte ich ja in meinen Träumen keine billigen Siege mehr feiern. Die kurze, angenehme Lösung meiner inneren Spannungen wäre nicht mehr möglich und ich hätte nichts zu tun. Melmoth kichert: Nett, sich so einen kleinen Müllberg anzuhäufen, auf dem man immer wieder einmal herumkramen kann. Ich ziehe verschnupft weiter. Diese Gedankenleserei beginnt mir auf die Nerven zu gehen. Was hat er in meinem Kopf verloren? Ach, das wirst Du auch noch verstehen, sagt Melmoth wieder einmal in seiner leichtfüßigen Art und greift sich eine Handvoll Sand. Er wirft sie in die Luft und sieht dem davon schwebenden Staub nach. Also, wohin? fragt er. Zum Punkt am Horizont, bestimme ich.

Wir wandern durch die Einöde. Es kommt mir vor, als ob wir plötzlich Siebenmeilenstiefel anhätten. Der Punkt wird rasch größer und entpuppt sich als Turm. Es ist der Turm aus dem Tarot, erkenne ich. Er steht auf einer Felskante über einer neuen Landschaft. Dunkel umwölkt steht der weiße Turm auf einer kleinen Felshöhe, die leeren Fensterhöhlen drohend gereckt. Oben am Turm die goldene Krone. Plötzlich zeigen sich in Fenstern die angstverzerrten Gesichter von zwei Menschen, einem Mann und einer Frau. Wie im Tarot-Spiel. Der Himmel verdichtet sich in dunkles Grau, ein Blitz zuckt und fährt in die Spitze des Turms. Im Inneren des Turms lodern Flammen empor, Rauch steigt auf. Wie in Zeitlupe wird die Krone hochgehoben und von der Spitze des Turms geworfen. Die beiden Gestalten, der Mann und die Frau werden von der Wucht des Blitzes aus den Fenstern gehoben und stürzen herab. Das Bild friert ein. Die Gestalten und die Krone bleiben in der Luft stehen.

Ich erinnere mich an einen Nachmittag bei Gilda, einer Arbeitskollegin, die sich mit esoterischen Dingen beschäftigt. Sie lud mich kurz nach dem Tod meines Mannes zu sich ein. Wir tranken Tee und aßen Kuchen, den sie selbst gebacken hatte. Dann nahm Gilda einen Stapel Tarot-Karten in die Hand und sagte, zieh eine. Es war der Turm. Noch bevor Gilda etwas sagen konnte, wusste ich damals, was die Karte bedeutete. Es ging um Aufbruch und Ausbruch aus meinem inneren Gefängnis. Dieser Augenblick eröffnete mir aber noch mehr. Ich war plötzlich verbunden mit einer langen Tradition von Weisheit und Wissen. Ich sah viele tausend Karten in einer Reihe aufgestellt, und jede hatte ihre Botschaft, jede verband sich mit einer Seele, mit einer Situation. Jede wollte ihre Weisheit, ihre Sichtweise darbringen, wollte helfen, aus einem größeren Wissen heraus etwas klar zu machen. Gilda sprach zu mir über die Karte, deutete sie aber nur im Zusammenhang mit dem Sterben von Thomas. Ich fühlte mich von ihr überhaupt nicht verstanden. Auch sie schien das zu spüren und bemühte sich umso mehr, ihren Worten Nachdruck zu verleihen, doch schließlich musste ich mich erheben und gehen, weil ich ihr Gerede nicht mehr aushielt.

Was siehst Du heute darin? fragt Melmoth ganz sanft. Sie wollte mir zeigen, dass sie etwas davon versteht, sage ich spontan. Dieses Drängen hat sie von Dir und vom Wissen entfernt, ergänzt der Wanderer. Es ging nicht mehr um Dich und Deinen Schmerz. Es ging ihr darum, besser zu sein. Es ging darum, ihr Wissen zu zeigen und nicht darum, Dir zu helfen. So ist ihre Täuschung entstanden. Du hast für Dich Deine Wahrheit erkannt. Sie aber wollte Dir ihre Sichtweise aufdrängen. So ist das oft zwischen Menschen.

Gilda steht neben uns. Ich habe es doch nur gut gemeint, sagt sie weinend. Ich weiß, Gilda, ich weiß. Ich umarme sie. Melmoth zieht mich am Ärmel. Komm, darum geht es jetzt noch nicht, Du musst erst durch. Wodurch? frage ich. Das wirst Du erfahren, wenn Du es wieder erlebt hast. Wir wenden uns vom Turm ab und lassen Gilda hinter uns. In einiger Entfernung sehe ich ein sanftes Tal in die Landschaft eingebettet. Am Rande der Senke bleiben wir stehen und schauen uns das Tal an. Es ist wie ein Jahrmarkt angefüllt mit verschiedenen Attraktionen, aneinandergereiht ohne Plan und ohne

Absicht. Doch die Attraktionen sind Häuser und Plätze, die ich aus meinem Leben kenne. Bunt durcheinander gewürfelt stehen sie hier ohne rechte Ordnung. Es gibt Verbindungswege dazwischen, aber auch Sackgassen, Spalten, Brücken über kleine Flüsse, Hinterhöfe. Bäume entdecke ich, die ich in meiner Kindheit geliebt habe, Kirchen, Kapellen, Höhlen, Lichtungen, Kraftplätze. Sogar meine Bank aus dem Stadtpark steht da. Alles irgendwie nebeneinander oder hintereinander aufgereiht. Meine Augen wandern umher. Ich entdecke, dass die Plätze bevölkert sind. Mit Mühe erkenne ich die Menschen, die vor den Häusern, Kapellen, Kirchen stehen und mir zuwinken. Jeder einzelne war zu einer bestimmten Zeit ein Teil meines Lebens. Einige sind es noch heute. Jeder hat etwas ganz Spezifisches zu meinem Leben beigetragen. Ich bin ganz atemlos vor Erstaunen. Jetzt weiß ich, was Melmoth gemeint hat, als er sagte, nur ich weiß, was wir hier finden werden. Was ist das? frage ich Melmoth. Das kannst nur Du herausfinden, antwortet er fröhlich und pflückt sich Beeren von einem Strauch.

Wir wandern hinunter in die Talsenke. Gleich zu Beginn entdecke ich einen Platz, den ich oft als Kind aufgesucht habe. Tante Meumel sitzt dort, wie sie immer in meinen Kindertagen auf einer grün gestrichenen Holzbank vor ihrem Haus gesessen hat und strickte. Ein rosenumranktes Haus, weiß getüncht, mit alten, windschiefen Fenstern. Tante Meumel blickt mich lächelnd über ihre Augengläser an. Es ist etwas Freundliches in ihr und es ist etwas Lauerndes in ihr. Es ist etwas Warmes in ihr und es ist etwas Kaltes in ihr. Ich musste als Kind oft an ihrem Haus vorbei und wenn sie draußen in der Sonne saß, dann rief sie mich zu sich und holte aus ihrer Schürze eine Süßigkeit. Und dann ermahnte sie mich, brav zu sein. Jeden Abend zu beten, Du betest doch jeden Abend, oder? und in der Schule gut aufzupassen, damit etwas aus mir werden würde. Was aus mir werden soll, habe ich nie erfahren, aber so wie ich sie jetzt wieder sitzen sehe, mich über ihre Brille lauernd anstrahlend, kam das alte zerrissene Gefühl wieder hoch. Ich will zu ihr und will doch nicht. Dieses Gefühl lähmt mich, es lähmt mich noch heute. Ich sehe eine Klosterschwester neben Tante Meumel treten, mit demselben freundlich-lauernden Blick. Der war ich später in einem Spital begegnet, in dem ich krank lag. Ich war damals um die zwanzig Jahre alt gewesen und hatte mir eine schlimme Infektion zugezogen, die ich in einem Krankenhaus ausheilen musste. Jeden Morgen kam diese Schwester zu mir, strich mir wie einem Kind über den Kopf und ermahnte mich, ein gottgefälliges Leben zu führen. Ich fühle mich in meinem Bett erstarren, den dringenden Wunsch habend, mir die Decke über den Kopf zu ziehen und laut zu schreien. Und dann diese gütigen Augen, diese gnadenlos gütigen Augen! Melmoth erlöst mich, indem er seine Hand auf meine Schulter legt und leise sagt: komm. Wir steigen in das Tal hinunter und ich begegne alle paar Schritte einer Situation aus meinem Leben. Es wirkt wie eine Fahrt mit einer Märchenbahn, an jeder Ecke eine neue Geschichte, ein neuer Eindruck, doch sind hier alle Geschichten mit meinem Leben verbunden, mit Menschen, die gut zu mir waren und deren Gaben ich nicht nehmen konnte. Der Vikar, der mich auf meine Firmung vorbereitete und mich immer mit feuchten, zitternden Händen anfasste. Der Vortragende in einem Ehe-Vorbereitungskurs, den Thomas unbedingt besuchen wollte und der sich Abend für Abend gimpelhaft in seinem Wissen über das Leben ausbreitete und darauf mächtig stolz war. Der ernsthafte junge Mann von der christlichen Sekte, der mich vor kurzem auf meiner Bank im Stadtpark ansprach und versuchte, meine Seele zu retten. Der blasierte Lehrer, der seine Vorträge so gerne mit moralischen Grundsätzen würzte und von keinem ernst genommen wurde. Ich wandere von Figur zu Figur, empfinde noch einmal meine Gespaltenheit und fühle, wie ich immer leerer und leerer in mir werde. Meine Beine versagen mir beinahe, ich schwanke mehr, als ich gehe. Mir wird schwarz vor Augen ob diesen geballten Kräften, die da auf mich einstürmen.

Eine strenge Gestalt steht vor mir, Chikan, die Zen-Lehrerin, in deren Gruppe ich vor ein paar Jahren eingetreten bin. Jetzt steht sie wieder hier, an einer Weggabelung, einen Stock hocherhoben und mich unerbittlich anblickend. Mir scheint es, als ob ich von ihr darin gehindert werde, einen der beiden Wege zu gehen. Melmoth stellt sich hinter mich. Nun, meint er belustigt, was wirst Du jetzt tun? Ich nehme mir einen Anlauf und werfe mit einem lauten Schrei die Figur um. Sie zerbricht in tausend Stücke. Nur ihr Gesicht ist noch ganz und blickt mich weiterhin unerbittlich an. Ich spüre eine ungeheure Wut in mir hochkommen und springe mit beiden Beinen in die Scherben, die am Boden liegen. Ich trample auf den Resten der Figur herum, bis alles in unkenntliche kleine Teile zerbrochen ist, in die ich mich werfe, um sie aufzuheben und über mich rieseln zu lassen. Ich weine und schreie hemmungslos, wälze mich in den Scherben, schleudere Stücke weg, hebe andere hoch und lasse sie über meinen Körper gleiten. Das ganze gespaltene Gefühl von Anziehung und Abstoßung kocht in mir hoch und ich zerreiße innerlich. Meine Hände umkrallen Bilder, die sich über mir wie Phantome zusammenballen. Wütend zerreiße ich sie in kleine Stücke. Immer kleiner werden die Fetzen, bis sie letztendlich ein Wind davonträgt. Dann liege ich erschöpft am Boden. Melmoth sitzt an meinem Kopfende und stopft sich eine Pfeife. Hast Du nichts anderes zu tun? fauche ich ihn an und setze mich auf. Er zuckt ratlos die Schultern, lässt kurz die Pfeife sinken und entschließt sich dann, sie doch fertig zu stopfen und anzuzünden. Seine Unbeteiligtheit ärgert mich, beruhigt mich aber gleichzeitig. Wieder steigt die Ambivalenz hoch. Du hast die Wahl, sagt Melmoth und bläst erste dichte Rauchwolken aus. Welche Wahl? frage ich trocken. Dich zu ärgern oder Dich zu beruhigen. Ich schließe empört die Augen. Immer liest er meine Gedanken. Ich fühle mich nackt und bloßgestellt. Melmoth steht auf und putzt seine Hose ab. Wir sollten gehen, sagt er geschäftsmäßig. Ich schüttele ungläubig den Kopf: Er stellt mich mit einem einzigen Satz ab. Gerade wallt noch Ärger in mir hoch und dann stoppe ich kraftlos wie eine Maschine, die jemand abgeschaltet hat. Ich stoße ärgerlich Luft aus und mache mich auf zu gehen. Wohin? frage ich. Nach Ihnen, gnädige Frau, sagt Melmoth schelmisch und galant und lüftet seinen Hut, während er einen Kratzfuss andeutet.

Ich wähle den linken Weg und gehe voraus.

Fortschritt

Was hast Du eigentlich all die Jahre gemacht, Melmoth? frage ich eines Abends, als wir gemütlich in meinem Wohnzimmer sitzen. Melmoth hebt seinen Blick aus dem Buch, dass er gerade liest. Der menschlichen Dummheit zugeschaut, ist seine knappe Antwort. Haben wir uns in den zweitausend Jahren denn gar nicht verändert, gab es keinen Fortschritt in der menschlichen Entwicklung? bohre ich nach. Oh ja, sagt er, die Menschen sind zu geschickteren Affen geworden, das ist alles. Sie haben gelernt, immer bessere Werkzeuge herzustellen, immer effektiver zu töten und die Erde immer

nachhaltiger zu verwüsten. Als ich noch Centurio war, haben wir mit Steinschleudern Mauern zum Einstürzen gebracht. Wir dachten damals, dass wir die beste Armee der Welt wären und das waren wir auch. Heute könnte ein Einzelner mit einem Maschinengewehr eine ganze Kohorte niedermähen und unsere Schilde und Speere wären nichts als überflüssiges Spielzeug. Aber wo bleibt der Mann mit dem Maschinengewehr, wenn in großer Höhe eine Atombombe gezündet wird? Er wäre in Sekundenbruchteilen Asche. Das ist der Fortschritt der Menschheit, sonst nichts. Was ich gesehen habe, ist nichts als ein fortgesetztes Wiederholen der immer gleichen dummen Verhaltensweisen. Streit, Krieg, Morden, Zerstören, Frieden aushandeln, Wiederaufbauen, Streit, Krieg, Mord und ewig weiter.
Ich hab nicht viel anderes gesehen in all den Jahren. Ein paar Momente der Liebe gab es und auch ein paar Großartigkeiten im menschlichen Verhalten. Die Menschen begannen immer wieder, ihre Dörfer und Städte aufzubauen und standen einander bei. Aber dann begann wieder die Konfusion und irgendein Wirrkopf schwang sich zum Führer auf und fand tausend Gründe, über den Nachbarn herzufallen und ihn zu ermorden. Du kannst mir glauben, ich bin es müde. Die Anlässe für das Morden haben sich verändert, aber das Morden bleibt immer gleich. Immer fällt irgendwer über einen anderen her. Und immer haben beide Recht. Und immer kommt das Gleiche heraus. Erst schlagen sie einander und wenn sie zu erschöpft sind, dann ist einer der Sieger und der andere der Verlierer. Aber nach ein paar Jahren kannst Du Sieger und Verlierer nicht mehr unterscheiden. Ich schaue Melmoth verwundert an. So heftig habe ich ihn noch nie reden gehört. Aber ich schweige und trinke meinen Tee.
Zu meiner Zeit als Centurio kämpften die Römer gegen die germanischen Stämme, hebt Melmoth wieder an und ballt die Faust. Und? Ein paar Jahrhunderte später saßen die Germanen in Rom und führten sich auf wie Römer. Kurz nach meiner aktiven Zeit in der Legion begannen die Christenverfolgungen. Tausende wurden als Andersgläubige gejagt, in den Tod gehetzt, von Tieren zerrissen. Ich habe es mir angesehen, voller Ekel und Verzweiflung. Etwas später saß der Papst in Rom. Die Päpste begannen Macht zu sammeln. Und was taten sie damit? Sie haben Ketzer verfolgt, Menschen verbrannt, in den Tod gehetzt. War das ein Unterschied?

Ich bin wieder voller Ekel und Verzweiflung an den Scheiterhaufen gestanden und habe geweint. Ich konnte nicht sterben, sie haben es oft versucht, aber es gelang nicht. Einmal haben sie mich sogar gefoltert und zu Tode verurteilt. Das Feuer konnte mir nichts anhaben, es hat mir nur die Stricke verbrannt. Und als ich vom Scheiterhaufen herunterstieg, sind alle schreiend davon gelaufen. Das war einer der wenigen spaßigen Augenblicke in meinem langen Leben.

Aber sind wir denn nicht hier zu lernen? erwidere ich. Ist das nicht unsere Aufgabe als Menschen? Ja, schon, sagt Melmoth nach einem Schluck Tee, aber manchmal glaube ich nicht mehr an das Experiment Mensch und warte nur noch darauf, dass etwas Besseres in die Welt kommt. Was könnte das sein? frage ich. Du bist es, sagt er kurz und stellt seine Tasse ab. Ich bin verwirrt. Was meint er damit? Ich bin es. Ich bin schwach. Ich bin unfertig. Ich bin unwissend.

Aber, sagt Melmoth in meine Gedanken hinein, Du bist dafür bestimmt.

Vorleben

Scharfkantige, zerrissene Felsblöcke säumen den Weg, der tiefer in eine dunkle Klamm zu führen scheint. In den Zwischenräumen wächst dornengespicktes Gestrüpp. Weiter unten braust ein reißender Bach in Kaskaden in die Tiefe. Mir wird eng ums Herz und ich bekomme Angst. Lass uns umdrehen, sage ich. Zu spät, sagt Melmoth. Meine Angst steigert sich und Melmoth nimmt mich sanft an den Schultern und schiebt mich langsam in die Wegrichtung. Geh, sagt er liebevoll. Ich stakse unsicher hinunter, den Weg mehr mit den Füßen ertastend als erspähend. Denn ich merke, dass meine Aufmerksamkeit immer mehr abgeschnürt wird. Was ist das? frage ich wimmernd. Es ist eines Deiner Vorleben, antwortet Melmoth. Erinnerst Du Dich?
Ich höre vertraute Gesänge. Mir wird übel. Nein, nicht noch einmal. Meine Knie werden ganz schwach. Bitte, stammle ich, nicht noch einmal. Wieder sagt Melmoth sanft, aber bestimmt: geh weiter. Ich war doch damals so verloren, sage ich. Sind wir das nicht alle irgendwann? entgegnet der Wanderer. Ich beginne

hemmungslos zu weinen. Melmoth schiebt mich weiter voran. Dann sehe ich sie, die freundlichen Gestalten. Sie stehen am Wegesrand und lächeln unentwegt und glücklich. Ich möchte mich übergeben, aber mein Hals ist wie zugeschnürt. Willkommen, willkommen, säuselt eine weiche Stimme und mir wird schwarz vor Augen. Kümmere Dich nicht um sie, flüstert mir Melmoth zu, geh einfach weiter. Hände werden nach mir ausgestreckt. Bruder Wilbert öffnet seine Arme und sieht mich milde an. Willkommen daheim, säuselt er, als er mich begrüßt. Wie damals, als ich das erste Mal in das Haus seiner Gemeinschaft kam. Die dunklen Gänge mit schweren, undurchsichtigen Vorhängen vor den Fenstern. Eine Atmosphäre schwüler, unterdrückter Sexualität. Nachts liegen alle Frauen der Gemeinschaft in einem dunklen Schlafsaal. Das Flüstern in den Ecken. Das Hinausschleichen über den knarrenden Boden. Die schamerfüllte Rückkehr. Die Attacke des Bruders während eines Erbauungsgesprächs. Seine Hände an meinen Brüsten. Der Ekel und die Verwirrung. Siebzehn Jahre war ich damals alt. Siebzehn junge Jahre. Sie hatten mich angesprochen, auf der Straße. Ich war daheim unglücklich. Der Vater soff und schlug meine Mutter, wenn sie sich verweigerte. Mein älterer Bruder betrachtete mich als sein sexuelles Eigentum und verscheuchte alle meine Freunde. Dieselbe schwitzende, versexte Atmosphäre, wie ich sie später in dieser Gemeinschaft vorfand. Doch hier spielte man zusätzlich den Menschen draußen am Lande das Ideal der Reinheit vor. Die Menschen kamen und hörten die heiligen Worte und dachten, dass an diesem Ort wirklich die reine Liebe und das höchste Ideal gelebt wird. Das Gegenteil war wahr. Wilbert trieb es mit allen Frauen. Die anderen Männer durften sich nur heimlich mit ihren Favoritinnen treffen. Ich lag oft nächtelang wach und hörte alles rund um mich. Alles war Lüge, war Heimlichtuerei, war Betrug. Wenn eine Frau schwanger wurde, wurde sie zur Abtreibung gezwungen. Schmutzige Gedanken der Gemeinschaftsmitglieder wurden in den Beichtgesprächen herausgepresst und sanktioniert. Ich war hierher geflohen und landete mitten im allerschlimmsten Sumpf. Und dann, eines Nachmittags, der erste Verkehr mit Bruder Wilbert. Er zieht mich auf sich. Fährt unter meinen Rock. Zieht meine Hose herunter und setzt mich auf sein erregtes Glied. Ich spüre, wie es schnell und grob eindringt. Ich spüre den Schmerz und seine

Rücksichtslosigkeit. In wenigen Sekunden ist alles vorbei. Geschäftsmäßig hebt er mich von sich herunter, stellt mich am Boden ab. Du kommst dann in die Beichte, sagt Wilbert kalt, denn Du hast mich zur Sünde verführt. Warum, wimmere ich, warum muss ich das wieder erleben, Melmoth? Du bist im Tal der Täuschungen, hier musst Du durch. Ich sehe mich im Beichtstuhl. Beschmutzt, beschämt, voller Schmerzen im Unterleib. Was hast Du zu beichten? fragt Bruder Wilbert kalt. Ich habe gesündigt, stammle ich. Erzähle es mir, bohrt er weiter. Gnadenlos holt er alles aus mir raus. Behauptet, dass ich voller unreiner Gedanken wäre. Beschimpft mich als Hure, als verführerisches Weib, als geiles Stück. Dann verlangt er, dass ich jeden Tag zwei Stunden früher aufstehen und in der Kirche liegend meine Sünden vor Jesus unserem Herrn bekennen müsse. Das ist meine Buße. Ich tue es. Wochenlang. Die anderen Frauen sehen mich mitleidig an. Weißt Du, flüstert eine beim Bodenschrubben, weißt Du, dass er sich einen runterholt, während Du beichtest? Ich beginne zu rebellieren. Sie sperren mich ein, schlagen mich mit einem Gartenschlauch. Ich bekomme nichts zu essen, nichts zu trinken. Fiebernd liege ich in einer dunklen Kammer. Eine mitfühlende Hand sperrt die Türe auf, verschwindet. Es ist nachts und ich schleiche in die Küche. Dort trinke ich, esse Brotreste. Durch eine Oberlichte klettere ich hinaus, fliehe in die Stadt. Obdachlose nehmen mich auf, machen mich betrunken, vergewaltigen mich. Ich bekomme Drogen, werde haltlos, willenlos, lasse mit mir geschehen, was immer geschieht. Polizisten greifen mich auf, bringen mich in ein Heim. Die Heimleiterin hört meine Geschichte. Bruder Wilbert wird verhaftet. Kommt wegen Mangel an Beweisen frei. Meine Geschichte wird vom Richter nicht geglaubt. Ich verzeihe Dir, sagt Bruder Wilbert sanft. Ich springe auf ihn zu und schleudere ihm in allerhöchster Wut einen Stein mitten ins Gesicht. Der Spiegel zerbricht. Die Scherben rieseln zu Boden. Ich stehe ungläubig da.
Melmoth atmet tief durch. Er blickt mich mitfühlend an. Ich danke Dir für Deinen Mut, sagt er und stützt mich. Lass uns nun weitergehen. Ich nicke erschöpft. Im Raum hinter dem zerbrochenen Spiegel sehe ich andere Gemeinschaften, bunt oder schwarz oder grau oder weiß gekleidet. Immer steht eine Gestalt in der Mitte, die sich über die anderen erhebt. Ich sehe die Ausrichtung der Menschen auf diese Gestalt. Die Mitglieder der

Gemeinschaften hocken am Boden, die Gestalt steht als einzige. Ich sehe segnende Gestalten. Ich sehe fordernde Gestalten. Ich sehe zornige Gestalten. Ich sehe wahnsinnige Gestalten. Ich sehe milde lächelnde Gestalten. Ich sehe kalt abweisende Gestalten. Und immer ist ein Kreis von kriechenden Menschen rund um sie gruppiert. Warum, frage ich Melmoth, sind die anderen so klein? Sie sind nicht klein, antwortet er, sie machen sich klein. Es ist leichter für sie, dem Führer, der Führerin zu Füßen zu hocken als abseits mit ihrem kleinen Leben allein zu sein. Warst Du damals nicht auch einsam und klein? fragt er sanft. Ich fühlte mich als Nichts, sage ich. Es war unerträglich, nicht wahr? Ja, das war es. Ich habe mich ja auch umgebracht in diesem Leben. Ich hab mich vor den Zug geworfen.

Ich weiß, sagt Melmoth traurig, ich stand damals am Bahnsteig und habe es gesehen.

Der Mann des Schwertes

Irgendwann am Morgen des Mittelalters tauchten die ersten Langschwerter auf. Die frühmittelalterlichen Schmiede entwickelten Techniken, mit denen sie dem Eisen Leichtigkeit, Geschmeidigkeit und Schärfe geben konnten. Also musste ich von meinem römischen Kurzschwert auf das Langschwert umlernen. Ich fand eines auf einem verlassenen Feld, auf dem vor kurzem ein Kampf mehreren Menschen das Leben gekostet hatte. Wer hier kämpfte und warum es ging konnte ich nicht erkennen. Die Leichen trugen schwere lederne Waffenröcke, die mich an meine Heimat Euböa erinnerten, wo wir ähnliche Überwürfe, allerdings zur Arbeit im Wald, trugen. Damals hatten die Athener diese Kleider verspottet. In dieser Zeit jedoch flößten die ledernen Schutzröcke den Menschen Angst ein. Denn die, die sie trugen, waren Krieger, vielleicht Söldner oder Angehörige jener unzähligen Banden, die damals die Länder beherrschten. Kriegsherren kämpften ständig um die Hinterlassenschaften Roms und suchten ihr Gebiet zu verteidigen oder zu vergrößern. Es war eine Zeit ohne Gesetz und ohne größere, umfassende Ordnung.
Fasziniert hob ich die Langwaffe auf und betrachtete sie. Eine ausgezeichnete Arbeit, fein ausbalanciert, der Griff lag gut in der

Hand. Sie musste einem Anführer gehört haben. Die Waffe begleitete mich für lange Zeit, denn ihre Länge bildete einen Vorteil im direkten Kampf, und durch ihr etwas höheres Gewicht durchschlug sie die Lederrüstungen der Gegner mühelos.

Jahrhunderte später, die staatlichen Ordnungen verschiedener Feudalherren waren etabliert, zog ich immer noch als Schwertkämpfer durch das Land. Reiche Kaufleute oder Gutsbesitzer waren immer auf der Suche nach persönlichen Leibwachen, die gut mit einer Waffe umgehen konnten. Die Zeit zwischen dem Auftauchen von Kandidaten des Herzens war oft lang und so verdingte ich mich öfter als Beschützer von reichen Personen.

Große Probleme hatten in dieser Zeit jüdische Kaufleute, da sich nur wenige Schwertmänner bereit erklärten, sie zu beschützen. Der Hass auf die Juden war tief im Volk verwurzelt und die Kirche tat viel dazu, ihn weiter zu schüren. Von Zeit zu Zeit entlud sich die Feindseligkeit in Pogromen, um einerseits die Emotionen zu entladen und andererseits an das Vermögen der jüdischen Händler und Geldverleiher zu kommen. Meist standen hinter den Pogromen große Schuldner oder Landesherren, die sich davon die meisten Vorteile versprachen. Doch das jüdische Leben bewies eine große Zähigkeit, mit der es seine Strukturen und die alte Ordnung wieder herstellte. Oft schon nach kurzer Zeit standen die alten Schuldner wieder vor demselben jüdischen Verleiher, um erneut an frisches Geld zu kommen.

Diese Menschen bezahlten ihre Schwertkämpfer natürlich am allerbesten, und da ich die alte jüdische Kultur ein wenig kannte und darum wusste, dass die Juden eben so viel oder wenig Brunnenvergifter, Wucherer, Parasiten, Ausbeuter oder Verschwörer waren wie jedes andere Volk auf dieser Erde, hatte ich wenig Probleme, der Beschützer eines reichen jüdischen Kaufmanns zu sein. Das bedeutete natürlich, dass mich die Menschen ebenso hassten wie meinen Auftraggeber, aber das war mir egal. Ich hatte Geld und Geld hat immer noch jedes Vorurteil zum Schweigen gebracht.

Eines Tages sah ich Samuel, einen alten, beinahe würde ich sagen, weisen jüdischen Kaufmann, der in einem Rechtsstreit mit einem Gottesurteil belegt wurde. Er wirkte traurig, da er keinen Kämpfer finden konnte, der für ihn dieses Gottesurteil ausfechten würde.

Denn das war damals die übliche Form, ein problematisches juristisches Problem zu lösen. Zwei Kämpfer fochten das Gottesurteil aus und die Seite des Siegers gewann dadurch auch die Oberhand im Rechtsstreit. Das war natürlich eine knifflige Frage für die Kämpfer. Ein Sieg brachte in der Regel viel Geld, ein Verlust konnte aber auch den eigenen Tod herbeiführen. Trotzdem, oder vielleicht gerade deshalb, zogen diese Urteile viele durchs Land vazierende Söldner an, die sich durch einen Sieg über den Gegner eine erhebliche Verbesserung ihrer Lebensumstände erhofften.

Samuel saß auf einem Stuhl am Rande des Platzes, an dem das Gottesurteil ausgefochten werden sollte. Es war für die Stadtbevölkerung ein großes Spektakel, das sich keiner entgehen lassen wollte. Ich war gerade erst in der Stadt angekommen, als die Kirchenglocken das Ereignis ankündigten. Neugierig ging auch ich zum Stadtplatz und besah mir die Situation. Der Richter und seine Helfer saßen unter einem Baldachin und warteten. Auf der Seite des christlichen Kaufmanns, oder vielleicht war es auch ein Gutsherr, standen einige Schwertkämpfer bereit, die Sache auszufechten. Auf Samuels Seite stand niemand. Er tat mir leid und ich schätzte die Streiter der anderen Seite als keine großen Leuchten ein. Also trat ich auf Samuel zu. Er sah mich erstaunt an. Wieviel willst Du? fragte er und ich antwortete, dass er mich schon gut entlohnen würde. Sein offenes Gesicht war mir mehr wert als jedes Versprechen.

Auf der anderen Seite entstand ein kleiner Tumult, denn einige der Kämpfer verließen bei meinem Anblick fluchtartig den Platz. Dann aber trat ein Kämpfer aus dem Schatten der Arkaden hervor, den ich bis dahin noch nicht wahrgenommen hatte. Ich erkannte sofort, dass er ein Agent der Bruderschaft war und betrachtete ihn erstaunt. Denn eigentlich hatten die Priester damals schon aufgehört, mich als Person zu verfolgen, weil sie meine Unsterblichkeit kannten. Aber vielleicht sollte mich der Agent auch nur verletzen oder mir zeigen, dass das Priester-Syndikat mich überall finden konnte.

Der Prozessgegner nickte dem Agenten zu und er und ich traten in die freie Fläche inmitten des Stadtplatzes. Ein Gottesurteil hatte keine Regeln. Es waren alle Waffen und jede List erlaubt. So umkreisten wir einander einige Zeit, um den besten Platz und die geeignete Distanz für einen Ausfall zu finden. Er war wie ich mit

einem Schwert und einem langen Messer bewaffnet, allerdings hatte er das Schwert in der linken Hand, was meine Kampftechnik ein wenig verändern würde. Nach einer Weile blieben wir stehen und starrten einander an. Es war ganz still geworden am Platz, nichts rührte sich, die Spannung hielt alle gefangen. Der Agent wagte den Angriff, ich sah es zuvor schon in seinen Augen. Mit erhobenem Schwert sprang er plötzlich mit großen Ausfallschritten auf mich zu. Ich ließ mich fallen, rollte blitzschnell um meine eigene Achse in seine Richtung und hob mein langes Messer vor meinen Körper. Ein alter Trick aus unzähligen Schlachten, um dem Speer des Gegners auszukommen, wenn man selbst nur ein Schwert hatte. Meine Klinge drang unter dem Brustpanzer des Agenten in seine Eingeweide und stoppte ihn. Er ließ seine Waffen fallen und versuchte mein Messer aus dem Bauch zu ziehen, was ihm nicht mehr gelang. Blut kam aus seinem Mund. Er fiel und ich stand auf. Mit einem Ruck zog ich meine Waffe aus seinem Körper.
Sein Sterben würde lange und qualvoll werden, das wusste ich. Ich schaute ihm in die Augen und verstand, dass er das auch wusste. Also bot ich ihm mit einer Handbewegung mein Schwert an und er nickte. Langsam setzte er sich auf, kam aber dabei mit der Hand in die Nähe des langen Messers, das neben ihm am Boden lag. Ein hasserfüllter Blitz stieg in seinen Augen hoch. Doch ich trat auf das Blatt der Waffe und trennte mit einem Schlag seinen Kopf vom Körper. Ein Raunen ging durch die Menge. Ich drehte mich um und ging zu Samuel zurück. Der Richter stand auf und verkündete: Gott hat gesprochen. Die Sache ist entschieden.
Für den alten Mann bahnte ich einen Weg durch die Menge. Mein blankes blutiges Schwert ließ die Menschen zurück weichen. Die meisten von ihnen hätten sich sicher einen anderen Ausgang der Sache gewünscht. Doch jetzt gaben sie einen Durchlass für den jüdischen Kaufmann und mich frei. Samuel trippelte, seinen Stuhl in den Händen, durch mehrere Seitengassen seinem Haus zu. Dabei überquerten wir einen kleinen Platz. Vor der unscheinbaren Kirche am oberen Ende stand ein Priester auf den Stufen, die in das Gotteshaus führten, und sah mich stumm an. Wir geben nicht auf, sagte sein Blick und ich lächelte ihn wissend an.
Ich blieb einige Jahre in der Stadt und beschützte Samuel. Er war ein tief gottesfürchtiger Mensch und ich konnte ihm helfen, sein Leben in Ruhe zu beschließen. Samuel hinterließ mir eine größere

Summe, die es mir ermöglichte, ein kleines Gut zu kaufen und meine Schwertkämpferzeit zu beenden.

Aber dann rief das Herz zur nächsten Aufgabe und meine Idylle war vorbei.

Ausflug in die Anderwelten

Nach der Wiederkehr erholen wir uns noch kurz im Weißen Kamel. Kein anderer Gast ist mehr in der dunklen Stube. Albert, der Wirt, schlurft heran. Noch einen Tee? fragt er. Bitte, sagen wir beide im Gleichklang. Dann verlasse ich Melmoth kurz, um ein anderes Bedürfnis zu befriedigen. Auf der Toilette schaue ich in den Spiegel. Wir müssen lange unterwegs gewesen sein, aber ich sehe keine Spuren an mir. Sogar die Kleidung ist noch in Ordnung, trotz meiner Klettereien, Stürze und Wüstenüberquerungen.

Albert bringt den Tee. Es ist schon spät, sagt er, ich will schlafen gehen. Einen Moment noch, antwortet Melmoth, wir sind noch nicht ganz fertig. Ich lege Euch den Schlüssel hierher. Wenn ihr geht, schließt die Tür ab und werft den Schlüssel weg. Geht in Ordnung, sagt Melmoth. Wie spät ist es? frage ich. Gegen zwei, antwortet Melmoth. Bist Du noch bereit für eine kleine Unterweisung? Noch einen Schluck Tee, sage ich, dann geht's wieder. Gut, gut, raste Dich aus, ist seine Antwort.

Was willst Du mir denn noch sagen? frage ich leichthin. Das Wort Unterweisung hat mich ein wenig aufgeregt gemacht. Mein Erholungsbedürfnis ist schon wieder verschwunden. Melmoth schaut mich an: Es wird Zeit, dass Du das Reisen vollständig lernst. Ohne Dich? hake ich entsetzt ein. Nein, sagt Melmoth, ich komme schon mit, solange Du mich brauchst. Es ist nur, wir kommen nun in Bereiche, die nur Du öffnen kannst. Das bedeutet, Du musst wissen, wann es Zeit ist und Du musst Dich selbst mit einem Fingerschnippen in die Anderwelt bringen. Ich geh natürlich mit, aber dieser Teil gehört zu Deiner Entwicklung. Damit Du jederzeit und überall in andere Welten eintauchen kannst, wenn es notwendig ist.

Du meinst, ich soll dann so wie Du schnippen? Wie kann ich das? entgegne ich ein wenig atemlos. Du musst wissen, dass Du es kannst, dann wird es funktionieren. Aber benutze es nie einfach nur

aus Spaß. Du könntest in Welten landen, die sehr gefährlich für Dich sind. Und ich kann Dir nicht überallhin folgen. Probier es einfach, aber denke nie, dass es funktioniert, wenn ich nicht dabei bin. Hörst Du? Ich nicke und schnippe mit den Fingern. Klingt ganz gut, sagt der Wanderer. Und er muss es ja wissen.
Ich schnippe nun bei vielen Gelegenheiten beinahe automatisch, was sogar meinen Kolleginnen im Büro auffällt. Bist Du in einem Tanzkurs? fragt mich eine. Ich halte kurz verlegen inne, aber dann sage ich: jaja, ich war in einem. Doch ich bin nicht sehr begabt. Aber das Schnippen fand ich lustig. Alle lachen und schnippen auch. Ich merke, dass ich selbstbewusster geworden bin. Solche Anspielungen hätten mich noch vor kurzer Zeit verunsichert. Aber jetzt kann ich eine Antwort geben, die mir passt, auch wenn sie gar nicht wahr ist, wie vorhin. Auch die Stimmung in unserer Arbeitsgruppe hat sich verbessert. Wir sind insgesamt fröhlicher, lockerer geworden. Am Abend, beim Nachhausefahren, fällt mir auf, dass ich meine Kolleginnen gut leiden kann. Nicht, dass wir dicke Freundinnen geworden sind, aber es ist gut, sie zu sehen und mit ihnen zu plaudern und zu arbeiten.
Am Wochenende hat Melmoth irgendetwas zu erledigen und ich bin allein. Den Sonntag nutze ich, um wieder einmal in den Park und zu meiner Bank zu gehen. Ich habe aufgehört, die Enten zu füttern, weil jetzt überall Schilder stehen, die es verbieten. Also sitze ich einfach nur und schaue den Tieren zu, wie sie Gras fressen. Und wieder schnippe ich automatisch mit den Fingern. Doch jetzt bin ich plötzlich im freien Fall.
Ich erschrecke zutiefst. Das Fallen ist unfassbar schnell. Unter mir öffnet sich eine zitronengelbe Landschaft, auf die ich zurase. Mein Hals wird eng und ich kann kaum atmen. Angst durchpulst meinen ganzen Körper. Es gibt in der Oberfläche nicht viel zu erkennen, nur ungeordnete Strukturen von unbewachsenen Höhenzügen und trockenen Tälern, wie ich sie von Bildern, die Raumsonden von fremden Planeten senden, kenne. Die Landschaft nähert sich mit Höllentempo und ich fürchte mich entsetzlich vor dem Aufprall. All meine Muskeln sind angespannt und prallvoll mit Adrenalin. Ich will schreien, doch meine Stimme versagt. Kurz vor dem Aufprall schließe ich meine Augen und rolle mich instinktiv zusammen. Doch mein Körper saust durch die gelbe Masse, ohne irgendwo anzustoßen. Ich komme auf der anderen Seite heraus und falle

weiter. Doch für Entspannung ist keine Zeit. Unter mir eine weitere Landschaft, diesmal in graublauen Farben. Wieder eine entsetzliche Angst vor dem Aufprall. Doch die Bahn meines Fallens krümmt sich plötzlich, ich umkurve diese Welt und tauche in ein Nebelmeer ein. Jetzt kann ich in meinem Fallen überhaupt nichts mehr erkennen, außer rasend schnell vorbei flitzende Nebelfetzen, an die ich mich unwillkürlich anklammern will. Plötzlich taucht die Spitze eines Berges unter mir auf. Zu Glück verfehle ich sie und rutsche an seiner Flanke hinunter. Dabei überschlage ich mich mehrmals, was äußerst schmerzhaft ist, poltere durch Steinfelder und komme letztendlich, umhüllt von einer Staubwolke, am Fuße des Berges an. Dort liege ich und bin völlig erschlagen. Mein Herzschlag jagt durch meinen Körper, mein Atem schnappt nach Luft und alles in mir ist in Aufruhr. Es braucht einige Zeit, dann beruhige ich mich langsam wieder. Ich setze mich auf und schaue mich um. Der Staub, den ich aufgewirbelt habe, legt sich allmählich und es zeigt sich weites, helles Land.

Weißliche Gestalten, nicht höher als mein Unterschenkel, starren mich an. Sie haben einen großen Kopf mit nur einem Auge und winzige Arme und Beine, was ihnen ein gnomartiges Aussehen gibt. Sie stehen einfach nur herum, versuchen nicht mit mir Kontakt aufzunehmen, entfernen sich aber auch nicht. Ich bin verwirrt, doch ohne Angst. Sie erscheinen mir nicht gefährlich. Nur ein kleiner Ekel steigt in mir auf und ich bin froh, dass sie mich nicht berühren. Wo bin ich da gelandet? Ich versuche aufzustehen, was mir erstaunlicherweise gelingt. Der Sturz hat keinerlei Schäden angerichtet. Automatisch putze ich mich ab, obwohl ich seltsamerweise keinen Staub auf meiner Kleidung habe. Es ist alles abgerieselt. Die Gnome betrachten meine Handlungen ohne Interesse, aber konzentriert. Ich versuche sie anzureden, was aber keine Reaktionen von ihrer Seite aus hervorbringt. Wenn ich ein Stück gehe, weichen sie aus, folgen mir aber, um mich weiter zu beobachten. Sie machen aber auch keine Anstalten, mir zu helfen. Wo bin ich? Die offene Weite rundum gibt keinen Anhalt für irgendetwas. Schön langsam kommt mir auch die ganze unwillkürliche Reise wieder in den Sinn. Ich sehe mich auf der Bank sitzen und mit den Fingern schnippen. Ich habe an nichts gedacht, sondern nur meine Hand betrachtet. Dann der freie Fall durch die gelbe Landschaft, um die graublaue Formation herum und die

heftige Landung in dieser Welt. Nun stehe ich da und weiß nicht weiter. Melmoth, mein lieber Melmoth, ist nicht bei mir. Werde ich ihn je wiedersehen? Ich schüttele den Kopf. Solche Gedanken bringen mich nicht weiter. Ich steige ein wenig die Bergflanke hinauf. Niedrige Wolken umschweben das Massiv und versperren den Blick in den darüber befindlichen Himmel. Ist da überhaupt ein Himmel? Vielleicht bin ich in einem Nebelmeer gefangen. Ohne Anfang und ohne Ende.
Die Gnome bleiben zurück. Sie steigen nicht mit auf den Berg. Sie sind mir sowieso keine Unterstützung, denke ich eingeschnappt. Also weiter nach oben, in die Wolken hinein. Ich komme ein wenig außer Atem und verringere mein Tempo. Plötzlich Raum über den Wolken. Ein blassgrauer Himmel, so scheint es mir, blassgrau wie das Papier, dass man verwendet, um Pläne zu kopieren. Und dann stockt mir das Herz. Hinter dem blassgrauen 'Papier' sehe ich Melmoth, riesengroß und besorgt. Er sucht nach mir. Melmoth, schreie ich, Melmoth, hier! Er hört mich nicht und sucht weiter. Ich springe und wedele mit meinen Händen, Melmoth! Melmoth! Da entdeckt er mich und sagt etwas. Ich kann es nicht hören. Ich bin gefangen in einer stillen Welt und er ist draußen und kann mir nichts sagen. Aber wieso ist er so riesengroß? Ich bin weniger als ein Zwerg neben ihm, vielleicht nur so groß wie eine Kakerlake. Er redet und deutet mir. Ich verstehe nicht und versuche seine Lippen zu lesen. Du musst wa....... Ich verstehe immer noch nicht. Du musst wa...en! Was, was muss ich? Ich schaue konzentriert hin und forme die Bewegungen seiner Lippen nach: D-u m-u-s-s-t w-a-c-h-s-e-n.
Pahh! denke ich, wie soll ich das tun? Denk zurück! formen seine Lippen. Zurück auf was? schüttelt es mich. Ich denke nach. Auf der Bank war ich noch in meiner Normalgröße, natürlich. Und dann der Fall. Während des Fallens muss ich geschrumpft sein. Damit ich hier in diese Gnom-Welt passe. Ganz klar, so muss es gewesen sein. Also Konzentration auf die Bank. Noch vor dem Schnippen. Ich schließe die Augen und gehe ganz nach Innen. Ich sehe, wie ich auf der Bank sitze und den Enten zuschaue. Ein Ruck geht durch meinen Körper. Ich öffne meine Augen und sehe, wie ich rasch größer werde. Also wieder hinauf zum Gipfel, noch während ich wachse. Von dort bin ich ja gekommen.

Über dem Berg zeigt sich eine Art Loch mit kreisenden Nebeln. Da muss ich hinauf, aber wie? Hastig steige ich ganz hinauf und balanciere auf dem Bergkamm, was nicht ganz einfach ist. Doch das Loch ist noch einiges von mir entfernt. Ich kann es nicht erreichen und versuche es mit Hochspringen. Etwas, das mich auf dem Bergkamm immer wieder aus der Balance bringt. Unvermutet taucht aus den drehenden Nebeln eine Hand auf. Es ist nicht Melmoths Hand, doch ich fasse sie hastig. Die Hand zieht mich durch das Loch und lässt mich auf der anderen Seite auf einer Art Wolkenbank landen. Albert, der Weltenhüter und Wirt vom Weißen Kamel, hat mich gerettet. Ich umarme ihn spontan, doch er stößt nur hervor: Schnell, ich kann die Energie nicht so lange halten. Wir laufen los. Ich bin wieder in meiner Normalgröße, was mich beruhigt. Beunruhigend ist, dass Albert sich auflöst und immer durchsichtiger wird. Schneller, schneller, deutet er und ich laufe um mein Leben. Ich will es nicht hier in dieser Zwischenwelt verbringen. Ich will Melmoth wiedersehen. Ich will weiterleben. Wir erreichen eine Spalte, die in einer weißen Materie über uns eingebettet ist. Albert deutet mir, dass ich hier durchkriechen soll und macht mir die Räuberleiter. Er ist jetzt schon fast ganz verblasst und ich spüre ihn fast gar nicht mehr, als ich in seine Hände steige. Mit einem Ruck erreiche ich den oberen Rand der weißen Decke und ziehe mich hinauf. Dann drehe ich mich um und will Albert helfen. Aber er ist nicht mehr sichtbar und ich erschrecke zutiefst. Hat er sich für mich geopfert? Atemlos starre ich in das Nebelloch unter mir. Albert. Weg.

Meriel! höre ich aus der Ferne. Rasch stehe ich auf und schau mich um. Dann laufe ich auf Melmoth zu, der aus einiger Entfernung auf mich zueilt. Meriel, stammelt er, als er mich erreicht und umfängt, jetzt hätte ich Dich fast verloren! Wir umarmen uns ganz intensiv und das erste Mal spüre ich so etwas wie Verlangen nach ihm, nach seinem Körper, nach seinen Küssen. Wir umklammern einander heftig und drücken uns gegenseitig ganz fest. Nie wieder sollen wir getrennt werden, das spüre ich als Sehnsucht in meinem ganzen Körper. Es ist so gut, ihn zu spüren.

Was ist passiert? fragt Melmoth und lässt mich los. Ich weiß es nicht, antworte ich kopfschüttelnd, ich saß auf meiner Bank und schnippte mit den Fingern, aber ich habe ganz bestimmt an nichts gedacht. Und dann fiel ich hierher. Die Bank ist ein Eingang in die

Anderwelten, ich hätte es wissen müssen, sagt Melmoth. Deswegen hat sie Dich immer so angezogen. Mein Fehler, aber zum Glück hat Dich Albert gefunden und rausgeholt. Ist Albert jetzt tot? frage ich besorgt, er hat sich aufgelöst. Nein, nein, lächelt Melmoth, er ist sicher schon wieder in seinem Gasthaus und trinkt Tee. Die Rettungsaktion hat nur viel Energie gekostet, also musste er seine Gestalt aufgeben. Aber das machen Weltenhüter ständig.
Wie kommen wir jetzt wieder zurück? frage ich. Das kannst jetzt nur Du schaffen, antwortet Melmoth, es ist Deine erste selbstständige Reise und Du bist zwar nicht freiwillig eingestiegen, aber jetzt musst Du auch den Ausgang finden. Die verzagte Meriel meldet sich in mir mit einem Gefühl von Mutlosigkeit. Melmoth schaut mich ironisch lächelnd an: Die brauchst Du jetzt nicht mehr. Schick sie zum Teufel! Wir lachen und ich löse mich von der bangen Empfindung. Ich konzentriere mich, schließe die Augen und spüre plötzlich die Verbindung zum Herzen. Es ist wie ein Lichtstrahl zwischen meiner Brust und dem fernen Herzen, das irgendwo auf mich wartet. Melmoth und ich umarmen einander wieder und werden von einem Wirbelwind erfasst, der uns hochhebt und wegträgt.
Einen Augenblick später stehen wir neben meiner Bank. Wir umarmen uns immer noch und schauen einander tief in die Augen. Wir sind glücklich, einander zu haben. Wie ein verliebtes Paar eben, taucht ein Gedanke in mir auf. Was heißt, *wie* ein verliebtes Paar? denke ich als nächstes empört. Wir sind ein verliebtes Paar! Heute werde ich Melmoth sicher nicht wieder in sein Hotel schicken, wenn wir bei mir daheim sind. Und auf dem Sofa im Wohnzimmer wird er auch nicht schlafen.

Soviel steht fest.

Begegnung

Das Telefon in Melmoths Hotelzimmer läutet. Sie kennen also auch schon meinen Warroom, denkt er. Auch gut. Früher oder später wären sie sowieso auf das Versteck aufmerksam geworden. Er hebt ab. Der Großmeister der Bruderschaft meldet sich. Wir sollten einmal miteinander reden, sagt der Hohepriester freundlich.

Jederzeit, entgegnet Melmoth. Komm zum Grand-Hotel. Du wirst in der Lobby erwartet.

Vor seinem Hotel schaut sich Melmoth um. Niemand auf der Straße. Ob sie ihn von einem Haus aus beobachten, kann er natürlich nicht feststellen. Es ist auch egal, sagt er sich weiter, der Gegner hat sich gezeigt. Und er kennt einen meiner Winkelzüge. Was macht es schon.

Im Grandhotel tappt er in eine Falle, die sie dort aufgestellt haben. Sofort nach dem Betreten der Halle lähmen sie ihn mit einer Essenz, die er nicht kennt. Ein Mann fasst seine Hand und streicht ihm Flüssigkeit auf die Haut. Sie dringt in Sekundenbruchteilen in seinen Körper ein. Danach ist er für einige Zeit völlig willenlos und wird über die Anderwelt in einen Palast gebracht.

Der Großmeister schaut Melmoth freundlich an: Schön, dass wir einander einmal persönlich begegnen. Melmoth hebt seine, von einem Band gefesselten Hände und sagt: Eine schöne Begegnung stelle ich mir anders vor. Natürlich, natürlich, antwortet der Großmeister und macht eine Handbewegung. Einer der Priester, die die Beiden umstehen, löst das Band. Du bist ein würdiger Gegner, Melmoth! lächelt er weiter, das ist gut, das macht den Kampf interessant. Man weiß nie, was Du planst und was Du als nächstes tun wirst. Gratulation zu Deinem klaren Geist.

Gerade vorhin war er es nicht, denkt Melmoth bitter. Ja, diese Essenz ist auch eine wahre Entdeckung! lacht der Großmeister auf, unsere Alchimisten haben da wirklich ganze Arbeit geleistet. Melmoth merkt, dass er seine Gedanken nicht genügend abgeschirmt hat. Er schließt die Augen und konzentriert sich auf den hellen Punkt zwischen seinen Augenbrauen. Wer wird denn gleich die Konversation abbrechen! rügt ihn der Großmeister lächelnd. Darf ich Tee servieren lassen? Melmoth nickt, warum nicht?

Sie befinden sich im Zentrum der Bruderschaft. Melmoth kennt den Prachtbau noch nicht und schaut sich um. Draußen hohe alte Bäume mit südlichem Aussehen. Die Bäume versperren die Aussicht auf die dahinter liegende Landschaft. Wir sind ganz in der Nähe von Rom, aber Du wirst uns nicht finden, wenn Du danach suchst.

Der Großmeister bittet in den Nachbarraum, eine großzügige Bibliothek. Zweitausend Jahre alte Manuskripte, sagt er und streicht über einen niedrigen Glaskasten, in dem Papyrus liegt. Aber das kennst Du ja, Du hast ja damals schon gelebt. Ich werde leider nicht so alt. Das Herz verleiht diese Eigenschaft nur seinen ʿMitarbeiternʾ. Er lacht über das unpassende Wort und weist mit einer Handbewegung auf ein kleines Tischchen aus dunklem Holz, an dem zwei Stühle, vermutlich Renaissance-Stühle, stehen. Ja, wir haben uns sogar mit der Renaissance ausgesöhnt, lacht er wieder, als er Melmoths Gedanken liest.

Ein schwarzgekleideter junger Priester bringt eine Kanne Tee, Tassen, Milch und Zucker und dazu feinstes Gebäck auf einem Silbertablett. Der Großmeister gießt die Tasse für Melmoth voll und weist auf Milch und Zucker. Melmoth hebt abwehrend die Hand. Was möchtest Du von mir? Warum hast Du mich holen lassen? fragt er den Hohepriester. Nun, ich gestehe, das war ein geschickter Schachzug des Herzens, Meriel zu sich zu rufen. Das hat uns einigermaßen erstaunt, nach den vielen Versuchen mit religiösen Fanatikern und stillen Mystikern. Eine Frau noch dazu! Darauf waren wir nicht vorbereitet. Aber Gratulation, Du hast sie schon weit gebracht.

Melmoth will an seinem Tee nippen, aber eine innere Stimme warnt ihn. Er steht auf und gießt den Tee in einen Blumenstock. Intensiver Geruch steigt auf, beißend und die Kehle reizend. Noch ein Gruß von Deinen Alchimisten? fragt er den Großmeister. Oh! sagte der, ich hoffe Du nimmst das nicht persönlich. Nicht mehr als das andere Gift, antwortet Melmoth und setzt sich wieder. Du weißt doch, dass Du mir nichts anhaben kannst. Natürlich weiß ich das, entgegnet der Großmeister, aber wir wollten Dich natürlich ein wenig - beeinflussen. Du wirst uns zu erfolgreich.

Ich erledige nur meinen Auftrag, antwortet Melmoth und setzt sich wieder. Der alte Soldat! nickt der Großmeister. Übrigens, wir haben Dein Goldstück gefunden, willst Du es wieder? Melmoth lacht: Nein, das dürft ihr behalten. Sehr gut, sagt der Hohepriester, wir werden es im Museum der Bruderschaft ausstellen. Du bist ja schon eine Berühmtheit in unseren Kreisen. Seit wie vielen Jahren schlägst Du Dich nun schon mit uns herum? fragt der Großmeister rhetorisch. Du weißt es doch, antwortet Melmoth, es sind nun schon zwei Jahrtausende. Und Du bist noch kein bisschen müde? Melmoth legt den Kopf zur Seite. Müde schon, aber mehr der Existenz als körperlich oder geistig müde. Nein, das sind keine

Kategorien, in der ich mich müde fühle. Seid Ihr denn dieses Spiels noch nicht müde? Der Großmeister schüttelt den Kopf. Nein, auch wenn wir es schon viel länger spielen als Du. Die Anfänge der Bruderschaft reichen bis ins achte vorchristliche Jahrtausend zurück. Zehntausend Jahre! staunt Melmoth. Welcher Zweck bringt eine Organisation dazu, zehntausend Jahre lang zu kämpfen? Der Großmeister lässt sich Zeit mit seiner Antwort. Der Zweck sind die Menschen. Das sagen alle, knurrt Melmoth, und dann werden sie doch nur gemeine Mörder. Du siehst das falsch, erwidert der Großmeister mit Schärfe in der Stimme, das Töten ist ein notwendiges Übel. Höhnisch lacht Melmoth auf: Der Zweck heiligt die Mittel? Ist es das, was Du damit sagen willst? Ihr tötet das Heiligste, was auf Erden erscheint und nennt es notwendig?

Der Großmeister steht erregt auf und wandert durch die Bibliothek. Die Menschen sind noch nicht reif für das Heilige. Schau sie Dir an! Hast Du nicht selbst ihren Zustand kritisiert? Er kennt meine Gedanken, durchfährt es Melmoth. Ja manchmal erfassen wir ein paar Gedanken von Dir. Deshalb dachten wir, dass Du eigentlich auf unserer Seite stehen könntest. Denn Du denkst wie wir, dass der Mensch das schlimmste Tier ist, das je auf dieser Erde aufgetaucht ist. Und dass man es deshalb vor sich selbst schützen muss. Es geht Euch doch in Wirklichkeit nur um die Macht! bellt Melmoth wütend. Die Macht muss in verantwortungsvolle Hände gelegt werden, fährt der Großmeister mit unterdrücktem Zorn fort. Diese Aufgabe nehmen wir seit zehntausend Jahren wahr. Der normale Mensch ist nicht bereit für die Wahrheit des Herzens. Schau nur, was sie mit den Lehren des Laotse, des Buddhas, der griechischen Weisen, von Moses, Jesus und Mohammed und vielen anderen gemacht haben. Immer waren das nur Quellen von Gewalt und Gegengewalt. Beim Buddha nicht, widerspricht Melmoth. Der Großmeister sieht ihn an: Und die tibetischen Lamas, die sich mit dem Adel im Land zusammengetan haben und die Menschen in Dummheit hielten? Die Samurais, die sich in der Zen-Meditation darin schulten, ihre Gegner kaltblütig zu töten? Die chinesischen Klöster, in denen Mönche in geheimen Kampfkünsten ausgebildet wurden, um in politische Kämpfe einzugreifen? Immer haben die Menschen bewiesen, dass sie nicht reif sind für die Wahrheit der Existenz. Deshalb mussten wir und müssen wir eingreifen. Um noch Schlimmeres zu verhindern. Haben wir nicht Recht?

Melmoth schweigt eine Weile. Ihr habt vielleicht Recht, aber ihr habt nicht das Recht dazu. Ihr habt Euch selbst zu diesen Hütern gemacht, das war Euer Sündenfall. Denn Ihr habt gelogen, als Ihr von einem göttlichen Auftrag gesprochen habt. Ihr habt Schriften verfasst und den Menschen vorgegaukelt, dass diese von einer höheren Instanz zu den Menschen kommen. Ihr habt Menschen, die sich selbst auf den Weg der Erkenntnis begaben, verfolgt und ermordet. Euer Sündenfall wurde größer und größer. Heute seid Ihr nur mehr eine Organisation, die der Unterdrückung dient. Denn immer noch versucht Ihr, die Wahrheit zu ersticken. Die Wahrheit, die jeder Mensch nur in seinem eigenen Herzen erfahren und verwirklichen kann.
Aber sie sind doch nicht bereit dafür! schreit der Großmeister wütend. Melmoth sieht ihn von seinem Stuhl aus kalt an. Wie sollen sie denn bereit dafür werden, wenn sie ständig verblendet oder verfolgt werden? Der Weg zur Wahrheit ist der Weg jedes Einzelnen. Er sollte unterstützt werden, wie es in den östlichen Kulturen der Fall ist, in dem ein Wahrheitssucher, eine Wahrheitssucherin von den Laien zu essen und trinken bekommt, damit sie sich ganz der Verwirklichung der ihnen innewohnende Wahrheit widmen können. Stattdessen habt ihr versucht, ein Monopol auf diese Wahrheit zu errichten. Und sie wurde Gift in Euren Händen, Gift, das vor allem Euch selbst zerstört. Und das Leben jener, die von Euch verfolgt werden. Nein Ihr und ich haben nichts gemeinsam. Ich stehe auf der Seite derer, die die Wahrheit selbst erfahren möchten. Und das Herz schickt von Zeit zu Zeit jemanden aus, der das Licht der Wahrheit in der Welt ein wenig heller scheinen lässt. Und Ihr seid es, die diese Lichtträger verfolgen.
Also, was willst Du von mir? hebt Melmoth unwirsch seine Stimme und steht auf. Könnten wir nicht doch ins Geschäft kommen? sagt der Großmeister beinahe flehend. Wir lassen Dich und Meriel das Herz finden. Aber wir möchten dafür, dass Meriel uns erlaubt, sie zu untersuchen. Wir möchten das Geheimnis des Herzens, das Geheimnis seiner Unsterblichkeit, herausfinden. Dann lassen wir sie gehen. Melmoth lacht schallend. Damit Ihr Euer Monopol noch weitere zehntausend Jahre erhaltet? Ich glaube nicht, dass Meriel damit einverstanden wäre. Und das Herz sicher auch nicht.

Eine Pause entsteht, in der beide schweigen. Ihr habt doch bisher jeden Träger des Herzen getötet, habe ich Recht? fährt Melmoth nach einer Weile leise fort und sieht aus dem Fenster. Nicht unbedingt, räumt der Großmeister ein, aber wir konnten ihre Wirkung meist, sagen wir, eingrenzen. Aber beim letzten, denn Du ja persönlich kennen gelernt hast, mussten wir auch zu dieser drastischen Lösung greifen. Der Großmeister unterdrückt ein höhnisches Grinsen, das ihn plötzlich ganz anders aussehen lässt. Zum Glück ist es uns gelungen, ihn mit Hilfe der römischen Statthalterei auszuschalten. Bedauerlicherweise fanden wir nicht immer eine so verständnisvolle Unterstützung. In diesem Fall aber lagen die wechselseitigen Interessen ganz nahe beieinander. Doch wir selbst haben auch unsere Methoden. Melmoth nickt, während er den veränderten Gesichtsausdruck des Priesters mustert: Ja, Ihr macht schon im Voraus Jagd auf die Auserwählten, die das Herz zu sich ruft. Ihr habt in den zweitausend Jahren meines Lebens mehr als zehn Menschen getötet, die ich begleiten sollte. Der Großmeister antwortet: Das ist das Spiel. Katze und Maus. Die Katze gewinnt sehr oft. Melmoth spricht leise, aber fest und entschlossen: Aber diesmal nicht. Diesmal nicht.

Es ist ein geistiger Kampf, den die beiden in der Bibliothek ausfechten und in dem zählt Entschlossenheit und Fokussierung mehr als eine Waffe. Deshalb lässt dieser Hieb den Großmeister kurz wanken. Er strafft sich wieder und spricht: Du weißt, wenn wir uns nicht einigen, müssen wir auch Meriel töten.

Melmoth nickt und dreht sich um: Danke für das Angebot, aber ich bin die falsche Ansprechperson für dieses Geschäft. Das Herz macht, was es will. Darüber kann ich nicht bestimmen. Wenn Meriel auserwählt ist, dann bestimmt das Herz, was geschieht, sagt er ruhig. Aber Du könntest sie doch vorher noch beeinflussen. Jetzt wo sie doch so in Dich verliebt ist. Und Du in sie. Der Großmeister zuckt ein wenig mit den Schultern, als er den Satz ausspricht. Ein schwacher Versuch, Großmeister, ich dachte, die Bruderschaft ist mächtiger. Aber ich kann daraus erkennen, dass die Zeit gegen Euch arbeitet. Ich sehe, Ihr seid dem Untergang geweiht. Und Du weißt das auch.

Ohne weiteres Wort geht Melmoth entschlossen auf die Buchregale zu und durch sie hindurch. Die Anderwelten öffnen sich und nehmen ihn auf. Aber er weiß, dass er ab jetzt noch vorsichtiger sein muss. Der Gegner ist verzweifelt.

Und das macht ihn doppelt gefährlich.

Im Tal der Vampire

Melmoth sitzt aufrecht vor mir und sieht mich erwartungsvoll an. Heute trete ich meine erste `offizielle´ Reise an. Das Ziel hängt von Deiner Bereitschaft und Deinem Entwicklungsgrad ab, sagt Melmoth. Wir werden sehen. Es entsteht eine Pause. Ich lasse seine Worte setzen. Bist Du bereit? fragte er plötzlich. Ich nicke mehrmals: Ja, ich bin bereit. In meine Verzagtheit und Angst hinein nicke ich heftig, um diese Gefühle abzuschütteln. Dann, redet Melmoth weiter, schnippe mit Deinen Fingern. Ungläubig starre ich ihn an. Probier´s, sagt er. Dann spüre ich meine Entschlossenheit. Ich konzentriere mich, hebe meine Hand und schnippe. Wir fallen. Wir landen. Wir sind angelangt, sagt Melmoth mit unterdrückter Stimme.

Zuvor hat er mir ausführlich über diese Reise erzählt. Ich würde nun reif sein, andere gefährliche Welten zu betreten. Doch geht es ab nun nicht mehr um mich und darum, meine Vergangenheit abzustreifen. Jetzt gilt es, Prüfungen zu bestehen und daran zu wachsen. Es wurde mir ein wenig klamm ums Herz, als er das sagte. Ich muss in den innersten Kreis der Anderwelten vordringen und das Herz befreien, erzählte er weiter. Ich muss durch alle Hindernisse hindurch, um den dunklen Fluss zu erreichen. Er wird mich begleiten. Aber ich muss es vollbringen. Längst habe ich aufgegeben, mich zu fragen, ob ich es schaffen werde. Sinnlose Frage, hat Melmoth einmal gemeint, es wird sich weisen.

Wo sind wir denn? frage ich ängstlich, denn seine Stimme klingt anders, so als schwinge eine große Bedrohung darin mit. Er flüstert: Wir sind vor dem Tal der Vampire. Die Bruderschaft hat es vor den Eingang zu den weiteren Welten gestellt, um ein Vordringen zu verhindern. Dies ist eine große Aufgabe für Dich, vielleicht sogar die größte, die auf Dich wartet. Aber sie bedeutet, dass Du wirklich reif für das Herz bist. Denn dieses Tal musst Du durchschreiten, um zu beweisen, dass Du die Kraft hast, das Herz zu tragen und zu schützen. Mich schwindelt und ich halte mich an ihm fest. Vorsicht,

sei bitte leise, flüstert Melmoth weiter, wir dürfen die Vampire nicht vorzeitig wecken.
Er schaut sich Orientierung suchend um. Ein wenig später beginnt es, dunkel zu werden. Wird es schon Nacht? frage ich. Nein, antwortet er, hier gibt es kein Tag und Nacht. Das Tal der Vampire verschlingt einfach alles Licht, wenn es ihm gefällt. Wenn die Vampire aktiv werden, dann wird es dunkel. Wenn sie schlafen gehen, wird es hell. Wir nützen die Dunkelheit, um ungesehen zum Eingang des Tales zu kommen. Doch dann müssen wir warten, bis es wieder hell wird. Denn wir müssen mitten durch die Vampir-Wohnstätten hindurch. Das geht nur, wenn sie schlafen.
Unsere eigenen Hände können wir kaum mehr erkennen. Ich halte mich weiter am Ärmel seiner Jacke fest, aus Angst, ihn in dieser alles verschluckenden Dunkelheit zu verlieren. Er saugt prüfend Luft ein. Da müssen wir hinüber, sagt er bestimmt. Woran riechst Du das? Am Moder. Die Vampire strömen den Geruch von faulendem Papier aus. Wie die Agenten auf der Erde. Ich atme ebenfalls tief ein. Ein ganz leicht fauliger Geruch teilt sich mir mit. Lass den Ärmel nicht los, flüstert Melmoth, aber versuch bitte, mich nicht zu zwicken. Ich bin zwar unsterblich, aber nicht unempfindlich. Pardon, sage ich und lasse seine Haut los.
Melmoth geht mit erstaunlich sicheren Schritten los. Mir ist, als ob er in dieser schwärzesten Dunkelheit sehen könnte. Kann ich nicht, brummt er, nur das Land vor der Schlucht ist völlig eben und glatt. Außer Du denkst Dir ein Hindernis hinein, einen Ast oder so etwas, dann ist es gefährlich. Genau in diesem Moment knackt es unter meinem Fuß. Kannst Du nicht aufpassen, zischt Melmoth leise, ich dachte, Du hast meditieren gelernt. Habe ich auch, sage ich kleinlaut, aber das mit der Gedankenkontrolle war nie meine Stärke. Melmoth lauscht. Sie haben nichts gehört, sonst wären sie schon da, meint er flüsternd. Wenn Du die Gedankenkontrolle bisher nicht gelernt hast, dann tu es bitte jetzt. Sonst liegst Du als ausgeweidetes Gerippe in dieser Wüste.
Wir hasten lange Zeit durch das Ödland. Mein Herz schlägt laut und rasend. So kommt es mir zumindest vor. Dann zeigt sich ein schmaler Silberstreifen am Horizont. Vor uns baut sich ein dunkles Bergmassiv auf, wuchtig und unmittelbar aus der Ebene hochgeschossen. Melmoth eilt auf das Gebirge zu und sondiert im noch schwachen Licht die dunklen Wände ab. Sie sind schon

wieder am Einschlafen, meint er, lass uns noch schneller gehen. Das Licht hinter den Bergspitzen wird ein wenig heller und er kann sich nun an den einzelnen gezackten Formationen orientieren. Der Eingang ist noch an der alten Stelle, stellt er fest.
Nach kurzer Zeit kommen wir am Fuß der Berge an. Bergzungen verlaufen sich in die bleiche Landschaft, die an eine Salzwüste erinnert. Die Gesteinsformationen wirken, als ob der Berg seine Finger vorsichtig in die flache Öde hinaus streckt. Wie ein dunkles, totes Herz in einer silbernen Schale wirkt der Gebirgsstock inmitten der fahlen Sandfläche. Mit kräftigen Schritten strebt Melmoth einem Einschnitt zu. Ich schaffe es kaum, mit ihm Schritt zu halten und tripple hinterdrein. Jetzt nimmt der Wanderer fast springend erste Felsstufen und kommt zu einem mächtigen Tor, dessen Flügeln sich gerade schließen. Rasch, rasch, die Wächter des Schlafes schließen den Eingang, flüstert er mir zu. Wir schlüpfen hastig durch die Spalte. Hinter uns fallen die Torflügel mit einem dunklen Klageton zusammen. Riegel rasten ein. Wir drücken uns dicht an die Seite, während ein dunkler Wächter oben auf einer Balustrade misstrauisch den Platz beäugt. Dann flieht auch er vor dem heller werdenden Licht in eine Kammer. Kaum ist der Torwächter verschwunden, tritt Melmoth aus dem Schatten. Komm, wir müssen uns beeilen, um zumindest den Platz in der Mitte zu erreichen, ruft er und ich wundere mich, dass er jetzt jede Vorsicht fahren lässt. Wenn die Tore geschlossen sind, sagt er zu mir über seine Schulter hinweg, dann fühlen sich die Vampire sicher. Außerdem dauert es ein bisschen, bis sie wieder aufwachen und das Licht sich verdunkelt. Trotzdem ist es höchste Zeit.
Wir traben im eiligen Tempo weiter. Links und rechts ragen behauene Wände in die Höhe. Säulen tragen Baldachine. Geheimnisvolle Figuren ragen aus den steinernen Mauern hervor, manche von ihnen grotesk verzerrt. Unten an den Rändern der gepflasterten Straße, die die Schlucht durchquert, sind kleine Höhlungen ausgeschlagen. In ihnen sitzen blässliche Gestalten vor Büchern auf kleinen Tischchen, mit vom vielen Sitzen gebeugtem Rücken und oft auch mit dicken Brillen auf der bleichen Nase. Andere erheben sich gerade von ihren Holzpritschen, auf denen sie die Nacht verbracht haben und machen sich an die Arbeit. Sie nehmen uns in ihrem Eifer nicht wahr. Die Knechte des Wortes, sagt Melmoth leise schau auf ihr Herz. Aus ihrer Herzgegend sehe

ich eine silberne Kette hervorkommen, die an der Decke der kleinen Zelle befestigt ist. Wurden sie gefangen genommen? frage ich. Nein, erwidert Melmoth leise, sie sind dem Zauber der Worte erlegen. Einer dieser Zaubersprüche heißt: Am Anfang war das Wort, und das Wort war bei Gott. Die heiligen Bücher sind voll mit diesen Sprüchen und wer sie studiert, der ist gefährdet, dass er auf einen stößt, der bei ihm wirkt. Wenn er diesem Zauberspruch erlegen ist, wird er von einem Agenten aufgespürt und hierher gebracht. Dann kettet er sein Herz freiwillig an und führt ein keusches Leben, in dem er nichts tut, als die heiligen Bücher zu studieren und auf die Vereinigung mit Gott oder wem immer zu warten. Weil aber dazu das Wort allein nicht ausreicht und ihn der Zauberspruch fesselt, kommt es nie dazu. Diese Menschen haben sich der Hoffnung verkauft und an die Worte gekettet.

Während er spricht geht Melmoth unablässig weiter. Immer neue Höhlungen mit angeketteten Menschen zeigen sich. Der Himmel über uns ist hell geworden. Es ist aber ein bleiches Licht, eines, das an Tod und Verwesung erinnert und nicht an Liebe und Auferstehung. Gehen diese Menschen in unserer Welt niemandem ab? frage ich. Nein, denn die Agenten hinterlassen in der Welt, aus der sie stammen, eine Art Avatar, ein Abbild dieses Menschen. Der Avatar bewegt sich wie der Mensch früher, tut weiter, was dieser getan hat, aber der Doppelgänger ist nicht mehr verbunden mit anderen Menschen. Manche von ihnen ziehen sich auch in Sekten oder Ashrams zurück oder gehen in ein Kloster. Du kannst die Avatare nur daran erkennen, dass sie sich nicht mehr verändern. Äußerlich schon, sie werden älter und sterben auch scheinbar ganz normal. Aber innerlich bleiben sie genau in dem Moment stehen, in dem sie zu Knechten des Wortes wurden. Sie klammern sich auch in der polaren Welt an Worte und verteidigen diese gegen jedes Infragestellen.

Die Straße steigt an. Nach einigen Windungen erreichen wir einen offenen Platz. Von ihm laufen andere Straßen weg. Insgesamt sechs zähle ich, inklusive der, durch die wir gekommen sind. Alle führen hinunter in Schluchten, die das Gebirgsmassiv zerschneiden. Halbrechts vor einer Felswand führen ein paar Stufen hinauf zu einer Art Brunnen. Das ist die ewige Quelle, hier können wir ein wenig rasten, meint Melmoth. Er nimmt mit schnellen Schritten die Stufen und setzt sich auf die Brunnenumrandung. Aus einer Mauer fließt ein dünner Strahl und füllt ein Becken. Das Becken ist ganz umgittert, mit feinen Stäben, so dass nicht einmal ein Finger benetzt werden könnte, wenn er bis zum Wasser reichen würde. Ich verspüre großen Durst und suche nach einer Möglichkeit, an das Nass zu kommen. Rühre das Gitter nicht an, sagt Melmoth, Du würdest die Brunnenwächter wecken. Außerdem ist das Wasser vergiftet. Wenn Du davon trinkst, wirst Du auch einer der Sklaven des Wortes. Aber es ist doch die ewige Quelle? frage ich. Ja, schon, antwortet er, doch die ewige Quelle ist überall. Hier wurde ein wenig von ihrem Wasser gefasst und in diesen Brunnen gezwungen. Die Vampire lassen überall verlauten, dass das hier die einzig wahre Quelle ist und wecken dadurch Sehnsucht in den Herzen der Menschen. Sie füllen das Wasser in Flaschen und lassen diese durch ihre Agenten als heiliges Getränk verteilen. Zugleich säen die Agenten überall Misstrauen, indem sie behaupten, dass ihr Wasser aus der einzigen wahren Quelle stammt. Die Menschen denken dann, alle anderen Quellen seien falsch und gefährlich und werden abhängig durch ihre Angst, sich zu vergiften.

Wir schweigen. Melmoth schaut die einzelnen Straßen an. Es muss hier noch eine Straße geben, denn es sind sieben, stellt er fest. Wir sehen aber nur sechs. Ich starre ihn an. Wie können Straßen verschwinden? frage ich. Hier ist alles möglich, kommt die Antwort. Sogar das Gebirge verändert sich ständig. Vergiss nicht, eigentlich sind wir in der Welt des großen Geistes, auch wenn dieser Teil von den Vampiren bewohnt wird. In der Welt des großen Geistes ist alles möglich. Er setzt sich wieder auf die Brunnenumrandung. Und welche Straße müssen wir weiter gehen? frage ich. Die mittlere der sieben Straßen, sagt er. Aber das können wir nur feststellen, wenn alle sieben sichtbar sind. Und wenn nicht? frage ich.

Dann müssen wir jede einzelne durchlaufen, was ziemlich schwierig ist. Und gefährlich.

Wanderungen

Auch in späteren Jahrhunderten blieb ich, wie mein Name schon sagt, ein Wanderer. Europa habe ich von Nord nach Süd, von West nach Ost einige Male durchwandert, immer auf der Suche nach dem nächsten Auserwählten. Dabei erlebte ich all die kulturellen und sozialen Verwerfungen und Entwicklungen aus nächster Nähe. Manchmal war ich den heißen Plätzen, an denen sich Europas Geschichte in die Welthistorie eintrug, ganz nahe. Manchmal hörte ich nur von dem einen oder anderen Aufstand oder Krieg, von Gräueltaten oder den Morden der Inquisition. Manchmal sah ich während einer Wanderung in einem Land, dass ich schon öfter besucht habe, Veränderungen. Manchmal Erneuerungen, die eine Verbesserung der Lebenslage der Menschen mit sich brachte. Oft aber auch Wandlungen, die alles noch viel schlimmer machten.

Einmal setzte ich nach England über und von dort nach Irland. Es war Anfang des neunzehnten Jahrhunderts, das Jahr weiß ich nicht mehr genau. In einer Kneipe in Dublin lernte ich einen Priester kennen, Reverend Maturin. Er war Priester der Irischen Kirche, die sich wie die Church of England einmal von der katholischen Kirche abgespalten hatte. Er hatte ein offenes, beinahe bubenhaftes Gesicht mit hellen, wachen Augen. Wir tranken in dieser Nacht sehr viel und er erzählte, dass er mit einer Frau und einem Mann zusammen einen literarischen Zirkel bildete, die schaurige Erzählungen und Romane schrieben und einander dabei gegenseitig inspirierten. Er selbst hatte schon Bücher veröffentlicht. Aber sie fanden nur wenig Interesse und er litt sehr darunter. Vom Alkohol beflügelt erzählte ich ihm meine Geschichte. Sie erschien ihm außerordentlich unglaubhaft und er meinte, einen Konkurrenten vor sich zu haben, der ihm den Stoff für einen Roman vortragen wollte. Irgendwann in dieser Nacht ließ ich davon ab, ihn überzeugen zu wollen und wankte in meine Bude, in der ich Quartier genommen hatte. Jahre später erschien dann ein Roman, der zumindest meinen Namen trägt. Darin geht es um eine verlorene Seele, die sich dem Teufel verschrieben hat und zuletzt alles verliert. Ich habe ihn später einmal gelesen, ein dickes Konvolut, aber es ist außer dem Titel nichts von dem darin, was ich in dieser Nacht erzählt habe.

Davor habe ich ein wenig von der Französischen Revolution mitbekommen. Ich mochte aber die hysterische Stimmung in Paris nicht und verließ die Stadt bald wieder. Ich sah Krönungen und Bischofsweihen, ich sah Enthauptungen und Auspeitschungen, ich sah Flüchtlingstrecks und Schiffe, die in Richtung Amerika ausliefen. Europa war die letzten tausend Jahre der Kontinent, der am meisten zu den Veränderungen auf der Erde beigetragen hat.

Jetzt, so scheint es mir, ist dieses europäische Jahrtausend zu Ende gegangen. Wir haben der Menschheit viel aufs Auge gedrückt, oft mit entsetzlicher Gewalt und Hybris. Wir haben auch viel geschaffen, was jetzt Welterbe ist, die sozialen Systeme, die Mobilität, die internationale Kommunikation, die uns mit jedem Winkel der Erde verbindet. Die Welt schaut heute, zumindest dort, wo Städte entstanden sind, unseren europäischen und amerikanischen Skylines verblüffend ähnlich und tickt nach dem Rhythmus, den wir vorgegeben haben. Bald aber übernehmen andere Erdteile den Taktstock und lassen uns nach ihren Melodien tanzen. Ist das gut? Ist das schlecht? Ich habe den Untergang des römischen Reichs erlebt und sein Erbe in Europa studiert. Es war einfach das, was sich die Völker und Gemeinschaften vom römischen Vorbild abgeschaut haben und nach ihren eigenen Vorstellungen modifizierten. Es ist immer alles gut und schlecht zugleich. Und die Lernaufgabe ist, darüber hinaus zu gehen in einen Geist, der nicht mehr beurteilt. In diesem Geist aber, so scheint mir, ist Europa noch nicht gut genug geschult. Da haben andere Völker schon eine längere Tradition hinter sich und wir können von ihnen lernen. Und dann wird es viel weniger Gründe für Kriege und Konflikte geben.

Und viel mehr von dem, was allen dient.

Michails Tod

Melmoth und ich sitzen weiter am Brunnenrand und schweigen. Die Angelegenheit mit der verschwundenen Straße hat mir Angst gemacht. Was ist, wenn wir hier nicht mehr herausfinden? Wir werden es schon schaffen, sagt Melmoth und legt seine Hand beruhigend auf meine Schulter. Vielleicht ist die siebente Straße gar nicht so wichtig. Soll ich Dir weiter erzählen? fragt er. Ich nicke und hoffe, dass es mich von meiner Angst ablenkt.
Wenn also, doziert Melmoth weiter, was er gerne tut, einer der Menschen von einem Zauberspruch gefangen in die Welt der Vampire kommt, so wird er in der Dämmerung eingelassen und zu diesem Brunnen geführt. Seine Augen sind dabei verbunden, damit er nichts sieht. Der Novize muss sich mit dem Gesicht nach unten auf die Stufen legen und warten. Er darf niemals den Kopf heben

oder gar versuchen, die Vampire anzusehen. Tut er das, wird er sofort getötet. Der oberste Vampir kommt, sobald es dunkel geworden ist und öffnet dieses kleine Türchen nahe der Quelle. Er schöpft einen Becher voll mit Quellwasser, befiehlt dem Novizen sich aufzusetzen, und führt dann den Becher an dessen Lippen. Der trinkt und fällt in den großen Schlaf. Alle seine Erinnerungen an die Welt da draußen werden während des Schlafes, der bis zu drei Tage dauern kann, gelöscht. Ist er eingeschlafen, dann wird er das erste Mal vom obersten Vampir gebissen und dieser saugt den ersten Schluck Blut aus dem Novizen. Seine Wunde wird mit einem Heiltropfen verschlossen. Dieser sorgt dafür, dass er bis zu seinem Lebensende hier bleibt und den Vampiren als Nahrung und Sklave dient.

Werden diese Menschen durch den Biss nicht selbst zu Vampiren? frage ich. Melmoth lacht. Grundsätzlich kann jeder Diener selbst zu einem von ihnen werden. Dazu muss ihm aber das ganze Blut aus dem Körper gesaugt werden. Aber die Vampire sind schlau. Die Menschen hier wachen bei Licht auf und arbeiten, bis es dunkel wird. Dann schlafen sie. In der Dunkelheit kommen die Vampire und trinken ihr Blut. Nur ein wenig, aber genug, um Lebenskraft aus dem Körper ihrer Opfer abzusaugen. Durch den Blutverlust fühlen sich die Diener schwach und sind dankbar für ihr elendes, aber geschütztes Dasein.

Was tun denn die Diener den ganzen Tag? bohre ich weiter. Die Sklaven des Wortes müssen immer neue Deutungen der Aussagen der heiligen Bücher formulieren und den Vampiren übergeben. Dabei sehen sie die Blutsauger aber nie. Diese leben oben in eigenen Höhlen und fliegen nur nachts durch die Schlucht. Die Sklaven schreiben ihre neue Deutung auf eine Schiefertafel und legen diese auf die Stelle, auf die sie sich bezieht. Der Vampir, der den Knecht besucht, nimmt die Tafel mit in den Rat dieser Ungeheuer. Aus den Deutungen werden neue hermeneutische Bücher zusammengestellt, die wiederum als Köder für die magischen Sätze dienen. Die Bücher werden in großen Auflagen nach Mayagonien geschickt und über Agenten unter den Menschen verteilt. Neue Kandidaten fallen dem Wortzauber zum Opfer und werden von den Agenten hierher gebracht. So bleibt der Regelkreis am Laufen, der die Vampire am Leben erhält.

Sind die Vampire unsterblich? frage ich. Nein, sind sie nicht, aber ihre Idee scheint unsterblich zu sein. Seit ich vor vielen Jahrhunderten das erste Mal in die Anderwelten kam, gibt es die Schlucht der Vampire und die Agenten, die frische Knechte hierher bringen. Wenn ein Vampir stirbt, wird vom Rat der Vampire einer der Diener bestimmt, selbst ein Vampir zu werden. Dann saugen sie alles Blut aus diesem Menschen. Danach spendet jeder Vampir ein wenig von seiner Körperflüssigkeit, die dem Kandidaten eingeflößt wird. Der neue Vampir ist ab diesem Moment vollständig vom Regelkreis der Vampirwelt abhängig und deshalb völlig den Befehlen des Obersten Rates unterworfen. Er wird ohne Skrupel die Feinde des Systems vernichten. Denn er weiß, dass er ohne das Gefüge nicht existieren kann. Er weiß, dass er nichts ist ohne die anderen Vampire, ohne die Schlucht und ohne die Körper der Knechte.

Das Licht dunkelt, sagt Melmoth mitten hinein in seine Rede, wir werden hier bleiben müssen. Sind wir hier denn sicher? frage ich. Einigermaßen, antwortet er, die Vampire kommen nur zu den Zeremonien hier herauf. Falls heute keine stattfindet, kommen sie nicht. Und wenn doch? wende ich ein. Dann wird es schlimm für den Novizen, erwidert er traurig. Er holt zwei Tücher aus seiner Tasche. Ich blicke ihn fragend an. Das sind die Tücher, mit denen ich damals das Herz aus dem Körper des Mannes holte. Ich hab sie seither immer bei mir. Ich konnte sie nicht, wie es der Priester gefordert hat, verbrennen. Wenn ein Vampir in die Nähe kommt, dann beginnen sie hell zu leuchten. Das Licht verjagt jeden Vampir. Würde er länger in das Leuchten blicken, würde er von innen heraus zu Asche verbrennen. Hier, nimm eines der Tücher und wickle es um Deine Hand. Du musst es dem Vampir entgegenstrecken, wenn er Dich bedroht.

Als er mir das Tuch überreicht, geht ein Schauer durch meinen Körper. Das erste Mal verbindet mich etwas direkt mit dem Herzen. Ich spüre, dass es mich auserwählt hat. Ich spüre die übergroße Liebe, die vom Herzen zu mir fließt. Ich spüre, dass ich die Auserwählte bin. Das gibt mir Kraft und Gewissheit.

Wir schweigen. Langsam färbt sich der Himmel immer dunkler. Weiter unten in den düsteren Höhlen sehen wir, wie die Knechte ihre Bücher schließen und sich auf die harten Liegen zurückziehen, die ihnen als Schlafstätten dienen. Da ertönt ein merkwürdiges

Signal. Ein Posaunenstoß, so scheint es mir, obwohl es ein wenig eingerostet klingt. Verdammt, flucht Melmoth leise, ein Neuer.
Er sucht die Wände nach einem Versteck ab. Hier ist ein Spalt in der Felswand, wir können uns darin verbergen, meint er. Der Einschnitt befindet sich in einiger Entfernung zum Brunnen und ragt in die Höhe hinauf, ist aber sehr schmal. Ich presse mich durch die Felskanten und schaffe es mit Mühe, mich im dahinter liegenden Zwischenraum zu verbergen. Melmoth zieht seine Jacke aus, reicht sie mir und versucht ebenso in die Bresche zu gelangen. Er schafft es nicht. Gib mir die Jacke wieder, sagt er, ich klettere nach oben. Ich kann ihn nicht mehr sehen, höre aber die scharrenden Geräusche, wenn Melmoth versucht, mit seinen Stiefeln in den Querspalten im Gestein Halt zu finden. Weiter oben gelingt es ihm, sich ebenfalls im Fels zu verbergen. Steinchen rieseln auf mich herab. Psst, flüstert er, sie kommen.
Durch den Spalt zwischen den Felskanten sehe ich auf den Brunnen. Ein Agent kommt mit einem Novizen, dessen Augen verbunden sind, die Stufen herauf. Das erste Mal bin ich bewusst einem Vertreter der Bruderschaft so nahe. Es schaudert mich ein wenig, aber ich wickle das Tuch fester um meine Hand und das beruhigt mich. Der Agent weist den Novizen barsch an, sich auf den Stufen zum Brunnen niederzulegen. Der Novize tut das und liegt lang ausgestreckt auf einer der breiten Stufen. Der Agent stellt sich mit gefalteten Händen an seinem Kopfende auf. Er trägt ein langes, graues Gewand mit einer Kapuze, die sein Gesicht in der Düsternis, die den Platz umgibt, verschwinden lässt. Manchmal blickt er in meine Richtung und ich habe Angst, dass er mich in der Spalte erkennen kann. Ich drücke mich so gut es geht in den Raum hinein und suche alle meine Körperteile zu verbergen. Mein Herz schlägt wild und ich spüre sein Pochen in Hals und Brustkorb. Gleich darauf flattert ein schwarzer großer Vogel neben dem Novizen zu Boden. Er schlägt die Flügel vor der Brust zusammen, öffnet sie wieder und zeigt sich urplötzlich in menschlicher Gestalt. Die Flügel sind zu Armen geworden, die in den weiten Ärmeln einer schwarzen Soutane stecken. Durch das lange, schwarze Gewand wirkt er wie der Inbegriff eines Priesters. Der Agent kniet nieder und küsst den Ring des Schwarzen, den dieser mit einer eleganten Bewegung hinhält. Der Novize hebt den Kopf und wird vom Agenten angeherrscht, liegen zu bleiben. Es stehen

offensichtlich noch andere Vampire rund um den Brunnen, was ich aus Gesten und Hinwendungen des ersten Vampirs entnehme. Der Agent verschwindet kurz aus meinem Gesichtskreis und kommt nach einer Weile mit einem verklärten Gestus zurück. Er stellt sich wieder am Kopfende des Novizen auf, der immer noch ergeben am Boden liegt.

Plötzlich taucht vor meiner Spalte ein anderer Vampir auf und schnüffelt. Es ist schon fast ganz dunkel und ich kann gerade nur den Schattenriss sehen, der sich aus dem minimalen Helligkeitsunterschied zwischen dem Hintergrund und der Gestalt vor mir ergibt. Erschrocken drücke ich mich fester in den seitlichen Hohlraum hinein, der mir ein wenig Schutz gibt. Die Gestalt dreht sich wieder um und geht zu den anderen zurück. Aufgeregtes Getuschel, dann schaut ein anderer Vampir in den Spalt und stochert mit einem Stock in die Öffnung. Wieder presse ich mich in die Höhlung und weiche dem Stab aus. Jetzt höre ich, dass sich noch mehr Vampire um den Spalt versammeln. Sie ziehen sich kurz zu einer Beratung zurück. Dann spüre ich, wie ein Arm in die Öffnung greift und den Raum absucht. Über mir ertönt ein kurzes Psst, und ich hebe meine Hand vor den Körper. Das Tuch beginnt zu leuchten und vor dem Spalt ertönt ein Geschrei, das in wildes Geflatter übergeht. Ich sehe, wie der Agent wütend auf den Spalt zugeht. Er ist nicht lichtempfindlich und lässt sich von dem Tuch, das ich ihm entgegenhalte, nicht beeindrucken. Doch fällt ihm Melmoth wie ein Sack auf Schultern und Kopf, worauf der Agent zu Boden sinkt und mit einem seltsam verrenkten Hals daliegt. Raus, schnell, weist mich Melmoth an und ich zwänge mich wieder durch den Spalt.

Der Novize reißt seine Augenbinde ab und schaut mich mit angstverzerrtem Gesicht an. Er ist noch sehr jung und versteht nicht, was hier passiert. Melmoth nimmt mir das leuchtende Tuch aus der Hand und hält nun beide den umherschwirrenden Vampiren entgegen. Nach einigen abgebrochenen Angriffen flattern diese auf die Balustrade ober dem Brunnenplatz und ziehen sich in dunklere Löcher zurück. Wie heißt Du, fragt Melmoth den Jungen und deutet auf ihn, Name, Du. Dieser stammelt so etwas wie Michail Chodor aus Smolensk. Melmoth redet auf Russisch weiter auf den Jungen ein. Gehen wir, sagt er dann zu mir, er kommt mit. Wir wenden uns einem zweiten Gang zu, der vom

Brunnen in Fortsetzung unserer Straße, die wir gekommen sind, weiterführt.
In den Kämmerchen heben Knechte erschreckt ihre Köpfe, als wir mit den hell strahlenden Tüchern an ihnen vorübergehen. Melmoth findet eine leere Kammer. Hier verbergen wir uns, sagt er, und zieht uns herein. Der Junge ist in seiner Angst und Verzweiflung völlig aufgelöst und verwirrt. Er tut mir Leid in seiner Verschrecktheit und ich tröste ihn ein wenig, indem ich seine Hand halte. Wir sitzen beide auf der Liege. Melmoth steht neben der Türe, die Tücher immer noch in der erhobenen Hand. Sie strahlen nicht mehr, also ist kein Vampir in der Nähe. Er gibt mir eines der Tücher wieder zurück. Ich atme tief durch. Mein Herz hat sich ein wenig beruhigt und ich lausche. Irgendwo weit oben ist Flügelrauschen zu vernehmen. Todesengel, denke ich und Melmoth sagt: Hör auf zu denken, sie können Deine Gedanken spüren.
Der Junge sinkt in Ohnmacht und ich bette ihn auf die Liege. Das Flügelrauschen kommt näher und dann hören wir Schritte. Agenten, zischt Melmoth, halte Dein Tuch bereit. Wenn ich jetzt sage, streckst Du den Arm aus. Melmoth holt einen silbernen Stock aus der Tasche, zieht ihn wie das Bein eines Fotostativs in die Länge, hört noch einmal kurz hinaus und sagt dann: Jetzt. Ich strecke meinen Arm aus und tatsächlich wird es Licht in der Höhlung. Raus, schreit Melmoth und ich laufe hinter ihm her. Blitzschnell schlägt er mit seinem Silberstock auf die Agenten ein, die vor der Kammer warten. Bei jedem Schlag fällt einer zu Boden und kriecht wimmernd weg, um schließlich zu erstarren. Über uns ist Flügelrauschen und Schaben an den Wänden. Die Vampire sind einander bei ihrer kopflosen Flucht im Weg und suchen verzweifelt in dem engen Gang nach Platz für ihre Flügel. Einer fällt zu Boden und Melmoth schlägt mit seinem Stab auf die Gestalt ein, die zuckend erstarrt. Plötzlich Rauschen über mir. Ein Vampir wagt einen Angriff auf mich, um das Tuch zu fassen. Instinktiv lasse ich mich fallen und halte es über mich. Der Vogel wird geblendet und kreischt wütend auf. Dann beginnt sein Kopf zu schmelzen und die ganze Erscheinung taumelt zu Boden. Ich schwenke das leuchtende Tuch über meinem Kopf und versetze damit alle Vampire in der Umgebung in Angst und Schrecken. Wieder und wieder flattern sie auf und fliegen zuletzt zurück in die Tiefe der Schlucht.

Pst, sagt plötzlich eine Stimme aus einem Nachbarraum. Melmoth stürzt auf die Stimme zu. Es ist ein Knecht, der seinen Kopf heraus streckt. Da drüben geht eine Treppe nach draußen, zeigt er und verschwindet sofort wieder. Melmoth sieht nach und entdeckt tatsächlich eine schmale Stiege. Die siebente Straße, sie hat sich verwandelt, sagt er, lass uns gehen. Er bückt sich neben dem Vampir, den er niedergeschlagen hat, löst die Mantelspange von dessen Hals und zieht das Kleidungsstück unter seinem Körper hervor. So einen wollte ich immer schon haben, meint er und dann, wo ist der Novize? Ich gehe zurück in die Kammer und sehe entsetzt, dass der Junge ermordet wurde. Er ist tot, stammle ich tonlos, das Messer steckt noch in seiner Brust. Melmoth schaut in die Zelle und schüttelt den Kopf: Sie geben keinen mehr her. Lass uns verschwinden. Wir hasten zur der schmalen Treppe, laufen die Stufen empor und erreichen eine kleine Türe. Melmoth öffnet sie und wir stehen am Ende der schmalen Klamm, durch die die Treppe geführt hat. Vor uns die weite Ebene einer Wüste. Wir sind in Sicherheit. Du kannst das Tuch jetzt einstecken, sagt Melmoth, aber behalte es. Denn falls irgendwo einmal Vampire auftauchen, wird es Dir gute Dienste leisten. Beinahe zärtlich lege ich das Tuch zusammen und stecke es in die Brusttasche meiner Jacke. Es beruhigt mich, etwas vom Herzen auf meinem Herzen zu tragen. Dankbar drücke ich von außen noch einmal auf die Tasche.
Am Horizont zeigt sich ein grauer Streifen, der für einen Tag das Ende der Herrschaft der Vampire anzeigt. Melmoth wendet sich einem schmalen Steig zu, der auf den Flanken des Gebirges hinunter in die Wüste führt. Das Licht wird weiter stärker und leuchtet die Felsformationen aus, die links und rechts von uns aufragen. Eine Weile tappen wir schweigsam den Pfad hinunter und verlieren rasch an Höhe. Wie ist das mit den Agenten? frage ich unvermittelt. Melmoth bleibt stehen und sucht die vor uns liegende Steinhalde nach dem Weg ab. Was soll mit ihnen sein? fragt er nachlässig und beschattet seine Augen mit einer Hand. Wieso können sie in das Licht blicken und die Vampire nicht? Ich weiß nicht, vielleicht haben sie einen speziellen Zaubertrank oder so etwas. Er geht weiter. Agenten nehmen in Mayagonien Menschengestalt an und können sich deshalb dort bewegen wie normale Menschen. Aber an ihrem Geruch kannst Du sie erkennen, sie riechen wie die Vampire nach fauligem Papier.

Ich denke an den Pfarrer in meiner Kindheit. Ich mochte seinen Geruch nicht, und die Kälte seiner Finger. Ja, das ist das andere Kennzeichen, mischt sich Melmoth in meine Erinnerungen, die kalten Hände. Sie haben keine Temperatur im Körper. Wie Echsen nehmen sie die Umgebungstemperatur an. Deswegen werden sie bei Kälte langsamer, das ist das dritte Kennzeichen von Agenten. Wenn es ganz kalt draußen ist, dann gehen sie nicht mehr aus dem Haus. Ich denke krampfhaft nach. Nein, den Pfarrer habe ich nie bei Eis und Schnee auf der Straße gesehen. Höchstens mit seinem alten VW-Käfer unterwegs. Aber dann verschwand er immer sofort in irgendeinem Haus. Vielleicht war er einer, meinte Melmoth leichthin. Ich will noch etwas wissen: Was macht Dein Silberstock mit ihnen? Sie erstarren ja richtig. Melmoth lacht. Ja, das ist eine gute Erfindung der Weltenhüter. Eine spezielle Legierung. Wenn der Stock einen Agenten berührt, gibt er ein wenig von seiner Legierung an den Körper ab. Das löst eine heftige Reaktion aus, die den Körper des Agenten in eine Eisstarre versetzt, deren Temperatur nahe dem absoluten Nullpunkt ist. Dann ist er für lange Zeit gelähmt, bis er langsam wieder auftaut. Das kann manchmal je nach Umgebung Wochen dauern. Er lacht noch einmal und zeigt mir den Stock: Vielleicht kann ich Dir auch einen besorgen.

Melmoth bleibt stehen und wird feierlich: Du hast die Aufgabe bestanden, Meriel. Ich freu mich sehr darüber. Ich denke, die gefährlichste Prüfung liegt nun hinter Dir. Danke für Deinen Mut und Deine Ausdauer. Ich nicke und spüre, wie mein Herz tanzt. Ich habe es geschafft. Mit Melmoths Hilfe habe ich es geschafft. Erleichterung macht sich breit und ein lösender Atem steigt in mir hoch. Ich bin bereit, den Weg bis zum Ende zu gehen. Jeder Zweifel in mir ist verstummt. Ich bin meine Aufgabe. Und meine Liebe zu Melmoth. Wie gut das tut.

Inzwischen ist es ganz hell geworden. Ich blicke mich um. Die Wüste vor mir glänzt in einem gleißenden Licht, obwohl keine Sonne am Himmel steht. Eine merkwürdig künstliche Landschaft, so scheint mir. Der ganze Himmel wirkt wie eine aufgespannte Zirkuskuppel aus weißem Stoff, faltenlos und schattenlos beleuchtet wie durch eine Fotolampe mit Reflektorschirm. Jetzt sehe ich es: Wir werfen keine Schatten, das schafft diesen künstlichen Eindruck.

Wir sind bald aus dem Bannkreis der Vampire verschwunden, sagt der Wanderer.

Die Vorladung

Nach unserer Reise ins Tal der Vampire fühle ich mich zerschlagen und krank. Ich rufe in der Firma an und melde mich für heute ab. Ich koche mir Kamillentee und gehe wieder zu Bett. Jemand bringt mir die Post herauf und steckt sie durch den Türspalt. Mittags koche ich mir Milchbrei und hole Zeitung und Briefe herein. Während ich esse, blättere ich die Kuverts durch. Mein Blick fällt auf ein kleines Foto auf der Titelseite des Tages-Anzeigers. Michail, durchblitzt es mich. Ich erschrecke zutiefst. Wieso Michail? Wieso hier in dieser meiner Welt? Rasch lese ich den Text neben dem Foto: Mord im Stadtpark. Junger Unbekannter gefunden. Die Polizei bittet um Mithilfe. Ich schlage die Seite auf, auf die der Einstiegstext verweist und lese, dass gestern Nacht auf einer Bank im Stadtpark ein unbekannter Toter gefunden wurde. Ein Foto der Bank, auf der ich gerne sitze. Sie kennen meine Bank. Ein Gefühl von blankem Entsetzen steigt in mir hoch. Sie werden Agenten auf mich ansetzen. Sie werden mich jagen. Sie werden mich töten, so wie sie Michail getötet haben. Das ist ihr Ziel. Melmoth hat mich gewarnt.

In meiner Panik rufe ich die Nummer an, die im Artikel genannt wird. Eine ruhige Stimme meldet sich. Polizei-Notruf, sagt sie. Das ist Michail Chodor aus Smolensk, den Sie im Stadtpark gefunden haben, sage ich hastig und lege sofort wieder auf. Die Angst überwältigt mich. Sie wissen es, jetzt wissen sie es, hämmert es in meinem Kopf. Sie werden mich holen. Sie werden mich töten. Ich möchte Melmoth anrufen, aber ich habe keine Nummer. Das Telefon ist zu gefährlich hat er gesagt. Aber ich habe gerade angerufen. Das war ein Fehler. Jetzt wissen sie meine Nummer. Jetzt wissen sie, wer ich bin. Wo ist Melmoth? Er wird erst morgen früh wieder kommen. Er muss irgendetwas erledigen. Gerade jetzt.

Unruhig laufe ich im Zimmer auf und ab. Meine Gedanken schwirren im Kopf wie eine aufgeschreckte Vogelschar. Ich muss mich beruhigen, ich muss mich beruhigen. Ein paar Yoga-Übungen und dann den ganzheitlichen Atem. Die Yogaübungen breche ich sofort ab. Keine Konzentration. Ich hole das Tuch aus meiner

Jacke, wickele es um meine Hände und setze mich auf dem Küchenstuhl aufrecht hin. Langsam atme ich ein. Bis sieben zählen, hat Kamal gesagt. Vom Bauch herauf den Atem immer höher in den Körper füllen. Zuletzt die Schultern anheben, damit auch die Lungenspitzen gefüllt werden. Den Atem anhalten und bis sieben zählen. Dann langsam die Luft aus dem Körper strömen lassen. Wieder bis sieben zählen. Ich bin froh, die kleine Übung schon viele Male gemacht zu haben. Sie beruhigt mich. Den Nachmittag verbringe ich im Bett. Immer, wenn die Panik hochsteigt, atme ich ruhig in Siebener-Schritten. Ich denke an Kamal und verneige mich innerlich vor seiner Geduld und der stillen Lebenskraft, die er ausstrahlt. Einatmen. Bis sieben zählen. Luft anhalten. Bis sieben zählen. Luft ausströmen lassen. Bis sieben zählen. Jedes Mal ist die Angst wie fortgeblasen und kommt nur mehr abgeschwächt zurück. Bis sie endlich verstummt. Schön langsam werde ich müde. Draußen wird es dunkel. Ich lege das Tuch in die Lade neben meinem Bett, dusche, putze meine Zähne und ziehe meinen Pyjama an. Unter die Decke gekrochen falle ich sofort in einen tiefen, bleiernen Schlaf.

Um drei Uhr früh läutet das Telefon. Ich werde zur Aussage vorgeladen. Ich weiß, dass das nicht wirklich die Polizei ist, die da anruft. Ich weiß, dass es jemand von der Bruderschaft ist, der bei der Polizei arbeitet. Ein Agent, wie sie so viele in den öffentlichen Stellen haben, um ihre Ziele voran zu bringen. Ich lege auf. Wieder ist die Nacht da und ich kann nicht einschlafen. Wieder ist die Panik da. Sie wollen mich haben. Sie wollen mich festhalten. Sie wollen mich von meinen Reisen fernhalten. Sie wollen mich vom Herzen fernhalten. Sie wollen mich töten. Der Angstschweiß ist unangenehm und kalt. Ich dusche noch einmal.

Es klopft an der Türe. Ich kann es nicht glauben. Es klopft noch einmal, vorsichtig und sanft. Mein Herz schlägt bis zum Hals. Vorsichtig schleiche ich mich zur Wohnungstüre. Sind sie schon da? Zitternd lege ich mein Ohr an die Türe und lausche. Ich bin es, Melmoth, höre ich ihn flüstern. Erleichtert öffne ich und falle ihm um den Hals. Melmoth deutet mir, still zu sein. Er schiebt mich in die Wohnung zurück und schließt die Türe. Geh ins Schlafzimmer, flüstert er, dreh das Licht ab und komm in die Küche. Er schaltet das Radio ein und lässt in der Küche Wasser in einen Topf laufen, was plätschernden Lärm macht. Ich tue inzwischen, was er gesagt

hat. Er ist da. Schlagartig bin ich ganz ruhig. Melmoth hat am Küchenfenster einen Seitenteil des Vorhangs leicht zur Mitte hin verschoben und blickt hinaus. Ich stelle mich neben ihn. Siehst Du den Wagen da unten im Halbdunkel der Laterne? Er war schon da, noch bevor der Agent aus dem Hauptkommissariat angerufen hat. Woher weiß er, dass sie angerufen haben? frage ich mich. Aber er weiß viel, was ich mir nicht erklären kann.
Sie wollen, dass ich morgen um neun Uhr im Hauptkommissariat bin, antworte ich ihm. Sie wollen zu allererst, dass Du eine Panikreaktion setzt, entgegnet er trocken. Dann könnten sie Dich entführen und irgendwo auf einer einsamen Straße töten. Mir wird plötzlich ganz schwarz vor den Augen. Melmoth fängt mich auf und trägt mich ins Wohnzimmer, wo er mich auf die Bank bettet. Er holt eine Decke, legt sie über mich und streicht mir übers Haar. Ich nehme es im Halbdunkel meines Bewusstseins wahr. Dann geht er ins Vorzimmer. Ich höre, wie er die Schließkette prüft und einen Sessel unter die Türschnalle stellt. Wieder platziert er sich am Küchenfenster und beobachtet den Wagen. Nach kurzer Zeit kommt er, um nach mir zu sehen. Es ist nichts passiert, wahrscheinlich ist auch niemand ausgestiegen, sagt Melmoth halblaut zu mir. Es sind nur zwei Männer auf den Vordersitzen zu erkennen. Ob jemand hinten sitzt, kann ich nicht sehen. Aber wenn sie ins Haus gegangen wären, wäre der Wagen leer. Geht's Dir schon besser? Ich nicke. Was sollen wir tun? frage ich leise. Melmoth spricht von ganz nah in mein Ohr: Nichts, noch nichts. Sie haben gehofft, dass Du zu flüchten versuchst und haben wahrscheinlich Angst, ins Haus einzudringen. Es könnte zu viel Lärm machen, oder Du könntest schreien und die Nachbarn wecken. Jetzt denken sie wahrscheinlich, Du bist wieder ins Bett gegangen und erwarten, dass Du morgen im Kommissariat erscheinst. Dann werden sie es dort noch einmal versuchen, zum Beispiel, indem sie Dich als Verdächtige im Mordfall Chodor verhaften. Lass uns einfach warten. Warum hast Du den Radio eingeschaltet und das Wasser aufgedreht? flüstere ich zurück. Vielleicht ist Deine Wohnung verwanzt. Sie dürfen nicht hören, was wir reden. Pass bitte gut auf. Sie werden darauf warten, dass Du morgen früh das Haus verlässt, um zur Arbeit zu fahren. Das wirst Du auch, aber mit einem Taxi, und etwas später als sonst, so, als ob Du verschlafen hättest. Sie werden nicht wagen, eine Taxe

anzugreifen, weil sie wissen, dass diese Autos mit Alarmanlagen ausgestattet sind. Also werden sie als nächstes darauf warten, dass Du um neun Uhr ins Kommissariat kommst. Und es vielleicht am Weg dorthin oder im Haus oder sonst wo versuchen. Sie rechnen damit, dass Du in Panik bist. Sie warten darauf, dass Du einen Fehler machst. Wieder schaudert es mich, mir ist, als ob ich Fieber hätte. Melmoth, der meine Gedanken liest, streicht mir über die Stirn. Nein, Du hast kein Fieber, Du hast Angst, und es ist in Ordnung, dass Du Angst hast.

Die Angst wird Dir helfen, alle Kräfte zu mobilisieren.

Melmoths Manifest

Die Liebe zu Meriel weckt in mir besondere Kräfte. Bisher habe ich wie ein Krieger gehandelt. Ein Krieger ist bereit zu sterben. Er holt seine Kraft aus dem Dienen, aus seiner Hingabe für den Auftrag und aus seiner Verantwortung. Dafür würde er sogar sein Leben opfern. Jetzt aber, in der Liebe zu Meriel, kämpfe ich für sie und uns. Das ist die Kraft, die eine Mutter verspürt, wenn sie um ihr Kind kämpft. Das ist die Kraft, die uns geheime Zugänge zu unseren inneren Energien öffnet. Aber es ist eine Kraft, die unser Leben fordert, nicht unseren Tod.

In all meinen Liebesbeziehungen war ich immer auch ein wenig distanziert. Das erkenne ich jetzt. Die Frauen, mit denen ich zusammen lebte, haben schon mein Herz erreicht. Aber sie haben es nicht ausgefüllt. Das war die Haltung eines Kriegers. Er erhält eine Aufgabe und bemüht sich mit aller Kraft, sie zu erfüllen. Das erfordert schon sein Selbstwert, seine Ethik. Ein Krieger, der nicht bereit ist, für eine Sache in den Tod zu gehen, ist kein Krieger. Diese Männer habe ich oft als erste sterben sehen, weil sie innerlich auf der Flucht waren vor dem, was von ihnen gefordert wurde. Sie lebten ihr Leben nicht ganz. Sie waren da und nicht da. Also hat sie das Leben vom Spielfeld genommen, weil es nur solche Menschen liebt, die sich als Ganzes geben. Deswegen werden große Krieger oft sehr alt. Weil sie bereit sind zu sterben, sind sie auch bereit zu leben. Das ist das ganze Geheimnis des Kriegertums.

Aber viele Krieger haben Angst vor der Liebe. Ich hatte sie auch, das erkenne ich jetzt. In der Liebe zu sein ist ein ganz anderes

Leben. Es ist ein Leben in Verbundenheit. Wir lassen zu, dass die Liebe zu einem Menschen unser Herz ausfüllt. Wir lassen zu, dass Schmerz und Angst vor Verlassenheit in unser Leben einzieht. Wir lassen zu, dass wir Erfülltheit und Glück erleben. Das ist eine andere, eine besondere Art des Lebens.

Meine Gedanken kreisen oft um Meriel. Was würde sie jetzt tun oder sagen? Es ist mir, als ob eine zusätzliche Intelligenz in mein Leben eingekehrt ist. Ich sehe vieles auch mit ihren Augen und es erschließt sich neu. Ich sehe durch sie zusätzliche Türen und Tore, durch die mein Leben gehen kann. Ein Stück weit, so kommt mir vor, bin ich Meriel. Ich habe die alte Insel Melmoth verlassen und bin ein Kontinent geworden. Dieser Gedanke bringt mich zum Lachen.

Aber ich weiß, dass Liebe auch eine Verführung der Unachtsamkeit ist. In manchen Momenten habe ich wirklich nur Augen für sie. Doch denke ich, dass wir in diesen Momenten von einer anderen Macht beschützt werden, von einer größeren, stärkeren. Mir kommt vor, als ob wir dann unsichtbar sind für die Kräfte der Bruderschaft, dass sie uns nicht finden können, weil sie selbst die Sphäre der innigen Liebe nicht kennen. Würden sie diese Sphäre kennen, dann wären sie nicht mehr die Gemeinschaft, die sie sind. Kein Mensch kann einen anderen um einer Sache willen töten, wenn er liebt. Er kann vielleicht um seiner Liebe willen töten, wenn sein Herzensmensch bedroht ist oder ermordet werden soll. Aber er kann nicht um Macht kämpfen oder um die Erhaltung einer Organisation oder einer Ideologie. Das sind für einen Liebenden keine Ziele, die ein Leben wert sind. Das sind losgetrennte Ziele. Ziele der Entfremdung von sich selbst. Ziele, die ausgedacht sind und morgen schon wieder ganz anders sein können. Für so etwas zu töten, und ich habe es viele Jahre getan, hinterlässt in uns eine schwarze Spur der Sinnlosigkeit, die uns bedrückt und belastet. Und doch sind Menschen bereit, für Religion, Nation, Macht, Volk, Rasse, Ideologie, Reichtum, Gold, Öl oder Land Kriege zu führen und Menschen zu töten. Diejenigen, die solche Kriege anzetteln, können nicht in der Liebe sein. Sie sind verlorene Seelen, ohne wirkliche Liebe, ohne wirkliches Sein. Aber sie zwingen anderen ihre Kriegslust auf. Mit Drohungen und Versprechungen. Viele lassen sich verführen, weil sie selbst nicht wirklich Liebende sind. Andere hoffen, dass sie nach dem Wahnsinn zurückkehren können zu dem Menschen, der ihr Leben teilt und erfüllt. Doch die Raserei des Wahns verändert die Menschen, die ihm dienen, so dass sie als Veränderte zu ihren Mitmenschen zurückkommen. Und nie mehr ihr altes Leben führen können.

Der Wahnsinn wütet und achtet nicht darauf, wer ihm zum Opfer fällt. Wenn das Toben des Irrsinns aufhört, trauern die Liebenden um ihre Väter, Söhne, Männer, die im Feld sterben, um ihre Frauen und Kinder, die durch Bomben zerfetzt oder durch andere Männer vergewaltigt und getötet wurden. Und Generationen später kann niemand mehr verstehen, warum das große Morden ausgebrochen ist.

Ich habe mich verwandelt. Von einem Krieger in einen Liebenden. Von einem der tötet in einen, der dem Leben dient. Diese neue Kraft wird mir helfen, Meriel zum Herzen zu führen. Liebe findet immer einen Weg.

Denn Liebe ist die Kraft des Herzens.

Der Aufbruch

Der Morgen graut schon ein wenig draußen vor den Fenstern und ich fühle mich beruhigt, seit Melmoth da ist. Es war ein Fehler, die Polizei anzurufen, nicht wahr? frage ich. Melmoth schüttelt den Kopf: Es hat nur etwas in Gang gesetzt, was früher oder später sowieso passiert wäre. Vielleicht hat das Herz gewollt, dass Du anrufst. Aber wie geht es weiter, Melmoth? Er wird eindringlich: Wir dürfen nicht miteinander telefonieren, niemals, hörst Du? Die Telefone werden sicher abgehört. Falls wir einander verlieren, treffen wir uns im Weißen Kamel, dort kannst Du auch bei Albert Botschaften hinterlassen oder abfragen. Hast Du verstanden? Ja, nicke ich, und Melmoth sagt mir, dass ich, wenn ich heute Morgen die Firma erreicht haben würde, nicht hinauf zu meiner Arbeitsstelle, sondern hinunter in die Tiefgarage gehen und mich dort in der Damentoilette verstecken sollte. Er würde mich so schnell es geht von dort abholen. Pack jetzt ein paar Sachen, die Du mitnehmen willst, Ausweis, Reisepass, Bankkarte, Geld. Aber dreh kein Licht auf! Wo fahren wir hin? frage ich ängstlich. Weiß ich noch nicht. Nimm etwas für alle Gelegenheiten mit. Was wir sonst noch brauchen kaufen wir unterwegs. Es ist besser, wenn Deine

Tasche klein ist. Melmoth stellt sich wieder neben das Fenster. Ich packe und weil ich sehr ordentlich bin, kann ich das, was ich mitnehmen soll, ohne Probleme im Halbdunkel des Zimmers finden und einpacken. Dann mache ich Tee für ihn und mich und trinke ihn, auf der Küchenbank sitzend, im Zwielicht der Küche.
Mein Herzklopfen hat nachgelassen. Ich überdenke die Situation. So hatte ich mir eine Liebesbeziehung natürlich nicht vorgestellt. Aber es ist auch keine normale Liebesbeziehung. Und ich hatte mir ja in Wirklichkeit noch nie eine Liebensbeziehung vorgestellt. Denn früher dachte ich, dass ich das gar nicht brauche. Aber jetzt brauche ich sie, mehr als alles andere. Trotzdem ist die Verbindung zu Melmoth eine Überraschung, in jeder Hinsicht. Ich habe zu diesem Mann einiges dazu bekommen. Eine sehr gefährliche Aufgabe, ein Herz, das mich dirigiert, und eine Zukunft, die völlig im Ungewissen liegt. Was würde sein, wenn wir das Herz finden würden? Melmoth sagt immer, dass er auch nicht wüsste, was dann passieren würde, denn keiner von denen, die er begleitet hatte, hat es so weit geschafft. Das hat mir anfangs Angst gemacht, aber später kam jedes Mal ein tief sitzendes Vertrauen in mir hoch, wenn ich an das Herz dachte. Ich weiß einfach, dass es gut gehen würde. Ich weiß, dass das Herz gut zu mir sein würde. Ich weiß, dass das ganze Abenteuer gut für mich sein würde. Obwohl ich mir sonst wegen allem und jedem Sorgen mache, bin ich in diesem Punkt ganz ruhig. Ich war mir ganz sicher, dass wir das Herz finden würden. Wir. Melmoth und ich. Und was immer danach passiert, es würde in Ordnung sein.
Ich beobachte diesen seltsamen Mann da am Fenster. Seine drahtige Gestalt. Seinen konzentrierten Blick. Er hat sich in der Zwischenzeit einen Sessel geangelt und sitzt nun vor mir, den Vorhang ganz vorsichtig auf die Seite geschoben. Es rührt sich nichts, sagte er, also hören sie uns wahrscheinlich nicht ab. Wenn Du magst, kannst Du Wasser und Radio wieder abdrehen. Ich stehe auf und tue beides. Dann sage ich: Kann ich ins Bett gehen? Natürlich, sagt Melmoth, plötzlich ganz weich und zärtlich. Ich schlafe bald ein. Am Morgen stellt mir Melmoth eine Tasse Kaffee neben das Bett. Zeit zum Aufstehen. Das Taxi ist in zehn Minuten da. Zehn Minuten, fährt es durch meinen Kopf, was hat sich dieser Mann vorgestellt? Er denkt wie ein Mann. Doch dann fällt mir die Situation wieder ein und meine Hände beginnen leicht zu zittern.

Ich putze rasch meine Zähne, ziehe meine Sachen über und kämme mein Haar. Zum Glück ist bei mir alles pflegeleicht und so schaffe ich es wirklich, noch vor der Ankunft des Taxis fertig zu sein und den Kaffee hinunter zu gießen. Sie haben ihren Wagen ein Stück weiter oben in der Straße geparkt, sagt Melmoth. Schau Dich bitte nicht um, sondern steig gleich in die Taxe, wenn sie vor dem Haus hält. Und schau auch später nicht nach hinten, sonst provozierst Du vielleicht eine unbedachte Reaktion bei ihnen. Deine Tasche nehme ich mit. Ich umarme Melmoth beinahe überschwänglich. Also bis dann in der Damentoilette! Ich bin auf einmal aufgekratzt und fröhlich. So muss sich ein Wild fühlen, wenn es merkt, dass es die Jäger narren konnte. Hoffnungslos und dennoch voller Angstlust an der Situation.

In dem Moment, als ich die Haustüre erreiche, sehe ich durch die milchige Glasscheibe das Taxi vorfahren. Ich halte meinen Blick starr geradeaus gerichtet und steige ein, nenne dem Fahrer die Adresse meiner Arbeitsstelle und versuche mich so gelassen wie möglich in den Sitz sinken zu lassen. Es ist sieben Uhr dreißig, also genug Zeit für alles. Ich platziere mich so, dass ich den Rückspiegel im Auge habe und erkenne sofort den Wagen von heute Nacht. Er folgt uns. Daher krame ich meine Sonnenbrille aus der Tasche und setze sie auf. So kann ich die Jäger beobachten, ohne dass jemand sehen kann, wohin ich blicke.

Vor dem Modehaus zahle ich die Taxirechnung, nehme die Sonnenbrille ab und gehe, ohne mich umzublicken, durch den Mitarbeitereingang ins Haus. Es ist sogar etwas früher als die übliche Ankommenszeit knapp vor Arbeitsbeginn und so sind noch wenige Kolleginnen und Kollegen in den hinteren, kahlen Gängen der Firma unterwegs, vor allem keine, die mich kennen. Ich nehme die Feuertreppe, husche aber hinunter statt wie üblich hinauf. Im Gang, der zur Garage führt, kann ich mich gerade noch hinter einem Putzmittelkasten vor einem Kollegen aus der Abteilung in Sicherheit bringen. Ich atme tief durch, als er vorbei ist. Dann lausche ich durch die geschlossene Türe in die Garage hinaus. Es fahren noch einige Autos ein, teilweise mit quietschenden Reifen. Ich höre das dumpfe Knallen der Autotüren und die Schritte, wenn jemand zum Lift eilt. Gleich ist es acht Uhr, Arbeitsbeginn. Dann müsste es ruhig werden. Die Toiletten sind am anderen Ende der Garage und ich komme fast nie mit dem Auto in die Firma. Also

könnte sich jemand, der mich in dieser Etage sieht, wundern und mich vielleicht fragen, was ich hier suche. Deshalb muss ich unbedingt ungesehen bleiben. Ein paar Minuten noch, dann sollten eigentlich alle im Haus sein, abgesehen von den Herren der Chefetage, aber die erkennen mich sicher nicht. Die Chefin selbst kommt nie vor zehn. Ich ziehe mich wieder hinter meinem Kasten zurück und hoffe, dass der Reinigungsdienst mit seiner Arbeit schon fertig ist.
Kurz nach acht betrete ich die Garage und durchquere sie. Meriel! flüstert Melmoth plötzlich zwischen zwei Autos hervor. Er ist schon da und ich wäre ihm am liebsten erleichtert um den Hals gefallen. Stattdessen krieche ich auf den Rücksitz des Autos, dessen Türe er geöffnet hält. Ich bin einfach hinter einem Wagen nachgefahren, sagt er auf meinen erstaunten Blick. Aber wie kommen wir hier wieder heraus? fragt er, nachdem er auf den Fahrersitz gefallen war. Ich nenne meine Mitarbeiternummer und sage, dass mir schlecht ist. Melmoth startet den Wagen. Langsam rollen wir zur Standsäule vor dem Ausfahrtsbalken. Ich lasse das Fenster herunter und melde mich beim Hausmeister: Bitte melden Sie das auch an das Personalbüro, mir ist auf der Stiege ganz schwarz vor den Augen geworden. Natürlich! antwortet der Mann, gute Besserung. Der Balken geht hoch und Melmoth sagt: Duck Dich. Er fährt vorsichtig die Rampe hoch und reiht sich auf der Hauptstraße in die morgendliche Auto-Kolonne ein. Stop-and-go-Verkehr. Also muss ich lange geduckt zwischen den Sitzreihen kauern. Melmoth wirft noch eine Decke über mich und ich lache in mich hinein, weil ich mir wie ein Hund vorkomme, der nicht auf der Rückbank sitzen darf. Trotzdem nimmt natürlich die Spannung in meiner Brust einen großen Raum ein. Folgt uns jemand? will ich wissen. Ja, ungefähr 150 Wagen, antworten Melmoth grinsend, alle im Schritttempo. Was für eine Verfolgungsjagd! Dummkopf! schnaube ich. Meine Haltung ist ziemlich unbequem und meine Gelenkigkeit trotz Yoga ziemlich eingerostet. Also tut bald so ziemlich alles weh, was in so einer Haltung Schmerzen bereiten kann.
Ein paar Minuten später biegt Melmoth in eine Nebenstraße ab, winkelt den Wagen durch ein Viertel mit ziemlich vielen ziemlich holprigen Straßenbelägen und erreicht schließlich eine Stadtausfahrt, die sich in Richtung verschlafener Vorstädte und

pummeliger Dörfer bewegt. Ich darf mich aufsetzen und klettere nach vorne. Was ist das für ein Wagen? Melmoth richtet mit einer Hand den Kragen meiner Bluse und streicht mir über das Haar. Du siehst großartig aus, meine Liebe. Ich boxe ihn in den Arm und drehe den Beifahrerspiegel hinter der Sonnenblende herunter. Den Wagen habe ich schon lange in der Nähe Deines Hauses geparkt, sagt er inzwischen. Wieder liebe ich ihn für seine Umsicht und seinen Schutz. Trotzdem sehe ich fürchterlich aus. Mein Haar ist völlig zerzaust, meine Augen haben dunkle Ringe von der vergangenen Nacht und ich fühle mich grauenvoll.

Nach ein paar Stunden fahren wir über die Grenze. Niemand nimmt Notiz von uns. In einem kleinen Hotel ein paar Kilometer weiter steigen wir ab. Wir verbringen einen ruhigen Tag, in dem wir in einem nahen Wald spazieren gehen und die Natur genießen. Allerdings lässt mich die Spannung keinen Moment los. Nach dem Abendessen fährt Melmoth noch einmal zurück in die Stadt, um einige Sachen aus seinem Zimmer zu holen. Morgen früh bin ich wieder da, sagt er. Angst kriecht in mir hoch. Als er weg ist, ziehe ich mich aus und lege mich ins Bett. Gespannt horche ich auf jedes Geräusch draußen auf dem Gang. Ich fürchte mich bei jedem Knackser im Hotelzimmer.

Das sollte ich auch, denn unsere Verfolger hatten schon ein großes Netz ausgespannt, um uns zu fangen.

Meriels Verschwinden

Als ich am Morgen ins Hotel zurückkomme, ist Meriel nicht im Zimmer. Erschrocken stürze ich hinunter zur Rezeption. Ja, sagt der Rezeptionist, er habe die Dame gesehen. Sie habe im Hotelshop eingekauft und anschließend gefrühstückt. Dann wären zwei Männer und ein Frau gekommen und sie hätten zu viert das Hotel verlassen. Es stand ein Polizeiauto vor dem Haus, ergänzt er noch, mich unsicher ansehend.

Sie haben Meriel. Geschockt gehe ich ins Zimmer zurück. Hier waren sie noch nicht. Ich packe alles zusammen, bezahle die Rechnung und verlasse das Haus. Vor dem Hotel nehme ich ein Taxi und fahre zum Flughafen. Ich muss eine falsche Spur legen. Beim Schalter des Autoverleihers gebe ich Schlüssel und Papiere zurück und sage, dass das Auto noch in der Hotelgarage steht. Nicht angesprungen heute Morgen. Dann sitze ich in einem Café und denke nach. Es muss also schon einen internationalen Haftbefehl gegen Meriel geben. Denn die Aktion sah nicht nach Agenten aus. Sie haben keine Frauen in ihren Reihen. Wahrscheinlich hat Meriel im Shop mit ihrer Kreditkarte bezahlt. So wurde sie gefunden. Wo ist sie jetzt? Mein Herz pocht wild. Meine Liebe zu ihr macht die Sache noch komplizierter. Ich kann nicht klar denken. Wieder und wieder jagt eine Welle von Angst durch meinen Körper. Ich möchte sie nicht verlieren. Aber nicht nur um meines Auftrags willen.

Ganz langsam werde ich ruhiger. Niemand Verdächtiger ist aufgetaucht. Wenn es die Polizei war, die sie mitgenommen hat, dann wäre sie bis zu einem gewissen Grad geschützt. Wir haben unter falschem Namen eingecheckt. Vielleicht konnte sie abstreiten, dass sie im Hotel gewohnt hat. Der Rezeptionist würde natürlich aussagen, dass sie hier wohnte, aber im Augenblick wären ein paar Stunden gewonnen. Für die Polizei wäre sie nur ein Haftbefehl aus dem Ausland. Bis die Bruderschaft ihre Agenten alarmieren könnte, würde einige Zeit vergehen. Im Gefängnis ist sie jedenfalls derzeit sicherer als anderswo. Wenn sie im Gefängnis ist. Wie kann ich das herausfinden?

Ihr Handy läutet. Es lag noch im Hotelzimmer und ich habe es eingesteckt. Sie vergisst es öfter, aber diesmal ist es ein Segen. Es läutet noch einmal. Ich erstarre. Was bedeutet das? Ich drücke auf den grünen Telefonhörer, melde mich aber nicht. Meriels Stimme. Wirklich. Ihre Stimme. Ich bin hier in einem Polizeirevier. Sie bringen mich jetzt ins Untersuchungsgefängnis, vielleicht kannst Du mich dort besuchen. Morgen früh werde ich einem Richter vorgeführt. Sie stammelt mehr als das sie redet. Ich schweige, um mich nicht zu verraten. Ihre Stimme. Ich liebe Dich, sagt sie. Ich habe Angst. Der Polizist deutet mir, ich muss aufhören. Bitte, komm. Das Telefon schnappt ab. Meine Brust ist zugeschnürt.

Es kann natürlich auch eine Falle sein. Vielleicht wollen sie auch mich. Vielleicht ist es aber auch nur ein normaler Interpol-Vorgang. Internationaler Haftbefehl. Vollzug in einem anderen Land. Auslieferungsbegehren. Prüfung der Vorwürfe. All das kann dauern. Wenn es der Bruderschaft gelingt, ihre örtlichen Agenten zu aktivieren, wird es gefährlich für Meriel. Ich muss sie herausholen. Im Gefängnis geht das nicht. Vielleicht also im Justizpalast. Die Haftprüfung ist morgen früh. Ich habe noch einen ganzen Tag zur Vorbereitung.

Schnell nehme ich unsere Taschen auf und organisiere mir einen neuen Wagen.

Haft

Sie führen mich zur Haftprüfung. Ich trage Handschellen. Wir gehen einen langen halbdunklen Gang entlang, der nur durch schwache Lichtquellen in der Decke erleuchtet ist. Ein Lichtkreis nach dem anderen. Ich sehe die Uniformknöpfe an ihren Schultern aufblitzen, wenn die Polizistin vor mir durch einen dieser Lichtinseln geht. Sie hat keine Ahnung. Ebenso der Polizist hinter mir. Unsere Schritte hallen. Links und rechts Zellentüren, alle geschlossen. Wir kommen zu einem großen Gitter, das den Gang komplett abschließt. Die Polizistin wendet sich mir zu, der Polizist tritt ans Gitter, in das eine Türe eingefügt ist. Ein anderer Beamter kommt aus einem Glasverschlag vor der Gittertüre, einen großen Schlüsselbund in der Hand. Er sperrt auf und öffnet die Türe. Ich registriere jede Bewegung. Glasklar ist mein Inneres, angespannt, aber nicht verängstigt.
Melmoth hat mich heute Nacht in der Zelle besucht. Er sagte, wenn ich zum Verhör gebracht werde, solle ich bereit sein für die Flucht. Er werde kommen und mich herausholen. Ich bin immer noch verwundert, dass er durch Mauern gehen kann. Aber dieser Mann kann so vieles, was andere nicht können. Sein Besuch hat mich aufgerichtet. Er wird es schaffen. Wir werden es schaffen.
Die Beamten, die mich begleiten und auch der Gefängniswärter mit den Schlüsseln gehören nicht zur Bruderschaft. Das würde ich spüren. Ich werde in einen Hof gebracht und in ein Polizeiauto gesetzt. Die Polizistin fährt mit, ein anderer Polizist lenkt das Auto. Ich sitze allein am Rücksitz und lasse die Häuserzeilen an mir vorüber fließen. Kein Wort wird gewechselt. Nach einer Viertelstunde fahren wir wieder durch ein großes Metalltor in einen Hof. Das Tor schließt sich hinter uns automatisch. Die Beamtin bittet mich teilnahmslos, auszusteigen. Ich steige aus, durch die Handschellen muss ich mühsam am Sitz entlangrutschen. Vor dem

Auto bleibe ich stehen. Ich bin schon ganz Gefangene. Ein Film fällt mir ein, in dem die Hauptdarstellerin im Gefängnis landet. Sie handelte genauso. Ich halte mich an die Regie. Keine Bewegung ohne Aufforderung. Die Beamtin nimmt mich am Arm und führt mich zu einer kleinen Treppe, ein paar Stufen mit Geländer. Wir steigen hinauf, oben wird eine Türe geöffnet, wir treten ein. Wieder ein langer, halbdunkler Gang. Wieder geht ein männlicher Beamter mit, wieder ein anderer. Wir durchschreiten eine hohe, doppelflügelige Türe. Dahinter ein offenes, helles Stiegenhaus. Breite Gänge, breite Stufen. Prächtige Säulen stützen die Decke. An einem anderen Tag würde ich das Gebäude bewundern. Heute nicht. Wir steigen einen Stock höher. Vor einem Zimmer bleiben wir stehen. Auf einer Bank ein paar Zimmer weiter sitzt Melmoth. Gekleidet wie ein Rechtsanwalt, mit dicker Aktentasche und schreiender Krawatte. Mit einer Kopfbewegung weist er in Richtung WC. Mein Herz schlägt froh, ihn zu sehen.
Ein dicklicher, dunkel gekleideter Mann kommt schnaufend die Treppe hoch. Ich erkenne ihn sofort. Die Kälte. Der modrige Geruch. Er schaut mich kurz an. Triefende Augen ohne Gefühl. Ich muss noch telefonieren, sagt er auf flämisch zu den Beamten, in zehn Minuten. Die Polizistin nickt. Melmoth steht auf und geht zu den Toiletten. Ich bitte die Beamtin, aufs WC gehen zu dürfen. Sie führt mich zum Eingang der Damentoilette und nimmt mir die Handschellen ab. Zum Glück geht sie nicht mit hinein. Die Fenster sind ja vergittert. Melmoth ist drinnen, er hat einen Overall einer Reinigungsfirma über seinen Anwaltskleidern angezogen. Rasch öffnet er die Tasche: Zieh Dich um. Ich verschwinde in einer Toilette. Ein Rock, Stumpfhose, hochhakige Schuhe, Bluse, modischer Mantel. Ein teures Kopftuch soll meine Haare verstecken, eine große Sonnenbrille mein Gesicht. Rasch ziehe ich mich um. Ein Lippenstift ist in der Tasche und ich male mir draußen vor dem Spiegel die Lippen.
Ich öffne die Türe hinaus zum Gang. Eine kleine Aufregung erfasst mich. Wird meine Verkleidung funktionieren? Melmoth geht, wieder in seinem Rechtsanwaltsanzug, langsam und laut telefonierend an der Beamtin vorbei. Er spricht flämisch, woher kann er das? Sein Telefonieren lenkt sie ab. Ich schlüpfe durch die Türe und strebe die Stiegen an. Die Schuhe sind ein wenig ungewohnt für mich, aber ich schaffe es, nicht allzu sehr darinnen

zu stacksen. Melmoth geht jetzt neben mir, so als ob er mein Anwalt wäre. Wir reden ernst dreinschauend unverbindliche Sentenzen. Im Erdgeschoß angekommen gehen wir an der Sicherheitsschleuse vorbei ins Freie. Ein bisschen noch, flüstert Melmoth, Du machst das sehr gut. Neben dem Gerichtsgebäude ist ein großer Parkplatz. Melmoth führt mich zu einem dunklen SUV mit breiten Reifen, öffnet die Beifahrertüre. Neu? frage ich. Ja, den anderen kennen sie nun schon. Er umrundet den Wagen und steigt auf der Fahrerseite ein. Eine Sirene beginnt zu heulen. Das ging aber schnell, sagt er. Bedächtig setzt Melmoth den Wagen zurück. Langsam fährt er aus dem Parkplatz und weist auf die Überwachungskamera. Dieses Auto und Deine Verkleidung kennen sie jetzt auch. In gemütlichem Tempo verlässt der SUV den Parkplatz. Wir wollen nicht weiter auffallen. Der Stadtrand ist unser Ziel. Und dann hinaus in die kleinen Landstraßen, auf denen wir sie abschütteln können.

Hoffen wir zumindest in diesem Augenblick.

Der Angriff

Melmoth sieht, dass der weiße Lieferwagen in einiger Entfernung die Straße völlig versperrt. Also doch, sie haben uns vom Gericht an verfolgt, knurrt er und verreißt den Wagen. Reifenquietschend dreht das Fahrzeug in die Gegenrichtung. Doch von dort kommen uns nebeneinander zwei Lkws entgegen, die die Straßenbreite komplett einnehmen. Links und rechts der Straße befinden sich tiefe Gräben und dahinter offene Felder. Aber in einiger Entfernung, noch vor den beiden Lastwägen, gibt es eine Zufahrt zum Feld, aufgeschüttet und planiert. Melmoth steigt heftig aufs Gas, verdreht knapp vor der Auffahrt das Lenkrad, stellt den Wagen quer und gibt erneut Gas. Der SUV schießt kreischend von der Fahrbahn herunter, nur wenige Meter vor den heranrasenden Lastwagen. Er rumpelt in das Feld hinein, die durchdrehenden Räder schleudern nasse Erdbrocken auf die Straße. Hinter uns hören wir, wie die LKWs verzweifelt versuchen, vor dem Lieferwagen zu bremsen. Der Bremsweg ist zu kurz und gemeinsam schieben sie den weißen Kastenwagen vor sich her. Das war der Plan. Sie wollten uns zwischen den Autos zermalmen.

Melmoth gibt wieder Gas. Die Autoreifen rutschen auf dem Ackerboden ein wenig durch, aber wir erreichen ohne Probleme einen Fahrweg auf der anderen Seite des Feldes. Wir benutzen holprige Feldwege und kleine Nebenstraßen, um unsere Spur zu verwischen. So wechseln wir mehrere Male die Richtung, durchqueren Dörfer und Städte, halten aber nirgends an.
Bei einem verlassenen Gehöft lenkt Melmoth das Auto in den Hof unter ein Flugdach. Der Wagen kann von der Straße und von der Luft aus nicht gesehen werden, was sich wenig später als möglicherweise hilfreich erweist. Wir setzen uns neben der Hofeinfahrt im Schatten eines großen Baumes auf eine alte Bank und beobachten den Verkehr. Keine Streifenwagen, keine auffälligen anderen Autos fahren vorbei. Normaler Verkehr. Aber ein Hubschrauber zieht relativ niedrig seine Bahn. Vielleicht um uns zu suchen? Wir wissen es nicht. Unter dem Baum kann er uns jedenfalls nicht entdecken.
Das Geräusch des Helikopters verklingt. Langsam beruhige ich mich. Während der Gefahrensituation vorhin habe ich völlig den Kontakt zu mir selbst verloren. Nun spüre ich das Adrenalin in den Muskeln und auch, dass mein Herz erst langsam zu einem normalen Pulsschlag zurückfindet. Melmoth legt den Arm um mich. Wir brauchen ein anderes Verkehrsmittel, sagt er. Das Auto ist jetzt zu auffällig. Sie kennen es. Mit seinem Handy sucht er im Internet einen Taxidienst in einer näheren Stadt. Er dirigiert den Fahrer zu dem Gehöft, vor dem wir warten. Überwachen sie Dein Handy nicht? Nein, das hier kennen sie nicht. Noch nicht, fügt er lächelnd hinzu. Zwanzig Minuten später schiebt das Taxi verkehrt die schmale Zufahrt herein. Wir haben unsere Taschen und alles Übrige aus dem Auto geräumt und stehen da wie ein Ehepaar, das zum Flughafen gebracht werden will. Dorthin lässt uns Melmoth auch bringen. Wir checken aber getrennt in einem Flughafenhotel ein und verbringen die Nacht ohne einander, was ich sehr bedaure. Aber sie suchen sicher nach einem Paar, das gemeinsam irgendwo absteigt. Also besser als Single auftreten.
Am Morgen sehen wir einander kurz und unauffällig im Frühstücksraum. Melmoth hat schon ausgecheckt und geht hinüber zur Bus-Haltestelle. Ich zahle mein Zimmer, nehme ein Taxi und fahre zum Hauptbahnhof im Stadtzentrum. Dort verstaue ich meine Reisetasche in einem Schließfach und setze mich ins

Bahnhofscafé. Melmoth erscheint kurz danach. Er setzt sich mir gegenüber und lächelt mich an. Jetzt sind wir wirklich auf der Flucht, oder? lacht er. Ich kann nur den Kopf schütteln, wie locker er die Situation nimmt. Ein echter Krieger.
Wir nehmen einen Zug in eine andere Stadt. Dann wechseln wir in regionale Verbindungen, teilweise gemeinsam, teilweise getrennt. Den ganzen Tag verbringen wir damit, jeden Hinweis zu tilgen, durch den wir gefunden werden könnten. Wo wollen wir denn eigentlich hin? frage ich zwischendurch einmal Melmoth. Ich weiß es noch nicht, ich hab noch kein Signal bekommen, antwortet er. Ich frage nicht, von wem es kommen soll und welches Signal er erwartet. Ich weiß, unsere Tour wird von anderen Mächten geleitet als einem Fahrplan oder einem Reisebüro. Aber ich bin einigermaßen erstaunt, als der Zug am späten Abend in meiner Heimatstadt einfährt. Wir müssen in die Anderwelt, flüstert Melmoth.

Das Weiße Kamel hat noch offen.

Der Garten der Erinnerung

Wieder schnippe ich selbst mit den Fingern. Dann kippe ich in einen langen dunklen Gang. Alles dreht sich rasend um mich herum. Mein Kopf schwirrt und versucht die Situation zu begreifen. Ich hebe die Hand, um alles zu bremsen. Plötzlich stoppt das Drehen, so als ob jemand den Stecker heraus gezogen hätte. Denke einen Gedanken, der Dir Richtung gibt, höre ich Melmoth in mir sagen. Augenblicklich fällt mir eine Szene aus unserem Garten ein. Es ist Sommer und ich spiele allein auf dem Kiesweg. Plötzlich laufe ich los und suche hinter dem Haus Bretter und Kisten, um mir ein Spielhaus zu bauen. Ein Häuschen im Garten meiner Erinnerung.
Das ist gut, sagt Melmoth, unsere letzte Station in Deiner Anderwelt. Ich schaue ihn an. Wirklich? Wirklich. Du kannst Dir jetzt selbst zuschauen. Tatsächlich nehme ich die kleine Meriel von außen wahr. Sie ist ein liebes, selbstvergessenes Kind mit einer dicken Brille. Die dicke Brille, ich habe sie fast vergessen. Ich schaue an mir selbst herunter. Mein Körper erinnert mich an Nebelschwaden. Teile sind gar nicht mehr sichtbar, Teile fast wie

Schleier durchscheinend. Andere Körperpartien wie die Schultern oder die Hände und auch die Beine sind wie real. Wenn wir hier fertig sind, frage ich Melmoth, bin ich dann wieder ganz? Nein, Du wirst für eine Weile verschwunden sein. Aber dann kannst Du wählen, wieder in diesen Körper zurück zu kehren.

Die kleine Meriel hat aus Kisten und Brettern ein Haus gebaut. Oben drauf legte sie eine Platte als Dach. Geschäftig streift das Kind durch den Garten, holt Zweige und Blätter, aber auch ein paar alte Holzpfähle aus einer Abfalltonne. Es bringt alles zu seinem kleinen Häuschen und bastelt weiter daran herum. Das Blattwerk dient der Verschönerung. Die Pfähle stützen das kleine Bauwerk. Dann holt das Mädchen eine Decke und einen alten Vorhang aus dem Wohnhaus. Die Decke kommt zusammengelegt in das Häuschen, der Vorhang wird mit Steinen auf der Platte befestigt und verschließt den Eingang. Was für ein dickes Kind ich war, denke ich. Ich fühle mich wieder so wie damals. Unförmig, durch die Brille eingeengt und nur glücklich in einsamen Momenten. Ich erinnere mich, dass ich keine Freundin und keinen Freund hatte. Die Kinder im Dorf spielten unten am Fluss, aber ich durfte den Garten nicht verlassen. Meine Mutter hatte immer Angst um mich. Mein Vater auch.

Unser Garten ist gnadenlos gepflegt, das heißt, das nie etwas herumsteht, an dem man sich wehtun könnte. Es gibt ein paar Obstbäume, einen niedrigen Rasen und ein paar Blumenbeete. Auf die Bäume zu klettern war verboten. Ebenso durch die Blumenbeete zu laufen oder Blumen zu pflücken. Mein Vater ging, wenn er von der Arbeit heimkam, noch vor dem Abendessen in den Garten und machte Ordnung, wie er es nannte. Rasenmähen, Laub kehren, verwelkte Blumen schneiden hieß das. Ich durfte ihm zuschauen, aber nicht helfen. Dein Helfen bringt alles durcheinander, sagte er stets.

Und dann ist da Tommy. Tommy springt auf die Mauer, die unseren Garten vom nächsten Grundstück trennt. Tommy ist die schwarz-weiße Katze der Nachbarn. Tommy ist mein Freund. Die kleine Meriel läuft sofort aus ihrem Kistenhaus heraus und auf ihn zu. Der Kater streckt sich, stellt seinen Schwanz steil hoch und schnurrt heftig. Er freut sich, Meriel zu sehen. Die kleine Meriel liebkost ihn. Sie hat einen Arm auf die niedrige Mauerkrone und ihren Kopf auf den Arm gelegt, während die andere Hand das Fell

des Katers krault. Noch stolziert die Katze aufgeregt hin und her. Doch dann reibt sie ihren Kopf an Meriels Nase. Meriel muss lachen, weil die Barthaare des Katers sie gekitzelt haben. Komm, sagt sie zur Katze, ich zeig Dir mein neues Haus.
Mitgefühl und Traurigkeit, aber auch eine tiefe Berührtheit füllen mich aus. Das war ich. Ein einsames Mädchen mit einem einzigen Freund. Mein Herz zittert in dieser Begegnung. Ich seufze auf. Melmoth legt mir seine Hand auf die Schulter. Du warst ja richtig schnuckelig, sagt er. Ich puffe ihn in die Seite. Die kleine Meriel hat inzwischen ihr Haus erreicht und hebt den Vorhang. Neugierig schaut die Katze ins Innere und beginnt die Wände zu beschnüffeln. Das Mädchen schlüpft neben dem Kater ins Häuschen und setzt sich auf die Decke. Sie hebt die Katze auf ihren Schoß und Tommy schmeichelt weiter.
Vater kommt nach Hause. Die kleine Meriel hebt den Vorhang, die Katze am Schoß und sagt: Schau, Papa. Wie alt er damals schon ausgesehen hat, denke ich. Regenmantel, Schirm, eine dicke schwarze Tasche. So habe ich ihn in Erinnerung. Kein Hut, fällt mir gerade wieder ein. Mein Vater hasste Hüte und trug nie einen, selbst nicht bei strenger Kälte. Schön, sagt er zur kleinen Meriel, aber nachher räumst Du alles wieder weg. Er geht ins Haus. Das Mädchen ist still und verlegen. Es streichelt die Katze. Aber das Haus ist nichts mehr wert. Nur ein: Schön. Und räum es dann wieder weg. Mein Herz krampft sich zusammen. So war es, so war es. Ich war ein kleines verlorenes Mädchen und lebte mit zwei großen verlorenen Kindern zusammen. Plötzlich kann ich sehen, dass auch mein Vater nie Anerkennung erhielt von seinem Vater, der ebenfalls ein gefühlsgehemmter Mann war. Nur in seinen letzten Lebensjahren brach mein Großvater immer wieder in Tränen aus, aus oft banalen Gründen. So setzt sich das fort, denke ich. Es setzt sich immer fort. Bis zu dem Augenblick, in dem wir die Kette durchbrechen.
Komm, sagt Melmoth, es gibt noch mehr zu sehen. Meine Beine sind verschwunden. Die kleine Meriel sieht auf: Ich komm mit. Sie verlässt den Garten und gibt mir die Hand. Wo warst Du all die Jahre? Du hast Dich überhaupt nicht um mich gekümmert, schmollt das Kind. Ich bin betroffen. Es stimmt, ich habe über meine Kindheit ein großes, schwarzes, erstickendes Tuch gebreitet. An dem Tag, an dem ich beschloss, erwachsen zu werden. Ich

erinnere mich noch ganz genau. Es war so um meinen zwölften Geburtstag. Ich saß am Morgen aufrecht im Bett, es war noch sehr früh, schon hell, aber noch keine Sonne am Himmel. In diesem Moment sagte ich mir, dass es keinen Sinn hat, Kind zu sein. Es nimmt ja doch niemand wahr. Und ich wurde erwachsen. Kurz darauf setzte die Regel ein, ich bekam Brüste und Behaarung. Alles unter ganz kurzer Zeit. Meriel wird nun eine Frau, sagte mein Vater und Mutter meinte: Du musst sie jetzt allein ins Badezimmer gehen lassen. Das war alles. Aber es war zu wenig, um in der Erwachsenenwelt wirklich anzukommen. So blieb ich die ganze Zeit dazwischen. Nicht mehr Kind und doch nicht erwachsen.
Wo hast Du Deine Beine? fragt die kleine Meriel. Vorübergehend aufgelöst, sage ich. Das irritiert das Kind nicht einen Moment. Komm, sagt es, ich zeige Dir etwas. Ich schwebe mit ihr mit. Auch mein Schweben verunsichert die kleine Meriel überhaupt nicht. Melmoth geht schmunzelnd hinter drein. Was? zische ich in seine Richtung. Ihr seid ein hübsches Paar, passt gut zusammen, kommt es von hinten zurück. Wer ist das? fragt die kleine Meriel. Das ist Melmoth, der Wanderer. Und wo wandert Melmoth? Er wandert durch die Welten, durch diese und durch andere. Das Kind bleibt stehen: Willst Du mir die Hand geben, Melmoth? Gern, sagt dieser und schließt auf. Was willst Du uns zeigen? Meinen Nachtgarten, sagt sie. Ich blicke Melmoth an. Der hebt fragend die Schultern. Ihre Welt, sagt er knapp.
Wie eine hochaufragende Mauer steht Dunkelheit vor uns. Darin verstecke ich mich jede Nacht, sagt die kleine Meriel. Ich schweige betroffen. Ein Kind, das keine Angst vor der Dunkelheit hat. Ein Kind, das sich in der Dunkelheit versteckt. Ich beginne zu begreifen, warum ich mich im Licht nie wohl gefühlt habe. Wir treten über die Schwelle zwischen Licht und Schwärze. Die Dunkelheit ist nicht ganz dunkel. Ein feines, schmeichelndes Licht, silbrig glänzend wie das des Mondes, liegt über dem Garten, der sich in der Düsternis auftut. Dunkelrote Blumen, dunkelblaue Blumen, dunkle Wegsteine, dunkle Bäume, dunkle Bänke. Hier kann ich gut einschlafen, sagt die kleine Meriel. Sie springt voraus und winkt uns zu sich. Hier, sagt sie, schaut. Ein Brunnen, von einem Wasserspeier gespeist. Ein fingerdicker Strahl kommt aus dem Maul einer gequälten Kreatur. Das Gesicht macht mich betroffen. Es ist mein Gesicht. Tränen, sage ich, hier fließen meine,

unsere Tränen. Melmoth nimmt mich wieder um die Schulter. Die kleine Meriel tanzt fröhlich um den Brunnen. Ich weiß, ich habe mich oft in den Schlaf geweint. Ich weiß, dass die Tränen mir Erleichterung gebracht haben und ich dann einschlafen konnte. Erst als ich beschloss, erwachsen zu werden, habe ich aufgehört zu weinen. Der Brunnen ist versiegt. Die Erleichterung verflogen. Alles wurde schwer und hohl zugleich. Kein Gefühl durfte mehr sein, denn es hätte an die ungeweinten Tränen erinnert. Ich beginne zu weinen, hemmungslos zu weinen. Die Tränen fließen wieder. Die kleine Meriel hält meine Hand und streichelt sie. Ich berge mein Gesicht an Melmoths Schulter und weine, scheinbar endlos. Nein, nicht endlos, sagt er, nur genug. Langsam wird es hell. Der dunkle Garten ist verschwunden. Die kleine Meriel ist verschwunden. Wo ist das Kind? frage ich Melmoth. Es ist in Dir, sagt er, in Deinem Herzen. Es wird Dich dort weiter begleiten. Wie zur Antwort schlägt mein Herz froh und frei. Aber meine Hände sind verschwunden.

Wir ziehen weiter, ich schwebend, Melmoth neben mir, schon wieder Pfeife rauchend. Brauchst Du die immer noch? frage ich. Ein bisschen muss ich Dich noch unterstützen, aber dann kann ich sie weglegen, antwortet er. Meine Eltern stehen vor mir. Stumm blicken sie mich an, mit leeren Augen und leeren Gesichtern. Doch ich kann mich jetzt vor ihnen verneigen und ihnen für alles danken. Aber vor allem, ich sehe deutlich ihren Schmerz, ihr nicht gelebtes Leben. Sie haben es nicht gelernt und warfen sich der Verbitterung an den Hals. Hinter ihnen steht plötzlich eine Ansammlung von Menschen, alle traurig, alle verbittert, alle voller Schmerz über ihr unerfülltes Leben. Die Großeltern stehen da und blicken mich an, weitere ältere und jüngere Frauen und Männer, in Kleidern, die ich noch nie gesehen habe. Bis an den Horizont reicht die Menge, sich wie ein Keil immer mehr verbreiternd. Sie alle blicken mich unglücklich an, aber auch so etwas wie Hoffnung ist in ihren Augen. Und Liebe. Wenn Du Dein Schicksal erfüllst, dann haben sie nicht umsonst gelebt, sagt Melmoth sanft. Dann führt er mich durch die Menschenmenge. Sie bildet eine Gasse. Ich blicke in ihre Augen. Manche haben mehr zu sich gefunden, andere weniger. Ein Mann kniet vor mir nieder und will gesegnet werden. Andere tun es ihm gleich. Ich berühre seinen Kopf. Ich berühre jeden Kopf, der sich vor mir neigt. Mit meinen Händen, die es gar nicht mehr gibt.

Aber ich spüre die Verbindung. Ich spüre, dass ich sie berühre. Ich spüre, dass ich sie liebe. Weiter und weiter schwebe ich und ich löse mich dabei immer mehr auf. Fürchte Dich nicht, sagt Melmoth, Du gehst nicht verloren Du gibst einfach nur zurück, was Du empfangen hast. Und auch sie gehen nicht verloren. Sie sind alle in Dir. Das bist auch Du. Ich nicke. Mein Kopf ist noch da. Aber langsam verschwindet auch er. Ich spüre, wie ich mich ganz auflöse. Zuletzt verschwinden meine Augen und dann mein Gehör. Ich höre nichts mehr. Ich sehe nichts mehr. Und ich wache in einem halbdunklen Raum auf und fühle meinen eigenen Atem. Geräusche rund um mich, die ich nicht weiter identifizieren kann.
Langsam setze ich mich wieder zusammen. Ich wähle mich wieder. Mein Atem kommt und geht. Ich spüre meine Nase, in die kühl die Luft eintritt und wieder austritt, gewärmt von meinem Körper. Ich nehme meine Hände wahr, indem ich sie vor mir langsam bewege. Ich liege auf einer der Bänke im Weißen Kamel und spüre, wo mein Kopf, mein Rücken, mein Gesäß und meine Beine die Härte der Unterlage empfinden. Meine Augen gewöhnen sich an das Schauen und ich sehe Melmoth, auf einem der altmodischen Holzsessel sitzend, die sie in der Gaststätte haben. Er klopft seine Pfeife aus. Die brauchen wir jetzt wirklich nicht mehr, sagt er und legt sie vor sich auf den Tisch. Wie fühlst Du Dich? Ich setze mich auf und mir wird schwindlig. Langsam, sagt Melmoth, Du musst Dich an Deinen Körper erst wieder gewöhnen. Ich freu mich, dass Du ihn wieder gewählt hast. Mit meinen Händen stütze ich meinen Kopf und setze die Beine vorsichtig auf dem Boden ab. Hast Du etwas zu trinken? frage ich Melmoth. Der Wirt bringt eine Wasserflasche und ein Glas aus einem Regal, gießt das Glas voll und reicht es mir. Auch er sieht mich gespannt und prüfend an. Danke, sage ich und nehme es, führe es an meine Lippen und trinke. Alles ist mir voll bewusst. Keine Gedanken, keine Gefühle stören. Nur trinken, nur der Geschmack des Wassers in meinem Mund, nur die erfrischende Kühle, die in meine Speiseröhre fließt und in meinem Magen ankommt. Melmoth sitzt nun neben mir und hält meine Hand. Ich fühle mich leer. Aber in diese Leere hinein taucht ein frohes Gefühl auf. Wir haben viel geschafft. Ich schaue Melmoth an. Wie tief ich diesen Menschen liebe. Erst jetzt fühle ich mich fähig, ihn ganz und gar zu lieben. Ich küsse ihn und streiche durch sein Haar. Er

umarmt mich sachte und zärtlich. Wir sind eins. Ich versinke in diesem Gefühl, das endlich den Platz in mir findet, den es verdient.

Es füllt mich ganz aus.

Mordversuch

Wir wollen die Stadt sofort nach der Reise wieder verlassen. Albert sperrt das Weiße Kamel zu und bringt uns mit seinem Auto zum Bahnhof. Er steigt mit uns aus und begleitet uns bis zum Eingang. Ich hol mir noch eine Zeitung, sagt er. Es ist einiges nach Mitternacht und nur wenige Menschen sind in den Hallen unterwegs. Die Fahrkartenschalter sind nicht geöffnet und wir holen uns Kaffee aus dem Automaten und wollen hier auf den Morgen warten. Da tritt plötzlich ein mittelgroßer, mit einer Sportjacke bekleideter Mann vor mich hin und zieht eine Pistole aus seiner Seitentasche. Er hebt sie ruckartig hoch, doch bevor er abdrücken kann, springt Melmoth dazwischen. Die Kugeln treffen ihn in den Oberkörper und er sackt nach hinten, genau in meine Arme. Ein mächtiger Schlag des Wirten auf das Ohr lässt den Killer taumeln und stürzen. Er verliert seine Pistole, die scheppernd über den blanken Boden rutscht. Der Mann springt auf und läuft blutend davon. Auch Albert verschwindet in der Gruppe Neugieriger, die die Szene umringen.
Ich lasse Melmoth langsam zu Boden sinken und knie hinter ihm nieder, seinen Oberkörper stützend. Er atmet noch. Meine Hände sind voll Blut. Verzweifelt schreie ich die Leute an: Holt die Rettung. Ein Mann zeigt mir sein Handy, kommt schon. Ich drücke Melmoth an mich, bleib da, bitte, bleib da. Er ist ohnmächtig. Ein Polizist taucht auf, spricht in sein Funkgerät, drängt die Leute zurück. Wie durch einen Schleier bekomme ich alles mit. Ein zweiter, dritter läuft durch die Halle, ich kann ihre Schritte hören und sehe sie. Eine Polizistin beugt sich zu mir und drückt meine Schulter, wollen Sie loslassen? Nein, sage ich. Eine Sirene kommt näher, vor dem Eingang des Bahnhofs drehendes rotes Licht. Zwei Sanitäter mit einer Bahre laufen herein. Eine Ärztin kniet neben mir und Melmoth nieder, bitte legen Sie ihn flach auf den Boden. Sie legen ein Kissen unter seinen Kopf. Die Ärztin fragt weiter: was ist passiert? Ich stammle, er wurde angeschossen. Wie viele Kugeln?

fragt die Ärztin, während sie Melmoths Hemd öffnet. Zwei oder drei, ich weiß nicht, stottere ich. Es sind drei Wunden im linken Brustbereich. Druckverband, sagt die Ärztin, ein Sanitäter reicht ihr die Verbandspolster. Halten Sie sie drauf, aber ohne Druck, sagt die Ärztin ruhig, dann ruft sie: NaCL-Lösung. Der andere Sanitäter bringt die Flasche mit dem Schlauch. Geschickt sticht die Ärztin in Melmoths Arm und hängt den Schlauch an. Der Sanitäter hält den Beutel hoch. Die Blutung stoppt. Die Ärztin kontrolliert den Pulsschlag. Unglaublich, sagt sie, eine Kugel muss direkt das Herz passiert haben, aber es schlägt noch immer. Sie nimmt den Beutel. Die Sanitäter betten Melmoth vorsichtig auf die Trage. Er kann nicht sterben, sage ich mir. Aber etwas in mir will das nicht glauben und sagt, er darf nicht sterben. Ich stehe auf und laufe neben der Bahre mit. Automatisch, mit angstvollem Blick, völlig blutverschmiert. Leute weichen zurück, als wir vorbei kommen. Die hintere Türe des Rettungswagens steht offen. Melmoth wird mit der Bahre in den Wagen geschoben. Die Ärztin steigt ein. Kommen Sie, sagt sie zu mir. Ich sitze neben Melmoth und halte seine Hand. Während der Fahrt achtet die Ärztin auf Melmoths Atmung. Sie führt einen Schlauch in seinen Mund und hält die unverletzte Lunge am Atmen. Ich habe das Gefühl, dass Melmoth meine Hand drückt. Es wird schon wieder, sagt eine Stimme in mir. Ich atme durch.

Dann das Warten vor dem Operationssaal. Sie haben mich mit Tee versorgt und boten mir Beruhigungsmittel an. Ich nehme nur den Tee. Melmoth hat mir das Leben gerettet. Man liest so etwas in Kitschromanen oder sieht es in Kitschfilmen. Jemand wirft sich als Schutzschild vor einen anderen. Aber der liebste Mensch der Welt tut das? Der Schreck sitzt immer noch tief in mir. Schön langsam glaube ich zwar, dass Melmoth am Leben bleiben wird, doch die Wunden sahen schrecklich aus. Drei Stunden später kommt ein Arzt auf mich zu. Beruhigend legt er seine Hand auf meinen Arm. Er ist durch, sagt er, wir haben die Kugeln gefunden und herausoperiert. Was wir nicht verstehen: eine hat direkt sein Herz durchschlagen, aber es arbeitet weiter. Unfassbar. Egal, Hauptsache, er lebt. Und er hat eine gute Konstitution. Er wird wieder aufwachen und weiterleben. Kann ich bei ihm bleiben? frage ich. Ja, wir werden ihn in ein Einzelzimmer legen. Ihre Nähe wird ihm gut tun.

Sie schieben Melmoth vorbei. Vor seiner Nase ein Beatmungsschlauch. Er hat ein frisches Nachthemd an und ist völlig vom Blut gesäubert. Ich gehe mit und folge dem rollenden Bett. Ein Mann im Regenmantel schließt sich uns an. Ich spüre keine Kälte, also fühle ich mich sicher. Im Weitergehen zeigt er mir seine Dienstmarke. Kriminalkommissar. Natürlich, jetzt muss ich aufpassen, sonst fliege ich auf. Der Haftbefehl ist sicher noch gültig. Wir setzen uns vor dem Zimmer, in das Melmoth geschoben wird, auf zwei Krankenhausstühle. Ich beantworte seine Fragen, so gut ich kann. Ich weiß keinen weiteren Namen. Nur Melmoth. In seinem Ausweis steht Tarassow, kann das stimmen? Schon möglich, sage ich, ich kenne nur Melmoth. Kennen Sie ihn schon lange? Erst seit ein paar Wochen, sage ich. Was tun Sie miteinander? Wir reisen, sage ich. Hat Melmoth Feinde? Wer könnte auf ihn geschossen haben? Ich weiß es nicht, lüge ich, er hat nicht darüber gesprochen. Wir werden einen Polizisten vor der Türe postieren, falls es noch einmal probiert wird. Ich nicke, das ist gut. Ich sage nicht, dass es für mich gut ist. Denn die Bruderschaft wird sicher weiter versuchen, mich zu töten. Wo sind unsere Reisetaschen? frage ich den Kriminalkommissar. Wir haben sie sichergestellt, wenn Sie wollen, können sie hierher gebracht werden. Das wäre schön, sage ich, ich muss mich umziehen. Natürlich, natürlich. Ich lasse Sie jetzt allein. Vielleicht können Sie auch ein wenig schlafen. Am Vormittag werde ich wieder kommen. Dann werden wir das Protokoll aufnehmen. Aber das hat Zeit. Die Fahndung läuft schon. Es gibt Zeugen, die den Mann beschreiben konnten. Er verabschiedet sich.

Später werden unsere Gepäckstücke gebracht. Ich sitze in der Zwischenzeit an Melmoths Bett, der ruhig schläft. Die Überwachungsgeräte summen leise. Die Stabilisierungslösung hängt neben seinem Bett auf einem Gestell. Der Schlauch ist immer noch mit seinem Arm verbunden.

Ein Polizist draußen klopft vorsichtig an und fragt, ob er die Taschen herein bringen soll. Ich öffne die Türe: Bitte, und stellen Sie sie einfach irgendwo hin. Das tut er und geht wieder nach einem Blick auf den schlafenden Melmoth. Ich ziehe meine blutigen Kleider aus. Dann öffne ich meine Tasche und hole Kleidungsstücke heraus. Hmm, schön, Dich zu sehen, murmelt Melmoth. Ich blicke ihn erstaunt an und stottere: Du, Du bist wach! Leise, sagt er gedämpft, der Polizist darf nichts mitkriegen. Ich setze mich neben ihn auf die Bettdecke: Wie geht es Dir? Die Wunden schließen sich schon, wir können bald gehen, antwortet er. Du willst weg? Wir müssen, entgegnet er. Sie werden es möglichst rasch wieder probieren. Vielleicht sind sie schon unterwegs. Wir dürfen nichts riskieren. Was sollen wir tun? frage ich. Er streichelt mein Haar, Du bist so schön. Ich küsse seine Hand und halte sie an mein Gesicht. Was für ein Mensch. Zieh Dich an, sagt Melmoth leise, und hol mir Gewand aus meiner Tasche. Dann geh hinaus und bitte den Polizisten, Dir beim Tragen zu helfen. Sag, dass Du doch nach Hause gehen willst und dass der Kommissar Dich dort antreffen kann. Sie haben Dich noch nicht überprüft, sonst müsste ich Dich schon wieder im Gefängnis besuchen. Melmoth spricht ein wenig mühsam, aber klar verständlich. Und er lächelt dabei. Fahr mit dem Taxi wieder zum Bahnhof. Nimm im Hotel gegenüber ein Zimmer, aber unter einem anderen Namen, Andrea Tröscher. Ich werde hier verschwinden, während der Polizist Dir hilft, und bald nachkommen. Wir haben keine Zeit, Dein Name kann im Polizeicomputer auftauchen und dann nehmen sie Dich fest. Ich gebe ihm wahllos Kleidungsstücke aus dem Koffer. Hilf mir, mich anzuziehen. Vorsicht, die Geräte dürfen nicht Alarm schlagen. Er zieht den Schlauch aus seinem Arm und ich helfe ihm, in Hose und Hemd zu schlüpfen, ohne die Sensoren zu lösen. Dann ziehe ich ihm Socken an, nehme die Schuhe aus dem Seitenfach seiner Tasche und stülpe sie ihm über die Füße. Er legt sich wieder unter die Decke. Gut, schnauft er, häng mir bitte die Jacke aus meiner Tasche neben die Türe. Wenn ich verschwinde, muss es sehr schnell gehen. Ich suche die Jacke und hänge sie auf. Dann schlüpfe ich in meinen Mantel und küsse Melmoth. Bis bald, sagt er, ich werde um zehn Uhr im Hotel sein. Schlaf Dich noch ein bisschen aus. Er legt sich wieder ins Bett und deckt sich ganz zu, um den Polizisten zu täuschen. Vorsichtig öffne ich die Türe und sage zu dem wartenden Beamten: Ich fahre doch nach Hause, mir ist nicht gut. Können Sie mir helfen, die Reisetaschen wieder nach unten zu tragen? Natürlich sagt er und nimmt beide hoch. Die Nachtschwester ruft ein Taxi und wenig später betrete ich ein Hotel gegenüber dem Bahnhof. Ich nehme ein Zimmer, lasse unser Gepäck nach oben bringen und falle dort, noch angezogen, ins Bett und in einen tiefen, traumlosen Schlaf.

Erst der Klingelton des Telefons, mit dem mich die Rezeption weckt, bringt mich ins Leben zurück.

Wanderurlaub

Wie vereinbart holt mich Melmoth um zehn Uhr ab. Vor dem Hotel parkt ein Leihauto. Melmoth sieht unglaublich erholt aus. Spürst Du noch etwas? frage ich. Nur ein wenig, besonders wenn ich lache. Ich wende mich kopfschüttelnd ab und blicke aus dem Fenster. Warum nimmt er so etwas wie heute Nacht nicht ernst? Melmoth schaut nach hinten, blinkt und fährt los. Häuserzeilen ziehen vorbei, Menschen, Autos auf den Straßen, normales Leben. Die Häuser werden niedriger, Gärten schließen an, Kinder spielen in Parks. Die Sonne scheint. Tarassow, frage ich, woher kommt Tarassow? Der Zar hat mir diesen Namen gegeben. Ich hatte bis dahin keinen zweiten.
Und was jetzt? frage ich, als wir die Stadt hinter uns gelassen haben. Wir machen Urlaub, sagt er und grinst unverschämt, in den Bergen. Was? frage ich überrascht. Wir gehen wandern, wie tausende andere Menschen auch in dieser Jahreszeit. Da fallen wir nicht weiter auf. Denn wie heißt ein chinesisches Sprichwort: Wenn Du es eilig hast, geh langsam. Der Mann überrascht mich immer wieder. Wie soll das funktionieren? Ganz einfach, meint er. Wir kaufen uns Wanderkleidung, verlieren dieses Auto hier irgendwo, wo wir es der Mietgesellschaft zurückgeben und fahren mit der Bahn zu irgendeinem Gebirge. Das ist der Plan, sagt er.
Unterwegs halten wir bei einigen Einkaufszentren und besorgen uns die nötige Ausrüstung. Damit wir nicht durch einen Großeinkauf auffallen, immer nur ein paar Stück. Auf einem Flughafen geben wir das Auto zurück und nehmen einen Zug. Wir fahren kreuz und quer, damit wir unsere Spur verwischen. Am Rande der hohen Berge steigen wir aus und übernachten erst einmal in einer kleinen Pension. Es ist immer noch seltsam, Melmoth so nahe zu sein, zusammen die Sachen im Kasten verstauen und vereinbaren, wer zuerst ins Bad gehen darf. Ich darf, ziehe dort mein Nachthemd an und laufe ins Zimmer, um auf `meiner´ Seite ins Bett zu schlüpfen. Melmoth lacht: Du hast Dich schon eingerichtet? Mit einem Nicken verschwinde ich unter der Decke. Es ist einfach zu peinlich. Obwohl wir unsere erste `Nacht´ bereits

hinter uns haben, fühle ich mich im Augenblick wie ein sechzehnjähriges Mädchen, das auf einem Skikurs mit einem Jungen Sex haben wird. Wir werden jetzt jede Nacht nebeneinander schlafen. Wir werden ein richtiges Eheleben führen. Wir werden....
Melmoth kommt im Pyjama aus dem Bad, legt sich nieder und löscht das Licht. Und, sagt er, soll ich rüber kommen? Oder willst Du lieber in Ruhe schlafen? Mein ganzer Körper kribbelt heftig und fast kommt mir vor, als werde ich schwindlig. Ich öffne meine Decke. Kommen wäre schön, sage ich, noch ein wenig aufgeregter, und er rutscht herüber. Ganz vorsichtig umarmt er mich und küsst mich sanft auf die Lippen. Und ich versinke in Erregung und Wohlbehagen und gebe mich ganz dem hin, was noch folgt.
Wir sind schon eine Woche unterwegs und haben einige kurze Wanderungen hinter uns. Einmal übernachten wir in einem Luxushotel, ein andermal in einem Hostel, einmal sogar im Stroh. Ich schwebe auf einer Wolke, denn die Nächte mit Melmoth sind wunderbar. Ich fühle mich ganz als Frau, als begehrte Frau. Und Melmoth hat, so sagt er, durch mich wieder in seine Liebesfähigkeit zurück gefunden. Wie verliebte Teenager umarmen wir einander die ganze Zeit und küssen uns ungeniert. Mit dem Wandern lassen wir uns Zeit und gehen erst einmal die Schuhe ein. Das bedeutet, dass wir immer wieder einen faulen Tag einschieben, wenn uns danach ist.
Die Natur und die Berge ringsum lassen uns fast vergessen, dass wir auf der Flucht sind. Ich erhole mich langsam von den Schocks, die die Verhaftung und der Mordversuch in mir hinterlassen haben. Meine Brust wird wieder frei und füllt sich begierig mit der klaren, energievollen Luft die uns umgibt. Als wir an einem wunderschönen Alpensee ankommen, nehmen wir am nächsten Morgen das Schiff und fahren in eine kleine Stadt am anderen Ende. Die Fahrt genieße ich sehr, die herabstürzenden Berghänge, das Grün und die Ruhe. Wir beschließen, mit dem Nachtzug in ein anderes Land zu fahren und dort weiter zu wandern.
Am nächsten Morgen steigen wir in einer großen Metropole aus und erkunden die weiteren Reisemöglichkeiten. Melmoth scheint sich auszukennen, denn er sucht gezielt einen Ort mitten in den Bergen. Eine Busverbindung besteht, aber wir werden den ganzen Tag unterwegs sein. So beschließen wir, noch in der Stadt zu bleiben und erst am nächsten Morgen loszufahren. Die Hinfahrt ist

atemberaubend schön. Ein wunderbarer Tag empfängt uns im Gebirge, der Bus klettert höher und höher, zuletzt nur mehr eine schmale Straße, neben der einige Häuser wie auf einer Aussichtsterrasse stehen. Immer wieder sind seitwärts Buchten in die Straße eingelassen, um Entgegenkommenden eine Ausweichmöglichkeit zu geben. Im letzten Ort verlassen wir den Autobus. Es ist Abend und nachdem die Sonne untergegangen ist, wird es rasch kühl. In einer kleinen Pension nehmen wir uns ein Zimmer. Es sind die letzten Nächte unserer Reise.

Aber das weiß ich in diesem Augenblick noch nicht.

Der Bergfriedhof

Hohe Berge umgeben uns. Über viertausend Meter hoch, sagt Melmoth. Ich bin überwältigt. Wir wandern durch ein Bergtal von ungeheurer Schönheit. Hellgrünes Wasser zischt einen Bachlauf entlang, Steine schillern sonnenbestrahlt. Dazwischen Pflanzen, die vor Kraft fast bersten. Ich kannte so hohe Berge bisher nur aus Magazinen oder dem Fernsehen. Jetzt umstehen sie mich mit ihrem würdevollen Dasein. Wie uralte Riesen, die mich bergen und umfangen wollen. Alles berührt mich ganz tief. Der kühlsanfte Wind, der an meiner Haut zärtlich vorüber streicht. Die klare Luft, die meine Lungen gierig aufnehmen. Die kantigen Linien der Abbrüche, in einen blassblauen Himmel hinein gestellt. Die verdrehten Stämme der Windföhren, die sich verzweifelt an hervorspringenden Felsen festkrallen. All das hebt mich innerlich hoch und bringt meinen Geist in völlig neue Sphären.
Und ich höre sie wieder, die Stille. Hinter jedem fallenden Stein, der in den nahen Wänden widerhallt. Im Plätschern der fallenden Wasser, das sich mit Glucksen und Strömen in seinem Bachbett verwirbelt. Alles hat einen Ton, auch wenn er fast unhörbar ist. Und hinter allem tönt die Stille, meine vertraute Freundin. Ich lasse mich von allem nehmen, so wie ich mich Melmoth hingebe, wenn wir abends unter die Decke schlüpfen und engumschlungen einschlafen. So etwas habe ich vorher noch nie in mir gefühlt. Eine bedingungslose Heiterkeit und Leichtigkeit ist in mich eingekehrt. Eine Zeile von Wolf Biermann, die ich in meiner Jugend aufgeschnappt habe und die sich tief in mir verborgen gehalten hat,

steigt wieder hoch: Es gibt ein Leben vor dem Tode. Ja, das gibt es, lache ich innerlich. Jetzt spüre ich es. Jetzt genieße ich es. Ich nehme Melmoths Hand und beginne wie ein kleines Mädchen springend zu laufen. Er macht mit, ebenso fröhlich, ebenso glücklich, ebenso mit allem verbunden. Eine Wandergruppe kommt uns entgegen und die Menschen lachen mit uns. Ein paar beginnen sogar zu tänzeln und auch zu hopsen.
Später packen wir unsere Vorräte aus und picknicken inmitten dieser fast übernatürlichen Pracht. Ein vollkommener Moment. Wurst, Brot, Käse, Tomaten. Alles mischt sich im Mund mit der kühlen Bergluft. Alles schmeckt unbegreiflich anders. Der banale Akt des Essens, umgeben von der Majestät der Landschaft und von Bergspitzen, die den Himmel liebkosen. Wir trinken das eiskalte Wasser aus dem Bach. Wir liegen auf unserer dünnen Decke und genießen das Spiel der Wolken. Melmoth schläft ein, schläft tief und ruhig, bis ich ihn mit einem Blumenstängel wecke. Weiter, sage ich, es gibt noch viel zu schauen. Er rollt sich hoch und beginnt zu packen. Wir legen gemeinsam die Decke zusammen und verstauen sie im Rucksack. Sorgfältig sucht Melmoth den Platz ab, ob wir auch keine Reste zurücklassen. Wir wandern weiter in einen Nachmittag hinein, der nichts als Zuckergüsse und Freudensprünge für uns bereithält.
Am nächsten Morgen schlägt Melmoth vor, dass wir in den Ort hinunter gehen, den wir bei unserer Herfahrt passiert haben. Er möchte einen berühmten Bergsteigerfriedhof besuchen. Ich nicke und freue mich, dass es ein Spaziergang wird, für den wir keinen vollen Rucksack brauchen. Heute sind Wolken am Himmel und es könnte, so hat unsere Hauswirtin gesagt, regnen. Aber erst später, am Nachmittag. Also haben wir unsere dünnen Regenjacken in eine kleine Tasche gepackt, die Melmoth trägt. Er ist ernst und ein wenig verschlossen. Ich kenne ihn so und weiß, dass er dann wieder von unserer gemeinsamen Aufgabe erfasst ist. Das Herz hat gerufen? frage ich. Er nickt. Was sollen wir tun? Er zuckt mit den Schultern. Wir werden es wissen, wenn es soweit ist.
Schweigsam machen wir uns auf. Es ist ein leichtes, dem breiten Wanderweg zu folgen, der die beiden Dörfer verbindet. Von unten kommen Wanderer entgegen, die freundlich grüßen. Wir grüßen zurück. Kurz sehen wir unter uns die schmale Straße, die auch wir gekommen sind. Autos begegnen einander und es ist irgendwie

lustig anzusehen, wie eines schnell in eine Ausweichbucht abbiegt, um das andere durchzulassen. Die beiden Fahrer grüßen einander mit einer freundlichen Geste. Wie einfach ist es, wenn Menschen einander lieben, sagt Melmoth. Finde ich auch, sage ich, und umarme ihn von hinten. Im unteren Ort mit einem unaussprechlich langen Namen trinken wir Kaffee. Ein köstlicher Kuchen wird dazu gestellt und verklärt den Moment wieder einmal himmlisch. Dann sagt Melmoth: Jetzt. Wir zahlen und gehen. Beide spüren wir einen tiefen Ernst in uns. Wir sind schon eine Seele, wenn es um unsere gemeinsame Aufgabe geht. Oder um unsere Liebe.

Der Weg zum Friedhof ist gut beschildert. Hier liegen viele Leute, die in den Bergen ringsum ums Leben gekommen sind. Schönheit und Tod, so nahe beisammen. Langsam gehen wir durch die Gräberreihen, wieder die Stille, wieder mit Frieden im Herzen. Ein Leben beginnt, ein Leben endet. Eine Meditation in Vergänglichkeit. Namen, Geburts- und Sterbedaten, manchmal ein Spruch, oft banal, soweit ich ihn mit meinen Schulkenntnissen übersetzen kann. Behauene Steine, glatte kühle Flächen, in die Worte gefurcht sind, vertrocknete Blumen. Verkommene Grabstätten neben pompösen Denkmälern, frische Erdhügel neben aufgelassenen Gräbern. Es gibt ein Leben vor dem Tod. Und es gibt Leben nach dem Tod. Das hier sind Zeichen des Lebens. Des Lebens jener, die zurückgeblieben sind, aber selbst einmal hier ankommen werden.

Es ist Zeit, sagt Melmoth ruhig. Ich habe es im selben Moment gespürt. Du musst den Platz finden, sagt er weiter. Ich sehe ihn bereits. Über einem Grab schwebt ein helles, eigentlich unsichtbares Licht in Form eines Prismas. Komisch, dass mir der Begriff aus meiner Schulzeit sofort einfällt. Es steht wie ein Signal über der Grabstätte. Langsam gehen wir näher. Alles rundum ist erstarrt. Wieder die Zeitlosigkeit. Nur wir beide bewegen uns.

Ein einfaches Grab, nichts Besonderes. Eine Marmorplatte schließt es nach oben ab. Ein einfacher Stein mit mehreren Namen darauf. Also eher Ortsbewohner als Bergsteiger. Es lässt sich nicht ausmachen, ob es besucht wird. Aber es wirkt sauber und gepflegt. Und dann das Prisma, darüber schwebend. Melmoth verstaut unsere Tasche hinter dem Grabstein. Dann nehmen wir einander an der Hand und steigen auf die Platte in das oszillierende Element. Wir schließen die Augen. Ich schnippe mit den Fingern.

Augenblicklich lösen wir uns total auf. Kein Körper, keine Form, keine Begrenzung, kein Innen, kein Außen. Nichts. Ein intensiver Duft kommt uns entgegen. Ich sauge ihn ein, obwohl da keine Nase ist. Scheinbar sind in meiner Unkörperlichkeit alle Funktionen intakt. Ich sehe, ich rieche, ich spüre Melmoths Hand, ich höre ein krakelndes Knistern, fast wie das von dünnen trockenen Hölzern, die verbrennen. Ich spüre sogar Geschwindigkeit.

Aber, ich bin nicht da.

Neti-Neti

Wohin gehen wir, Melmoth? frage ich. Zu Deinem dunklen Strom. Der dunkle Strom? Was ist das, frage ich mich innerlich. Ich kann mir nichts darunter vorstellen. Melmoth liest meine Gedanken und sagt: Musst Du auch nicht. Wie ich seine knochentrockenen Antworten liebe. Wir stapfen irgendwo in einer Nicht-Landschaft. Weit und breit kein Anhaltspunkt. Sandige, staubige Böden. Kaum Erhebungen, ein konturenloses Licht. Es ist weder heiß noch kalt, weder angenehm noch unangenehm. Und wo sind wir jetzt? setze ich meine Fragen fort. In Deinem Geist, kommt die Antwort. Ja, schon, aber wo, in welcher Abteilung? In der Nicht-Abteilung, Unterabteilung: Mir ist nichts eingefallen. Du meinst, ich habe das hier erfunden? Die Antwort kommt rasch: Ja, natürlich, wer denn sonst? Und wie mach ich das? bohre ich weiter. Indem Du Gedanken versanden lässt. Solche Flecken in Deinem Geist sind Ergebnisse von langweiligen Denkprozessen an einem bedeutungslosen Nachmittag vor der Glotze oder mit einem Buch, dass Dich überhaupt nicht interessiert. Ich sehe solche Nachmittage vor mir. Es gab viele davon in meinem Leben. Zu viele. Das lauteste Geräusch ist der Fernseher, den ich extrem leise gestellt habe. Oder das Ticken der großen Uhr an der Wand, die Thomas anschaffte, weil er ständig Angst hatte, einen Sendungsbeginn zu versäumen. Ich habe viele Sendungsbeginne versäumt. Ich habe auch viele Sendungen versäumt, obwohl ich vor dem Fernsehgerät saß und definitiv hineinblickte. Wäre jemand gekommen und hätte mich dieser Jemand gefragt, was gerade läuft, dann wäre ich aufgeflogen. Ich wusste es oft nicht. Das TV-Gerät war für mich eine Zeitfüll-Maschine, ungefähr wie ein Popcornautomat, unter

den man Säckchen hängt, zwecks Befüllung. War eines voll, so wurde es zur Seite gestellt und das nächste Säckchen hervorgeholt. Ich hatte manchmal bei der Herstellung von Popcorn zugeschaut, wenn Thomas und ich ins Kino gingen, was selten genug vorkam. Diese Maschinen haben mich immer fasziniert. Es sah so ordentlich aus. Ein Säckchen nach dem anderen wurde mit Popcorn angefüllt und verkauft. So ging ich mit meinem Leben um. Und nun sehe ich das Ergebnis vor mir. Wüst, sandig. Und völlig verloren.
Und wann kommen wir zum dunklen Strom? frage ich. Melmoth wird ernst: Dann, wenn der Strom findet, dass Du reif bist. Man findet den dunklen Strom nicht, er zeigt sich uns. Jeder von uns könnte seinen Strom spüren, wären unsere Herzen nicht so angefüllt mit vollkommen sinnlosen Aktivitäten wie Nachmittagen vor dem Fernsehgerät. Würdest Du Dich selbst spüren, so würdest Du den Strom spüren, denn er fließt in Dir. Er ist immer da. Er wird immer da sein. Er wartet auf Dich. Was muss ich tun, um den Strom zu spüren, Melmoth? frage ich traurig. Seine Rede hat mich betroffen gemacht, denn ich weiß, dass er Recht hat. Ich hab den dunklen Strom auch gespürt, manchmal, wenn ich allein am Grab meiner Eltern stand und der Wind durch meinen Mantel blies. Mich erfasste dann eine so tiefe Sehnsucht, Leben und Tod zu verstehen. Noch mehr, über sie hinaus in einen Raum zu gehen, wo sie keine Rolle mehr spielen. In diesen Momenten fühlte ich mich unendlich geborgen und verloren zugleich, so als ob mich eine Hand trägt, aber ich nicht erkennen kann, wem sie gehört. Melmoth nimmt die Frage auf: Soweit ich es verstanden habe, sind es drei Kriterien, die Du erfüllen musst, damit Dich der Strom annimmt. Du musst Dich erstens selbst verlieren. Wirklich jeden Gedanken an ein Ich, an ein Selbst oder an Dich selbst verlieren und alle Deine Erwartungen und Wünsche an die Welt aufgeben. Was passiert, passiert, aber Du musst erkennen, dass es nicht Dir passiert, sondern nur geschieht, einfach so. Das ist sehr schwer, weil wir immer alles, was geschieht, auf uns selbst projizieren. Wir glauben wie kleine Kinder, dass das ganze `Drama´ Leben nur für uns inszeniert wird. Aber Leben findet einfach statt, und der einzige, der es als Drama erlebt, sind wir selber. Niemand sonst und nichts sonst. Erst wenn wir es wahrnehmen können wie die Wüste hier und uns weder daran erfreuen noch es missbilligen, haben wir uns gelöst und geläutert.

Melmoth schweigt und stapft weiter durch den Sand. Dieses Staubfeld nicht missbilligen? denke ich, das ist schwierig. Es macht doch meine Schuhe staubig und es ist mühsam, darüber hinweg zu gehen. Melmoth mischt sich nicht in meine Gedanken ein, was ich eigentlich erwartet hätte, also höre ich gleich wieder mit dem Kommentar auf. Und weiter? frage ich. Was ist der zweite Punkt? Melmoth schweigt erst ein wenig, bevor er weiterredet: Du musst alles loslassen, auf dass Du bisher Dein Leben aufgebaut hast. Jede Überzeugung. Jeden Glaubenssatz. Jede Beurteilung. Jedes gedankliche Gebäude. Jedes Wissen. Jedes Haben-Wollen oder Nicht-Haben-Wollen. Jede Sucht nach guten Gefühlen. Jede Flucht vor schlechten Gefühlen. Jeden Stolz auf eine Fertigkeit oder eine Erkenntnis. Alles, wovon Du denkst, dass es wichtig für Dein Leben ist, musst Du fallen lassen.

Ich wende skeptisch ein: Aber woran soll ich dann mein Leben festmachen? An nichts, ist seine knappe Antwort und er geht weiter. Angenommen, sage ich und laufe ihm nach, ich will das tun, wie geht das? Wieder ein kurzes Schweigen. Es ist mir, als ob mich Melmoth in diesen Pausen abtastet, ob ich bereit bin für den nächsten Satz. Die Inder haben eine ausgezeichnete Technik dafür entwickelt, sagt er dann, sie heißt Neti-Neti. Das ist es nicht und dies ist es auch nicht. Zu allem, was in Deinem Geist auftaucht, sagst Du einfach: Das ist es nicht und jenes ist es auch nicht. Die Inder steuern damit zwar auf etwas zu, das sie Atman oder das göttliche Dazwischen nennen, aber es kann auch sehr hilfreich sein, sich am Ende der Neti-Neti-Kette nichts vorzustellen, um offen für den reinen Geist zu sein, wie immer der sich zeigt. Na toll, grunze ich, ich brauche sicher dreihundert Leben, um alles zu Netisieren. Kann sein, grinst Melmoth, vielleicht sind dreihundert aber auch zu wenig. Ich boxe ihn auf den Oberarm. Oh, wie ich sein überlegenes Getue mit dem glucksenden Feixen im Gesicht hasse! Ist das alles? fauche ich. Nein, quetscht er listig grinsend hervor, der dritte Punkt. Der ist oft der schwerste. Du musst aufhören, alles anzuzweifeln. Puff, Volltreffer. Ständig läuft in meinem Kopf ein Kommentar, der alles blöd und sinnlos findet. Das ist eine Automatik, die ich selbst oft erschreckt beobachte. Aber ich kann nichts dagegen tun. Irgendetwas passiert und mein Zweifel meldet sich. Das kenne ich schon seit meiner Kindheit. Auch meine Eltern waren sich einig in ihrer negativen Sichtweise in Bezug auf das Leben. Täglich lasen sie in der Boulevard-Zeitung, wie schlimm die Welt war und wie schlecht die Menschen. Oder sie hörten oder sahen in den Nachrichten Ereignisse, die sie in ihrer Meinung bestärkten. Später saß ich auch dabei und war mit ihnen einig: Die Welt ist schlecht. Wir mussten es gar nicht aussprechen. Die Welt ist schlecht und das heißt, alles war schlecht. In dieser Ansicht haben wir uns alle verbündet. In letzter Konsequenz verstand ich nun, warum sich meine Eltern umgebracht haben, umbringen mussten. Sie lebten in einer entsetzlichen Welt. In der nichts passte und nichts zufrieden stellte. In dieser Welt musste einmal der Suizid ein willkommener Ausweg sein, es ging gar nicht anders.

Und mein Leben? War es bisher anders? Neti-Neti, sagt eine Stimme in meinem Kopf. Melmoth lacht laut. Du Scheißkerl! schreie ich, hör endlich auf, mich beim Denken zu belauschen! Das geht hier leider nicht, Meriel, ich würde es gerne tun. Aber weil ich hier in Deiner Anderwelt nur ein Gedanke bin, Dein Gedanke, kann ich alle meine Kollegen natürlich wahrnehmen. Das heißt, sage ich langsam und gefährlich, wenn ich aufhöre, Dich zu denken, verschwindest Du? Ja, das heißt es, aber ich würde es nicht tun, Meriel. Ohne mich findest Du hier nicht mehr heraus. Und dann könnte ich Dich in der ersten Wirklichkeit nur mehr in der Klapsmühle besuchen. Ich erschrecke. So sehr hast Du mich in der Hand? Melmoth traurig: Ja und nein. Ich wandere mit Dir durch Deine Anderwelt und kann meistens abschätzen, was gerade passiert. Aber die Entscheidungen, wie es weitergeht, triffst immer noch Du, und oft kann ich sie gar nicht beeinflussen, weil ich den nächsten Schritt genau wie Du gar nicht kenne.

Aber jetzt hopp, sagt er, unsere nächsten Gastgeber warten.

Erdgeister

Vor uns erhebt sich ein kleiner, mit gelbem Ginster bewachsener Hügel mit einem Torweg, der in die Tiefe führt. Ich habe ihn während unseres Gesprächs gar nicht wahrgenommen. Das Tor ist in die Mitte des Hügels eingefügt, mit Sandsteinen rundum als Umrandung. Die Flügeltüren stehen offen und der Weg führt, soweit wir sehen können, in einen dunklen, hohen Saal. Wir verneigen uns unwillkürlich und treten ein. Langsam gewöhnen wir uns an die Dunkelheit und sehen uns von riesigen Gestalten umgeben. Wie alte Götterstatuen sitzen sie nebeneinander und bilden die Wand, die den Saal links und rechts abschließt. Auf ihren Köpfen tragen sie einen kapitellähnlichen Kopfschmuck, der zugleich die Decke trägt. Faltiges Gewand bedeckt die Körper. Ihre Gesichter sind ernst und ihre Blicke geradeaus gerichtet. Sie scheinen wie aus Sand gemacht, erdfarben und mit rauer Oberfläche. Aber es besteht kein Zweifel, dass sie leben. Erdgeister, flüstert Melmoth. Warst Du schon einmal hier? flüstere ich zurück. Nein, sagt er leise, aber ich habe schon von anderen Wanderern von ihnen gehört. Der Saal ist von einem schwachen Dämmerlicht erhellt, und wir sehen gerade genug, um Einzelheiten zu erkennen. Der Boden ist uneben und wölbt sich an manchen Stellen. Auch er scheint aus gepresstem Sand zu bestehen. Was sollen wir tun? frage ich Melmoth. Langsam weitergehen, ist eine Antwort. Vorsichtig setzen wir unsere Schritte. Einzelne Erdgeister senken ihren Blick und schauen uns an. Ein tiefer Seufzer durchdringt den Raum. Wir bleiben stehen. Melmoth reckt sich. Erdgeister, sagt er laut, wir sind nicht aus Vorwitz in Euer Reich eingedrungen. Wir sind auf der Suche nach dem dunklen Strom.

Ein heller Ton wie von einer angeschlagenen kleinen Glocke durchzittert den Raum. Wir fassen ihn als Begrüßung auf und verneigen uns beide. Wieder ein Glockenton. Wir kennen Eure Sorge um die Erde, sagt Melmoth, und wir wissen, dass Ihr uns jederzeit vernichten könnt. Wir bitten Euch darum, Euer Reich durchqueren zu dürfen, um zum dunklen Strom zu gelangen. Ein wabernder, etwas tieferer Ton erschallt. Wie eine Welle durchläuft er den Raum, tief in das andere Ende des Saals eintauchend. Dieses Ende können wir kaum wahrnehmen, weil das Licht dazu zu schwach ist. Aber es wirkt meilenweit entfernt. Wir schreiten vorwärts. Erdgeist um Erdgeist sitzt nebeneinander und trägt die Decke gemeinsam mit den anderen. Sie scheinen kein Geschlecht zu haben. Ihre Gesichter können die von Frauen oder Männern sein. Das faltige Gewand lässt keine Bestimmung des Geschlechts zu.

Augen folgen uns. Die Hände liegen regungslos auf den Schenkeln. Langsam nähern wir uns einem Objekt, das mitten im Saal steht. Ein Thron. Eine Gestalt, die darauf sitzt. Ebenso riesig wie alle anderen. Ebenso über ein Kapitell mit der Decke verbunden. Wir treten vor den Thron und knien spontan nieder. Die Gestalt nimmt uns in Augenschein. Sie mustert zuerst Melmoth, dann mich. Dann zeigt sie auf mich. Ich hebe den Kopf und spreche mit einer festen Stimme, die mich selbst überrascht: Wir sind auf der Durchreise, hohes Wesen. Wir müssen durch Euer Land, um zu meinem dunklen Fluss zu kommen. Dafür bitten wir Dich um Erlaubnis.

Die Gestalt schweigt, als ob sie Wort für Wort in sich nachklingen lässt. Dann erhebt sie überraschend ihre Stimme. Auch aus ihr lässt sich kein Geschlecht erkennen. Du bist auf der Reise zum Herzen. Du bist die zukünftige Trägerin des Herzens. Das ist eine große Aufgabe, eine schwere Aufgabe. Aber die schlimmsten Gefahren liegen schon hinter Euch. Geht weiter. Unseren Segen habt Ihr.

Ich beginne zu weinen. Erleichterung macht sich in mir breit und ich spüre, wie die Anspannung unserer Flucht und die Schrecken der Begegnung mit den Vampiren, dem Tod von Michail und dem Mordversuch von mir abfallen. Spontan nimmt Melmoth meine Hand und drückt sie leicht. Meine Tränen fließen und wir verneigen uns im gleichen Augenblick. Dann stehen wir auf und gehen links an der Gestalt vorbei in die Tiefe des Raums. Jetzt wirken die Erdgeister lebendiger, sie lächeln und bewegen ein wenig ihre Köpfe. Achtet auf unsere Mutter, flüstert eine Stimme. Sorgt für das Meer, eine andere. Sie geben uns Botschaften mit. Wir sind alle Geschwister, sagt eine dritte Stimme. Das Herz ist unser Stern, wispert eine vierte, trage es weit hinaus. Ich spüre: die Erdgeister teilen uns ihre Besorgnis mit und fordern uns auf, diese Botschaft hinaus weiter zu geben, weil immer noch zu wenige Menschen diese Sorgen teilen.

Die Stimmen folgen uns weiter: Ihr seid nicht die Herren der Welt, sagt plötzlich eine Stimme laut. Eine zweite tönt: Ihr könnt die Pest der Erde sein oder ihr Juwel. Es ist Eure Entscheidung. Wir bleiben stehen. Was können wir tun? frage ich zaghaft. Die Stimmen fließen uns weiter entgegen, während wir langsam in die Tiefe des Raums eintauchen: Die Arbeit des Herzens ist eine Arbeit der Verwandlung. Wer sein eigenes Herz den Botschaften des Großen Geistes, die über das Herz in die Welt kommen, öffnet, wird zum Diener der Großen Sache. Denn ursprünglich sind wir alle Diener der großen Sache, aber viele Menschen haben das vergessen. Sie sind ichsüchtig und werden krank in ihrem Geist und in ihrem Körper. Sie scheiden Gift aus und schädigen damit unsere Mutter

und unsere Geschwister. Ihr Menschen seid berufen, den Großen Geist direkt in sich zu spüren und in die Welt hinaus zu tragen. Das ist eine große Aufgabe, eine ganz große Aufgabe. Aber die meisten Menschen versagen darin, weil sie ihre Fähigkeiten lieber kleinherzigen, ehrgeizigen Zielen opfern statt zu erkennen, wofür sie wirklich da sind. Doch das große Werk ist immer da und muss getan werden. Und wer darin versagt, wird spurlos von der Erde verschwinden.
Eine mächtige Stimme ertönt: Du, Meriel, bist in diesem Erdalter eine der Verkünderinnen des Großen Werkes, denn Du hast Dich nicht verloren an Selbstsucht und Macht und hast Deinen Geist nicht befleckt mit Habgier und Neid. Geh weiter und vereinige Dich mit dem Herzen. Lass den großen Geist durch Dich wirken. Versage nicht, denn sonst wird es eine Zeit der tosenden Stürme, der bebenden Kontinente, der giftigen Dämpfe und der verheerenden Wasser auf der Erde geben. Und ob es dann noch den Menschen gibt, ist fraglich.
Die Halle wird an ihrem Ende immer heller. Wir gehen achtsam weiter und die Erdgeister segnen uns. Ich bin ganz erschlagen von den vielen Worten. In mir meldet sich ein Stimmchen: das ist zu groß für mich. Melmoth schaut mich an. Es ist zu spät zum Verzagen, sagt er kurz und lächelt. Ich nicke. Und ich bin verzagt. Aber trotzdem setze ich meine Schritte in den erdigen Boden und strebe Hand in Hand mit ihm dem Ende der Halle zu. Mit jedem Schritt wird mein Auftreten fester und entschlossener. Die Erde schenkt mir Kraft. Die Aufgabe nimmt mich in Besitz. Ich bin die Dienerin des Großen Geistes. Du bist die Priesterin, sagt Melmoth. Die wahre Priesterin. Am Ende der Halle ein großes, hell durchflutetes Rechteck. Bevor wir es durchschreiten, drehen wir uns um und danken den Erdgeistern mit einer tiefen Verneigung. Dann nimmt uns das helle Tor auf.

Dunkler Strom

Wir schweben über Wolken. Sie geben da und dort den Blick frei auf eine warme, freundliche Landschaft, die sich unter uns hinstreckt. Wälder, Wiesen, Teiche, kleine Flüsse. Bäume, Sträucher, dazwischen grüne Lichtungen. Es sind keine Häuser und keine Straßen zu erkennen, nur Natur. Den oberen Rand des

Gefildes schließt ein breiter, ruhiger Fluss ab. Das andere Ufer ist in Nebel getaucht. Dein dunkler Strom, sagt Melmoth. Ich bin verliebt in die Landschaft. Das ist Dein Seelenreich, höre ich Melmoths Stimme. Und ich weiß es längst, denn noch nie habe ich mich so eins gefühlt mit einem Land.

Ganz sachte landen wir an einem Weiher. Ich schöpfe mit meiner Hand Wasser und besprenge Melmoths Kopf und mein Scheitelchakra. Kraft und Klarheit strömt durch mich. Ich segne das Land und bedanke mich zugleich dafür, dass es mich immer begleitet hat. Das ist meine wahre Heimat, in die ich schon als kleine Meriel zurückkehren konnte. In den tiefen Träumen, die uns Stärke und Richtung geben und von denen wir nichts mehr wissen, wenn wir erwachen. Aber die dafür sorgen, dass wir wieder wach und aufgeweckt sein können.

Melmoth und ich gehen Hand in Hand durch mein Seelenland. Schön hast Du es, sagt Melmoth, schön und außerordentlich harmonisch. Ich nicke und freue mich an den Blüten, den Bienen und dem Gesang der Vögel. Es ist ein Paradies, sage ich. Ja, durch unser Seelenland bekommen wir eine Ahnung, wie schön die Welt sein könnte, wenn wir es wirklich wollten, meint Melmoth und riecht an einer dunkelroten Blüte. Er zupft einen Grashalm aus und mir ist, als ob er mir ein Haar ausreißt. Au, sage ich. Pardon, sagt Melmoth, ich wollte nur schauen, ob das alles echt ist. Natürlich ist das echt, sage ich, es ist mein Land! Melmoth küsst mich auf die Stirn, lass uns weitergehen. Wohin? frage ich. Zum dunklen Fluss, Du musst ihn überqueren. Erst dann können wir zum Herzen vordringen.

Wir erreichen das Ufer. Ein mächtiger Fluss liegt vor uns. Das ist mein dunkler Strom? staune ich ungläubig. Melmoth nickt. Er ist enorm angewachsen, seit wir unsere Reisen machen, antwortet er. Das macht das Hinüberkommen nicht einfacher, aber Du wirst es schaffen. Gehst Du nicht mit? frage ich erschrocken. Ich werde drüben sein, wenn Du ankommst, höre ich seine Stimme. Er hat sich aufgelöst. Ich sehe seinen Schatten am Boden, aber ich sehe ihn nicht mehr.

Plötzlich fühle ich mich ganz allein. Mehr noch, ich fühle mich allein gelassen. Was ist, wenn ich es nicht schaffe? schreie ich auf den Strom hinaus. Dann war alles umsonst, kommt es zurück. Alles umsonst. Wie ein Echo fluten die beiden letzten Worte herüber. Ich setze mich ganz nah am Rand des Flusses nieder. Das gegenüberliegende Ufer scheint unendlich weit entfernt. Ich sehe dort nur Nebel, zwar lichterfüllt, aber völlig undurchsichtig. Der dunkle Fluss strömt langsam und beinahe zärtlich. Er umspielt meine Hand, als ich sie vorsichtig hinein halte. Es ist, als ob er mich zur Durchquerung einlädt. Beinahe verführen will. Mit einem Ruck stehe ich auf. Ich wage es! schreie ich auf das Wasser hinaus. Wage es! kommt das Echo zurück. Ein erster Schritt in den Fluss. Mein Fuß sinkt nicht ein. Ich stehe auf der Wasseroberfläche und muss den zweiten Fuß vom Land heben, um nicht umzustürzen. Der Fluss trägt mich. Es seltsames Gefühl, denn plötzlich ist es, als ob das Land fließt. Das verwirrt meine Sinne und ich habe Angst zu fallen. Schau nur auf den Fluss, höre ich Melmoths Stimme von weit her. Ich blicke hinunter. Meine Füße haben Halt. Ich beginne zu gehen. Ferse heben, Fuß heben, nach vorne schwingen, absetzen. Ich erinnere mich, das haben wir im Zen geübt. Nur gehen, Eins sein mit der unmittelbaren Umgebung. Nicht denken. Gehen. Schritt für Schritt erobere ich mir den Fluss. Freude zieht in mein Herz ein. Leicht und beinahe spielerisch hebe ich meine Füße. Ich beginne tänzelnd zu gehen und mir ist, als ob der Fluss sich darüber freut. Es gluckst in der Strömung und manchmal umfließen kleine Wellen meine Füße. Es ist doch mein Fluss, fällt mir ein. Warum habe ich Angst vor ihm gehabt? Ich spüre, wie die Angst mich von ihm getrennt hat. Welch ein Unsinn! Es ist mein Fluss. Ich lege mich auf das Wasser und küsse es. Es dreht mich um die eigene Achse, hebt mich manchmal ein wenig hoch und lässt mich über eine Welle hinabgleiten. Du bist mein Strom. Du trägst mich und Du bringst mich voran. Wo immer Du hinfließt, ich will Dir folgen. Wie ein Gebet fließen die Worte durch meinen Mund. Ich sinke plötzlich ein wenig ein. Ein wundervolles Gefühl von Einheit und Geborgenheit umspielt mich. In mir steigt der Wunsch hoch, mich in meinem Strom zu verlieren. Ein Nichts zu sein, das vor sich hintreibt, ohne Vergangenheit, ohne Zukunft. Nur Hier und Jetzt. Nein! ruft Melmoth von der anderen Seite. Du darfst nicht im Strom versinken! Du wirst noch gebraucht! Seine Worte holen mich zurück. Es stimmt, ich habe noch eine Aufgabe. Es ist noch nicht zu Ende. Danke, sage ich und stehe wieder auf. Ich muss noch weiter, lieber Strom. Aber Du bist ja immer in mir.

Der Nebel auf der anderen Seite des Stroms ist verschwunden. Ich sehe Melmoth stehen und mir zuwinken. Die Landschaft ist golden erleuchtet. Sanfte Hügel, goldene Bäume, goldene Gräser. Mit festen Schritten gehe ich auf das Ufer zu. Es kommt mir vor, als ob es auf mich zueilt. Ich erreiche das Ufer und falle Melmoth in die Arme. Er küsst mich. Für einen langen Moment sind wir vereint und vollkommen glücklich. Dann löse ich mich von Melmoth, drehe mich um und danke dem Fluss. Eine große Welle durchströmt ihn nun von einem Ufer zum anderen. Er wünscht mir Glück, das spüre ich. Und sein Glucksen hat etwas Zufriedenes. unvermittelt umweht uns ein Nebelschleier und versperrt jede Sicht.

Melmoth nimmt meine Hand und geht in den Nebel hinein.

Die Befreiung

Wir steigen im Nebel eine scheinbar unendlich lange Treppe hinauf. Ich trage ein langes, etwas altmodisches Kleid, in dem ich mich aber sehr wohlfühle. Mein Haar wird von einem Schleier bedeckt. Melmoth läuft leichtfüßig neben mir, während ich zunehmend Atemprobleme bekomme. Wie macht er das bloß, so kraftvoll zu sein. Üben, immer nur üben, feixt er mich an. Wieder hat er meine Gedanken gelesen. Wir erreichen die letzten Stufen und betreten einen kleinen Raum mit ganz einfachem Mobiliar, eine Bank, ein Tisch, ein Krug darauf. An einer Wand ein offener Herd. Alles ist staubbedeckt, auch der Boden aus alten abgetretenen Planken. Durch ein winziges, mit einem Eisenkreuz vergittertes Fenster fällt Licht auf den Tisch. Es dringt Straßenlärm herein, Stimmen in einer mir fremden Sprache. Ich schaue Melmoth an. Wo sind wir hier? In Jerusalem, ist seine knappe Antwort. Ich erschrecke. Die Stadt des Herzens. Neben dem Fenster eine einfache Türe aus zusammengenagelten Holzbrettern. Melmoth nimmt meine Hand und geht mit mir auf den Ausgang zu. Unsere Schritte hinterlassen Spuren in der dicken Staubschicht. Also sind wir wirklich hier. Noch nicht ganz, sagt Melmoth, die Anderwelt schützt uns noch. Ich atme durch. Ich befinde mich in zwei Welten. Ein seltsamer Zustand. Und ich spüre, das Herz ist nah. Bist Du bereit? fragt Melmoth. Ich nicke. Ich bin bereit. Ich bin bereit, dem Herz zu begegnen. Endlich. Jetzt.

Melmoth öffnet die Türe. Draußen laufen hektisch Menschen in orientalischen Kleidern, aber auch Junge mit Jeans und T-Shirts. Männer eilen vorbei, einige mit langen Schläfenlocken und dunklen Hüten, andere mit arabischen Kleidern und Tüchern um den Kopf. Viele reden miteinander, heftig gestikulierend. Andere tragen Lasten oder schieben Karren. Ein kleines Motorrad drängt sich quäkend durch die Menge. Ein Polizist stoppt das Fahrzeug und kontrolliert die Papiere des Fahrers und die Ladung auf dem Gepäckträger. Arrogant winkt er den Mann weiter und schließt sich wieder der Patrouille an, die ganz langsam durch die Gasse geht. Wir stehen in der offenen Türe und beobachten die Szene. Kein Zweifel, wir sind in dieser, in unserer Zeit. Als die Patrouille uns passiert, ohne uns zu bemerken, nimmt mich Melmoth am Arm. Komm. Wir schließen uns dem Menschenstrom an und gehen in die Gegenrichtung, zwängen uns zwischen Verkaufsständen hindurch und schlüpfen bald in eine Seitengasse.

Hier ist es ruhiger. Ein Mann sitzt auf einem alten, wackeligen Stuhl vor einem Haus und raucht eine Wasserpfeife. Das Sonnenlicht wird von den Hauswänden zurück geworfen und kommt gedämpft unten bei uns an. Die Gasse ist gepflastert, stinkende Müllsäcke stehen vor den Häusern. Nach ein paar Haken, die wir in dem Gassengewirr schlagen, erreichen wir einen kleinen Platz. Ein großes Gebäude schließt seine Ostseite ab. Ich spüre ein heftiges Ziehen in meiner Bauchdecke. Sie spannt sich an. Mein Herz schlägt heftiger. Hier? frage ich Melmoth. Darunter, aber sprich jetzt nicht, sonst können sie uns vorzeitig entdecken. Er steuert auf eine kleine Türe zu, die sich neben einem mächtigen Eingangstor befindet. Eine Videokamera schaut uns an und dreht weiter. Melmoth drückt den Taster neben der Türe. Sie springt überraschenderweise gleich auf. Wir treten ein.

Eine große Halle empfängt uns. Wände aus grauem Stein, Licht aus Fenstern, die sich hoch oben befinden. Ein glatter, kühler Marmorboden. In der hinteren Wand führt eine mächtige Stiege nach oben. Vor uns Kapuzenmänner, grau, gesichtslos. Sie stellen sich uns in den Weg, doch Melmoth geht einfach weiter, durch sie hindurch. Sie können uns offensichtlich spüren, aber nicht sehen. Zielstrebig steuert Melmoth auf eine kleine Treppe zu, die rechts neben der großen Stiege nach unten führt. Er deutet mit dem Finger, dass wir weiterhin schweigen müssen. Langsam steigen wir

die Stufen hinunter. Das Licht wird dämmriger, ein kühler, samtiger Geruch umfängt uns. Unten öffnet sich ein Saal, fast so groß und so hoch wie die Aula oben, ein wenig durch das Licht erhellt, dass von der Treppe in den Raum fällt. An der gegenüber liegenden Wand wieder ein mächtiges, doppelflügeliges Tor. Der Raum wirkt ruhig. Gelassenheit breitet sich in mir aus. Mein Herz schlägt nicht mehr schnell. Mein Bauch gluckst entspannt. Ich lächle. Ich bin am Ziel.
Bist Du bereit? fragt Melmoth, jetzt laut und klar. Ich nicke. Sein Satz weckt die Wächter. Aus seitlichen Türen, die unsichtbar in die Ummauerung eingelassen sind, stürzen Kapuzenmänner. Melmoth schreitet, ohne sie zu beachten, durch die Halle. Die grauen Gestalten laufen wirr durcheinander und versuchen uns aufzuhalten, doch sie können uns nicht berühren. Das Herz hat uns schon in seinen Bann geschlagen.
Melmoth deutet mir, stehen zu bleiben. Er ist wieder ganz Krieger, aufrecht, kraftvoll, sicher. Er geht die letzten Schritte auf das eisenbeschlagene Tor zu. Jeder Flügel ist mit einem großen eisernen Ring bestückt. Melmoth hebt einen davon an und schlägt ihn gegen das Tor. Ein heller, metallener Ton wellt durch den großen Raum und erschreckt die grauen Gestalten. Noch ein zweites Mal und ein drittes Mal lässt Melmoth den Ring auf das Tor dröhnen. Dann tritt er zurück. Die Kapuzenmänner winden sich am Boden, verzweifelt ihre Ohren vor dem Nachhall schützend. Das Tor öffnet sich von selbst. Langsam ziehen die Flügel ihre Kreisbewegung, ohne jedes Geräusch, und bleiben nach einer Vierteldrehung stehen. Ich weiß: Das ist der Raum, in den sie damals den toten Mann gebracht haben. Ein schwaches Licht erhellt ihn. Die Zeit hat den Raum in den Untergrund gebracht und das Herz damit geschützt. Die Feinde des Herzens haben ironischerweise für das Überleben des Herzens gesorgt.
Der Altar, auf dem Melmoth das Herz aus dem Körper des Mannes geholt hatte, steht immer noch da. Und am oberen Ende die Kristallschale mit dem Deckel darauf. So wie es Melmoth mir beschrieben hat. Er zeigt mir mit einer Handbewegung, dass ich jetzt eintreten soll. Ich gehe langsam an ihm vorbei. Die Heiligkeit dieses Augenblicks erfüllt mich ganz. Melmoth lächelt mir glücklich und liebevoll zu. Seine Mission ist erfüllt. Meine Mission beginnt. Das spüre ich in mir. Ich verneige mich, als ich den Raum betrete,

worauf die Kristallschale aufleuchtet. Das Herz heißt mich willkommen.
Erst nach meinem Eintreten bemerke ich, dass sich an den Wänden Männer in Priestergewändern versammelt haben. Von ihnen geht die Kälte aus, die ich schon so gut kenne. Doch jetzt haben sie keine Macht mehr über mich. Meine Ängste sind überwunden. Meine innere Kraft trägt mich. Langsam gehe ich auf der linken Seite des Tisches auf das Herz zu. Mit jedem Schritt leuchtet die Kristallschale ein bisschen heller. Ich erreiche die Stirnseite und stelle mich hinter die Schale. Melmoth lächelt immer noch, während er mir, wie eine Wache am Tor stehend, zusieht. Ich ziehe den Schleier von meinem Kopf und biete ihn dem Herzen dar. Wieder verneige ich mich, weil es mich dazu drängt. Dann lege ich den Schleier über den Deckel der Schale und hebe ihn mit einem schnellen Ruck hoch. Ein helles Licht bricht aus dem Gefäß und erfüllt den ganzen Raum. Die Priester stöhnen auf. Ihre Macht ist endgültig gebrochen.
Ich lege den Deckel zur Seite. Das Herz liegt vor mir. Es wurde offensichtlich in den zwei Jahrtausenden ganz gläsern durchsichtig, wie der Kelch, in dem es gelegen hat. Als erstes atme ich tief durch. Ich habe es geschafft. Ich stehe vor dem Herz. Für den nächsten Schritt, es zu ergreifen, muss ich allerdings all meinen Mut zusammen nehmen. Denn danach wird alles anders sein in meinem Leben, das spüre ich. Nach einigen Augenblicken gebe ich mir einen Ruck und greife mit bloßen Händen in die Schale. Vorsichtig umfasse ich das Herz. Es fühlt sich warm an, lebendig, und es scheint mir, als schlägt es ruhig und gleichmäßig. In meinen Händen haltend hebe ich es hoch. Hoch über meinen Kopf. Ein starkes Licht geht plötzlich vom Herzen aus und erleuchtet den ganzen Saal taghell. Die Priester stürzen zu Boden. Das Herz zerfließt und sinkt über meine Hände und Arme in mich hinein. Das Licht verlischt. Ich schließe meine Augen und spüre nach Innen. Nach zweitausend Jahren hat das Herz seine neue Gestalt gefunden. Es ist jetzt in mir. Ich empfinde absolute Stille in meinem Körper und Geist. Fraglosigkeit. Leere. Es ist eine Leere, die nicht Angst macht, sondern birgt. Ich schließe die Augen. In mir breitet sich ein Ozean aus Licht aus. In diesem Licht bin ich ganz verschwunden. Ich bin der Ozean. Ich bin das Licht.

Erst nach Minuten oder Stunden oder Tagen öffne ich meine Augen. Die Priester sind verschwunden. Grauer Staub bedeckt den marmornen Boden. Am unteren Ende des Tisches steht Melmoth und schaut mich an. Voller Freude, voller Liebe. Als er sieht, dass ich meine Augen geöffnet habe, kniet er nieder und neigt seinen Kopf. Im ersten Moment will ich ihm deuten, dass er aufstehen soll. Aber dann begreife ich, ich bin die Trägerin des Herzens. Er verneigt sich vor dem Herzen. Ich bin das Herz.

Ich neige auch meinen Kopf und danke Melmoth für alles, was er getan hat.

Rückkehr

Durch die Anderwelten kehren wir zurück. Noch einmal überquere ich den dunklen Strom. Meinen dunklen Strom, der aber doch allen gehört. Das ist das Paradox. Jeder hat seinen inneren dunklen Strom, der ihm zufließt und ihn nährt, wenn er dafür bereit ist. Und doch ist es nur ein Strom, der vom Herzen aus zu allen Menschen fließt. Das Herz ist nun in mir, und mein dunkler Strom erweist ihm die Reverenz, indem er sich teilt und uns trocken hinüber gehen lässt. Ich spüre in diesem Moment ganz deutlich, dass ich der Strom bin. Ich spüre auch, dass ich im Strom bin. Und ich spüre die Einheit mit allen Strömen in allen Welten.
Wir besuchen die Welt der Vampire und finden sie in Auflösung. Statt großen, schwarzen Vampiren flattern Krähen in den Einschnitten des Gebirges hilflos herum. Wir wandern die Talsohlen entlang und befreien die Schreibknechte. Ich muss nur ihre Kette berühren und schon sind sie frei und können statt ihren Avataren ihren alten Platz in unserer Welt wieder einnehmen. Die Agenten, die sich im Tal der Vampire aufhielten, während wir unterwegs zum Herzen waren, werden ewig in den Anderwelten gefangen sein. Sie schauen uns entsetzt an und fliehen, als wir in ihre Nähe kommen. Die anderen Agenten draußen können keinen Kontakt mehr aufnehmen. Sie erhalten keine Order mehr, denn der Oberste Rat wird schweigen. Das Herz in meiner Brust fühlt sich zufrieden an.
In den Anderwelten herrscht Frieden. Der dunkle Strom fließt immer noch in meiner Welt, aber alle anderen Welten, die ich

geschaffen habe, lösten sich in der Zwischenzeit auf. Es gibt keinen Grund mehr für ihre Existenz. In mir ist alles vollkommen, auch wenn ich nicht vollkommen bin. Das ist nicht notwendig, sagt Melmoth später einmal. Du wärst sonst nicht auszuhalten.
Wir lassen uns Zeit mit der Rückkehr. Wir wissen, dass wir hierher nie wieder zurückkehren werden. Die Anderwelten sind für uns Vergangenheit. Es gibt nichts mehr zu tun. Im ersten Moment erschrecke ich fast über diese Erkenntnis. Aber dann erfasse ich, dass ich damit die Freiheit habe, das zu tun, was gerade zu tun ist. Ich kann es auch lassen, weil ich nichts mehr in mir ausfüllen muss. In mir ist reine Erfüllung, das heißt vollständige Nichtheit, Neti-Neti. Ich kann es nicht anders nennen. Es steht nichts mehr auf und verlangt, erledigt zu werden. Wenn nichts zu tun ist, dann herrscht völlige innere Ruhe. Die Gedanken kommen und gehen, wie ein Boot ohne Leine, wie es in einem Gedicht von Han Shan heißt. Aber ich ergreife sie nicht mehr, so wie ich auch von meinen Gefühlen nicht mehr ergriffen werde.
Die Liebe zu Melmoth ist meine Wahl. Es ist wunderbar, mit ihm zusammen zu sein und ich will das bis zum Ende unserer Tage. Doch diese Liebe will nur eines: Dass es Melmoth gut geht. Würden wir uns dafür trennen müssen, wäre ich jederzeit dafür bereit. Doch ich wünsche ihm und mir, dass wir viele Jahre miteinander verbringen können.
Noch einmal sitzen wir in der Wirtsstube. Albert behandelt mich besonders ehrfurchtsvoll. Er bringt wie immer Pfefferminztee. Melmoth schlägt er auf die Schulter: Jetzt hast Du's doch geschafft, Du Teufelskerl! Melmoth nickt: Danke für Deine Hilfe. Das war doch gar nichts! Abwehrend hebt der Wirt seine Hände. Aber Deine Beharrlichkeit und ihr, er schaut mich an, ich meine, Dein Mut, das war es letztlich. Ich weiß nicht, ob wir uns wiedersehen. Ich wünsch Euch beiden jedenfalls das Allerbeste, sagt der Wirt und nickt. Wo wirst Du hingehen? fragt Melmoth. Keine Ahnung, antwortet der Wirt. Irgendwo werden wir schon gebraucht, oder Jungs? Die Gäste grinsen. Aber ja. Ihr habt Eure Rolle gut gespielt, deswegen gibt's jetzt Champagner für alle! schreit der Wirt lachend. Gläser werden verteilt und Champagner ausgeschenkt. Auch wir bekommen Gläser in die Hand und stoßen mit jedem einzelnen an. Abschiedsparty! Eine richtige Abschiedsparty! Eure Tees gehen aufs Haus, sagt der Wirt, als wir aufbrechen. Hab ich mir fast schon

gedacht, brummt Melmoth verschmitzt und umarmt ihn. Die anderen heben grüßend ihre Champagnerflöten. Alles Gute! Unfassbar, sage ich draußen. Melmoth nimmt meine Hand und hakt mich unter. Vorbei, sagt er, Dein neues Leben beginnt. Als wir ein paar Tage später in der Hauptstraße zum Grab meiner Eltern fahren, hat sich die Häuserzeile geschlossen.

Nichts erinnert mehr daran, dass hier einmal ein Eingang in die Anderwelt war.

Neubeginn

Melmoth behandelt mich jetzt noch zuvorkommender. Anfänglich wagten wir kaum in unseren Zustand der Liebe zwischen Mann und Frau zurückzukehren, aber dann siegte doch die Anziehung. Wir verbringen viel Zeit miteinander und genießen diesen Zustand, der noch friedvoller und harmonischer ist als vorher.
Bei unserer Rückkehr fand ich eine Zeugenvorladung der Polizei vor. Diesmal eine echte. Ich gehe hin und erzähle, dass ich Michail einige Zeit vorher im Stadtpark getroffen habe und mit ihm ins Plaudern kam. Sein Tod hat mich betroffen gemacht, aber sonst kann ich nichts dazu sagen. Ein Polizist nimmt meine Aussage auf, ich unterschreibe und gehe wieder. Der Haftbefehl gegen mich wird aufgehoben.
Auch die Angelegenheit mit dem Mordanschlag verläuft im Sande. Melmoth meint, dass er verwechselt wurde und später in Panik aus dem Spital geflüchtet sei, weil kein Polizist vor der Türe stand. Jetzt geht es ihm wie durch ein Wunder wieder gut. Es wird ihm ein Videoband mit dem flüchtenden Täter gezeigt, aber er schüttelt nur den Kopf. Bei einer Vernehmung ein paar Tage später erzähle ich die gleiche Version. Keine Ahnung, kein Erkennen. Zum Glück vernimmt mich in diesem Fall ein anderer Polizist, so dass mein doppelter Besuch nicht weiter auffällt. Den Kommissar habe ich nicht wieder getroffen.
Melmoth hat sich in meiner Wohnung eingerichtet. Es ist gut, einen Mann im Haus zu haben, der eine lockere Gardinenstange repariert und den Mülleimer hinunter trägt. Aber Melmoth kocht auch gerne und gut. Und ich liebe es, mich verwöhnen zu lassen. Eines Tages passiert ihm allerdings ein Missgeschick. Er schneidet sich an der

Gemüseraspel die Fingerkuppe ab. Die Wunde blutet. Natürlich verbinde ich ihm sofort den Finger. Als wir am Abend den Verband abnehmen, ist die Wunde verschorft, aber nicht geheilt. Es ist einfach eine normale Wunde im Heilungsprozess. Melmoth sieht mich glücklich an. Ich bin nicht mehr unsterblich, sagt er. Das heißt, wir können jetzt in aller Ruhe gemeinsam alt werden. Das bringt mich zum Lachen. Doch das gemeinsame Altwerden macht mich auch im Herzen ein wenig traurig. Denn es bedeutet, dass wir eines Tages Abschied voneinander nehmen müssen. Was macht Dich traurig? fragt Melmoth, der die Zeichen in meinem Gesicht deutet. Kannst Du nicht mehr meine Gedanken lesen? frage ich zurück. Schon seit einiger Zeit nicht mehr, antwortet er, ich find das recht angenehm. Ich auch! sage ich betont.

Wir meditieren jeden Tag gemeinsam und Melmoth geht sogar zu den Yoga-Abenden mit, was Kamal außerordentlich freut. Denn nun sind wenigstens zwei Männer im Raum, und er müsse sich nicht mehr so vor den vielen Frauen fürchten, meint er. Wir freunden uns mit ihm mehr und mehr an und werden auch zu ihm nach Hause eingeladen. Seine Frau kocht für uns und betrachtet uns neugierig während des Essens.

Ach ja, einige meiner alten Ängste und Verhaltensweisen sind zurückgekehrt. Ich mache mir immer wieder über unsere Zukunft Gedanken und verfalle dann regelmäßig in Furcht vor dem Unbekannten. Die Wohnung sperre ich am Abend dreifach ab und lege die Kette vor, trotz der Anwesenheit von Melmoth. Er schaut mir immer belustigt zu und nickt nur wissend. Dann schäme ich mich ein wenig. Denn tief drinnen kann ich jederzeit meine Geborgenheit und meine innere Gewissheit spüren. Ich bin aufgehoben und eigentlich kann nichts und niemand mein Selbstsein stören. Das weiß ich.

Dann meldet sich das Herz. Es will gehört werden. Das macht mich nervös, denn ich habe ja keinerlei spirituelle Ausbildung und wüsste gar nicht, was ich tun oder sagen soll. Was sollen wir machen? frage ich Melmoth. Vielleicht reden wir einmal mit Kamal darüber, schlägt er vor. Nach dem nächsten Yoga-Abend bleiben wir sitzen und erzählen unsere Geschichte. Ich wusste es, sagt Kamal am Ende, ich habe es in Deinen Augen gesehen, Meriel. Er kniet nieder und verneigt sich bis zum Boden vor mir. Kamal, steh auf, bitte steh auf, sage ich. In meiner Kultur macht man das so, Meriel,

verzeih mir. Er setzt sich wieder auf. Wenn Du willst, sagt er weiter, organisiere ich Dir einen Abend. Lass uns doch einfach schauen, was passiert. Bald hängen in der Stadt kleine Plakate, die zu einem Vortragsabend mit mir einladen. Mir ist die Sache furchtbar peinlich, denn ich weiß nicht, was ich da sagen soll. Lass geschehen, was geschehen will, mein Schatz, meint Melmoth. Er ist wie immer ruhig und gelassen, während ich aufgeregt bin und immer schlechter schlafe.
Am vereinbarten Abend fahren wir zur Volkshochschule. Kamal hat den großen Vortragsraum gemietet. Ich warte hinten in der Künstlergarderobe darauf, geholt zu werden. Melmoth hält meine Hand und gibt mir von Zeit zu Zeit Wasser zu trinken. Endlich kommt Kamal mit glänzenden Augen und sagt: Bitte! Ich folge ihm durch schmuddelige Gänge, die zum Saal führen. Dann betrete ich die Bühne. Der Saal ist überfüllt mit Menschen, die mich lächelnd und hoffnungsvoll ansehen. Sie stehen alle auf und begrüßen mich mit Applaus. Ich fühle mich völlig verwirrt und unbehaglich. Melmoth lässt meine Hand nicht los und führt mich zu einer Sitzgarnitur, die mitten im Bühnenraum steht. Widerstrebend folge ich ihm und setze mich. Es ist heiß im Saal und ich sehe, wie weiter hinten jemand ein Fenster öffnet. Straßenlärm flutet herein. Im Raum selbst ist es ganz still. Die Leute haben wieder Platz genommen und schauen mich erwartungsvoll an.
Melmoth schiebt ein Mikrofon in meine Richtung. Ich fühle mich wie gelähmt. Ich soll reden? Was soll ich sagen? flüstere ich entsetzt zu ihm. Er lacht über das ganze Gesicht.

Lass Dein Herz sprechen, Liebes, prustet Melmoth lachend heraus, lass Dein Herz sprechen!

Prof. Dr. Felicitas D. Goodman

Geboren am 30. Januar 1914 in Budapest, gestorben am 30. März 2005 in Columbus, Ohio, entdeckte die Funktion der Trancehaltungen wieder, die über tausende von Jahren in fast allen Kulturen der Erde gepflegt wurden. Schamanen unterschiedlichster Völker nutzten zeitlich und räumlich unabhängig voneinander die Körperhaltungen, um ihre Aufgaben in ihrer Gesellschaft zu erfüllen. Sie traten ihre Trance-Reisen an, um aus anderen Wirklichkeiten Hilfe, Rat und Heilung zu holen. Kleingesellschaften haben mit Hilfe der Trancerituale ihren Zusammenhalt und ihr soziales Leben gestärkt.

Felicitas Goodman war Wissenschafterin und Erfahrene und daher ein Beispiel für eine moderne, integrierende Form der Wissensvermittlung. Darüber hinaus war sie als Mensch ein leuchtendes Beispiel dafür, welch faszinierende Eigenschaften gelebte Spiritualität in uns verwirklichen kann.

"Der Zustand der Trance ist eine im Menschen angelegte Erfahrungsmöglichkeit. Ich empfinde mich als Brücke zwischen den Dimensionen des menschlichen Bewusstseins. Ich sehe keinen Gegensatz zwischen mir als Wissenschafterin und mir als Reisende in anderen Bewusstseinszuständen".

Dr. Felicitas D. Goodman

Darstellung einer ritituellen Trance-Haltung

"Schamane mit dem Bärengeist"
Holzschnitzerei vom Stamm der Kwakiutl, Nordwestamerika
spätes 19. Jahrhundert (Aus Lommel, A. 1980:85)

Diese und andere Bedeutung von Trancehaltungen wurde von Felicitas Goodman wiederentdeckt.

www.felicitas.goodman-institut.at

Cover Design: Suze LaRousse
Multimedia Artist & Designer
www.suzelarousse.eu

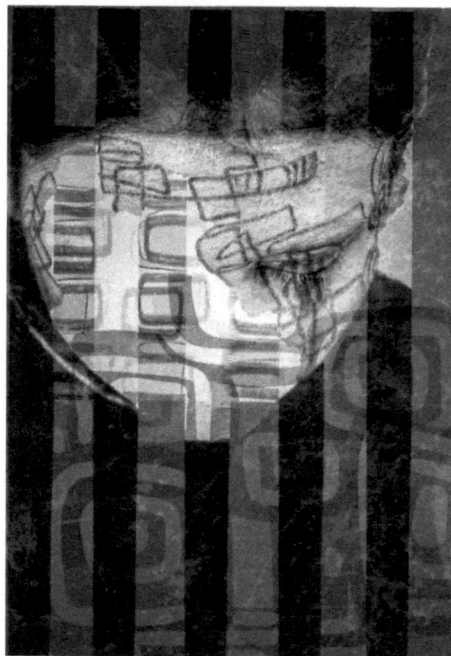

Suze LaRousse ist eine international tätige Künstlerin und Grafikdesignerin. Sie lebt in Puchberg am Schneeberg in Niederösterreich. Ihre Werke wurden in Österreich, den USA und Frankreich ausgestellt.

© Bild: Suze LaRousse
suzelarousse.jimdo.com

Tätigkeitsbereiche:
Graphic Design, Multimedia Art, Fotografie, Illustration, Interior Decoration, Concept Design, internationale Kunstprojekte
www.artfox.cc
facebook: maidofaustria
instagram: suzelarousse
mail: design@suzelarousse.eu

Der Autor: Yoshin Franz Ritter
www.yofr.work

Foto: Bernhard Müller

Yoshin Franz Ritter wurde 1947 in Wien geboren. Kindheit und Jugend verbrachte er in dieser Stadt. Seit seinem 30. Lebensjahr wohnt er in Niederösterreich.

Schon von Jugend an haben ihn gelebte Spiritualität und östliche Weisheitslehren angezogen. Er setzte sich auch intensiv mit westlichen Gedankenwelten und therapeutischen Methoden auseinander. Seine eigene Lebensgrundlage fand er vorwiegend in den buddhistischen Lehren, praktizierte aber mit Hilfe von Felicitas Goodman auch schamanische Techniken und mit Al Chung-Liang Huang die chinesischen Lehren von Körper und Geist.

Heute leitet er das Neue Welt Institut (www.naikan.com).

Er ist Naikan-Begleiter und humanistischer Psychotherapeut.

Parallel zu dieser Entwicklung trat Yoshin Franz Ritter als Autor von Romanen, Fachartikeln, Gedichten und Kurzgeschichten in Erscheinung.

Sein buddhistischer Name Yoshin bedeutet: Das sich öffnende Herz.

Weitere Bücher des Autors:

Franz Ritter
Stört denn der große Regen die Klarheit des Himmels?

Poetische Bilder
Octopus-Verlag 1981

Zu beziehen über den Autor

<u>franz.ritter@naikan.com</u>

50 Jahre Methode Naikan
Neue Wege zu sich selbst finden

Sabine Kaspari, Margit Lendawitsch, Franz Ritter (Hg.)
Naikan – Eintauchen ins Sein
BoD 2015

Umfassende Einführung in die Methode Naikan, die es uns ermöglicht, unsere Ganzheit zu erfassen und zu heilen.

Naikan ist - besonders wenn wir die aktuell unsicheren Entwicklungen der Welt betrachten - bestens dafür geeignet, aus dem eigenen Inneren Sicherheit, Stärke und Orientierung zu entwickeln.

Yoshin Franz Ritter hat die Methode 1978 in Japan kennengelernt und 1980 das erste öffentliche Retreat in Europa organisiert.

Näheres über Naikan
www.naikan-net.com/?p=407
www.naikan.com

Yoshin Franz Ritter
Buddhas Geburt
Eine spirituelle Reise
BoD 2016

Der Junge Sid wird in eine Mafia-Familie hineingeboren. Seine Mutter stirbt bei seiner Geburt und sein Vater erzieht ihn zum neuen Paten. Doch der Clan wird zerschlagen und Sid muss fliehen.

Er landet in Indien und beginnt eine spirituelle Reise, die ihn bis die Höhen Tibets führt.

Maria, die Witwe eines Clan-Mitglieds, begegnet ihm nach seiner Rückkehr nach Europa.

Hier vollenden sich ihre karmischen Verflechtungen und reifen neuen Inkarnationen entgegen.

Yoshin Franz Ritter
Der singende Stein
Das Buch des Ursprungs und der Zeit

Band 2 des Weltenhüter-Epos zieht packend und kraftvoll einen Bogen von der Zeit, in der die Menschheit ihre Unschuld verliert bis zu den Folgen dieses Ereignisses heute.

Diesmal ist es der Autor selbst, den die Bruderschaft der abgefallenen Priester zum Schweigen bringen will und der zum Zeitgänger wird, um sich der Bedrohung zu entziehen.

Die Meister der Zeit helfen ihm dabei, die Wurzeln der Bruderschaft bloßzulegen und die Wahrheit über Schuld und Unschuld wieder zurück in die Welt zu bringen.

Erscheint im Frühjahr 2017

Das Neue Welt Institut

Das Neue Welt Institut wurde 1986 begründet. Es hat sich zur Aufgabe gemacht, Menschen bei ihrer Selbstentwicklung und Selbstheilung zu begleiten. Die Basis unserer Arbeit ist Naikan. Wir bieten auch humanistische Psychotherapie, Imago-Paartherapie und Inner Working.

Naikan – Innenschau - ist eine von Ishin Yoshimoto entwickelte Methode der Selbstheilung und Selbstverwirklichung, die die klassische Meditation mit einem modernen Gedanken der Psychotherapie verbindet. Durch die meditative Wahrnehmung unserer prägenden Erinnerungen finden wir Heilung und Befreiung von hemmenden und krankmachenden Mustern. Im Naikan zeigt sich unser wahres Wesen und wir lernen das zu leben, was uns wirklich ausmacht.

NEUE WELT INSTITUT
2620 Neunkirchen Breitergasse 6 Österreich
nwi@naikan.com
www.naikan.com